DA MORTE NINGUÉM ESCAPA

Obras do autor publicadas pela Editora Record

Uni-duni-tê
Da morte ninguém escapa

M. J. ARLIDGE

DA MORTE NINGUÉM ESCAPA

Tradução de
Claudia Costa Guimarães

1ª edição

EDITORA RECORD
RIO DE JANEIRO • SÃO PAULO
2018

CIP-BRASIL. CATALOGAÇÃO NA PUBLICAÇÃO
SINDICATO NACIONAL DOS EDITORES DE LIVROS, RJ

A753d
Arlidge, M. J., 1974-
Da morte ninguém escapa / M. J. Arlidge; tradução de Claudia Costa Guimarães. – 1ª ed. – Rio de Janeiro: Record, 2018.

Tradução de: Pop Goes the Weasel
Sequência de: Uni-duni-tê
Continua com: The Doll's House
ISBN 978-85-01-11359-7

1. Ficção inglesa. I. Guimarães, Claudia Costa. II. Título.

18-48565

CDD: 823
CDU: 821.111-3

Meri Gleice Rodrigues de Souza – Bibliotecária – CRB-7/6439

Título original:
Pop Goes the Weasel

Copyright © M. J. Arlidge, 2014

Edição original em inglês publicada por Penguin Books Ltd, Londres

Texto revisado segundo o novo Acordo Ortográfico da Língua Portuguesa.

Todos os direitos reservados. Proibida a reprodução, no todo ou em parte, através de quaisquer meios. Os direitos morais do autor foram assegurados.

Direitos exclusivos de publicação em língua portuguesa somente para o Brasil adquiridos pela
EDITORA RECORD LTDA.
Rua Argentina, 171 – Rio de Janeiro, RJ – 20921-380 – Tel.: (21) 2585-2000, que se reserva a propriedade literária desta tradução.

Impresso no Brasil

ISBN 978-85-01-11359-7

Seja um leitor preferencial Record.
Cadastre-se no site www.record.com.br
e receba informações sobre nossos
lançamentos e nossas promoções.

Atendimento e venda direta ao leitor:
mdireto@record.com.br ou (21) 2585-2002.

EDITORA AFILIADA

1

A neblina veio rastejando do mar, sufocando a cidade. Caiu sobre ela como um exército invasor, consumindo pontos de referência, asfixiando o luar, transformando Southampton num lugar estranho e perturbador.

O parque industrial da Empress Road estava completamente silencioso. As oficinas já haviam fechado, os mecânicos e os funcionários do supermercado tinham ido embora, e agora as prostitutas marcavam presença. De saia curta e top, tragavam seus cigarros com vontade, tentando conseguir qualquer calor possível para combater o frio congelante. Caminhando de um lado para o outro, se esforçavam para vender seus corpos, porém, na escuridão, pareciam mais assombrações esqueléticas do que objetos de desejo.

O homem dirigia bem devagar, os olhos examinando a fileira de viciadas seminuas. Mentalmente, calculava as medidas de cada uma — sentia um estalo de reconhecimento de vez em quando — para, em seguida, descartá-las. Não eram o que ele buscava. Esta noite, estava à procura de algo especial.

A esperança disputava espaço com o medo e a frustração. Havia dias que ele não pensava em mais nada. Estava muito perto agora, mas e se tudo não passasse de uma mentira? Uma lenda urbana? Deu uma pancada no volante. Ela *tinha* que estar ali.

Nada. Nada. Nad...

Lá estava ela. De pé, sozinha, encostada no muro grafitado. De repente, o homem sentiu uma onda de excitação. Havia, *sim*, algo de diferente nessa daqui. Ela não estava olhando as unhas, nem fumando, nem fofocando. Estava apenas esperando. Esperando alguma coisa acontecer.

Encostou o carro e estacionou onde ninguém pudesse ver, perto de uma cerca de alambrado. Precisava tomar cuidado, não podia deixar nada ao acaso. Vasculhou a rua com os olhos em busca de algum sinal de vida, mas a neblina os havia isolado por completo. Era como se fossem as duas únicas pessoas no mundo.

Atravessou a rua e marchou na direção dela, depois se controlou e diminuiu o passo. Não devia ter pressa, isso era algo para ser saboreado, desfrutado. Às vezes a expectativa era mais prazerosa do que o ato em si — a experiência havia lhe ensinado isso. Devia se demorar com essa. Nos dias seguintes, iria querer repassar as lembranças com o máximo de precisão possível.

Ela estava emoldurada por uma fileira de casas abandonadas. Ninguém mais queria morar nessa região, e as casas haviam se transformado em construções vazias e sujas. Tinham virado reduto de usuários de crack e pensões baratas com agulhas sujas e colchões mais sujos ainda, espalhados pelos cômodos. Enquanto atravessava a rua para chegar até ela, a garota ergueu os olhos, espiando por entre a franja espessa. Não disse nada ao se afastar da parede, limitando-se a acenar com a cabeça, indicando a casca vazia da casa mais próxima antes de entrar nela. Não houve negociação ou preâmbulo. Era como se estivesse resignada ao seu destino. Era como se ela *soubesse*.

Apressando-se para alcançá-la, o homem comeu com os olhos a bunda, as pernas, os sapatos de salto alto da mulher, cada vez mais excitado. Quando ela sumiu na escuridão, ele apertou o passo. Não aguentava mais esperar.

As tábuas do assoalho rangeram quando entrou. A casa abandonada era exatamente como havia imaginado nas suas fantasias. Um cheiro opressor de umidade encheu suas narinas — tudo estava podre. Entrou apressado na sala de estar, agora um depósito de calcinhas fio-dental e camisinhas. Nenhum sinal dela. Iam brincar de esconde-esconde?

Entrou na cozinha. Nenhum sinal dela. Dando meia-volta, saiu com passos pesados e subiu a escada para o segundo andar. A cada passo, seus olhos iam de um lado para o outro, em busca da presa.

Marchou até o quarto da frente. Uma cama mofada, uma janela quebrada, um pombo morto. Mas nenhum sinal da garota.

A fúria agora brigava com o desejo. Quem era ela para brincar com ele desse jeito? Era uma puta qualquer. Bosta de cachorro no sapato dele. Ia fazê-la sofrer por tratá-lo dessa maneira.

Abriu a porta do banheiro com um empurrão — nada; depois se virou e foi marchando até o segundo quarto. Ia arrebentar a car...

De repente, sua cabeça levou um tranco para trás. A dor atravessou seu corpo inteiro — alguém estava puxando seu cabelo, forçando-o para trás, para trás e ainda mais para trás. Agora não conseguia mais respirar: um pano estava sendo colocado à força na sua boca e no seu nariz. Um cheiro acre e pungente fez suas narinas se dilatarem e, tarde demais, seus instintos entraram em ação. Lutou pela vida, mas já começava a perder a consciência. Então tudo ficou preto.

2

Eles observavam cada movimento dela. Prestavam bastante atenção em cada palavra que ela dizia.

— O corpo é de uma mulher branca, idade entre 20 e 25 anos. Foi encontrada por um oficial de apoio comunitário ontem pela manhã, na mala de um carro abandonado em Greenwood.

A voz da detetive-inspetora Helen Grace saía intensa e com clareza, apesar da tensão, que dava um nó no seu estômago. Ela passava instruções à Equipe de Incidentes Graves no sétimo andar da Estação Central de Polícia de Southampton.

— Como podem ver pelas fotos, os dentes dela foram quebrados para dentro, provavelmente com um martelo, e as mãos foram decepadas. Ela tem muitas tatuagens pelo corpo, o que talvez nos ajude a identificá-la, e vocês devem concentrar seus esforços iniciais em drogas e prostituição. Isso parece ter ligação com alguma gangue, e não com um homicídio comum. O detetive-sargento Bridges vai liderar o caso e manter vocês atualizados sobre qualquer suspeito em potencial. Tony?

— Obrigado, senhora. Em primeiro lugar, eu quero verificar antecedentes...

Assim que o detetive Bridges avançou na sua fala, Helen escapuliu. Mesmo depois de tanto tempo, não tolerava ser o centro das atenções, das fofocas e das intrigas. Já fazia quase um ano desde que tinha dado fim à série de assassinatos cometida por Marianne, mas o interesse em Helen continuava intenso. Pegar um serial killer já era impressionante, porém atirar na própria irmã para fazer isso era ainda mais. Num primeiro momento, amigos, colegas, jornalistas e desconhecidos correram para lhe oferecer solidariedade e apoio. Mas basicamente tudo se resumia a falsidade: o que queriam mesmo eram *detalhes*. Queriam abrir Helen e cutucar as suas entranhas: como você foi dar um tiro na sua irmã? Você foi abusada pelo seu pai? Você se sente culpada por todas aquelas mortes? Você se sente *responsável*?

Helen passara toda a vida adulta construindo um muro alto ao seu redor — até mesmo o nome Helen Grace era uma ficção —, mas, graças a Marianne, esse muro tinha sido demolido para sempre. De início, Helen se sentira tentada a fugir — tinham lhe oferecido uma licença, uma transferência, até mesmo um pacote de aposentadoria —, mas, de alguma forma, havia conseguido se recompor, voltando ao trabalho na Central de Southampton assim que lhe permitiram. Sabia que, aonde quer que fosse, os olhos do mundo focariam nela. Era melhor enfrentar o escrutínio em território conhecido, onde a vida havia sido boa para ela por muitos anos.

Essa era a teoria, mas a realidade não se mostrara nada fácil. Havia muitas recordações ali — de Mark, de Charlie — e muita gente disposta a sondar, especular ou até mesmo fazer piada com a provação pela qual ela havia passado. Até mesmo agora, meses depois de voltar ao trabalho, havia momentos em que simplesmente precisava escapar.

— Boa noite, senhora.

Helen voltou ao presente, alheia ao policial de plantão, por quem quase tinha passado direto.

— Boa noite, Harry. Espero que os Saints se lembrem de ganhar para você hoje à noite.

O tom foi leve, mas as palavras soaram estranhas, como se o esforço de parecer alegre fosse demais para ela. Saindo rápido, subiu na Kawasaki e, acionando o afogador, desceu a West Quay Road a toda a velocidade. A neblina, que tinha chegado mais cedo, continuava agarrada à cidade, e Helen desapareceu dentro dela.

Mantendo a velocidade alta, porém constante, foi deslizando pelo trânsito, que se arrastava em direção ao estádio de St. Mary. Ao chegar aos arredores da cidade, passou para a autoestrada. A força do hábito fez com que verificasse os retrovisores, mas não estava sendo seguida. Quando o trânsito diminuiu, Helen aumentou a velocidade. Chegando a 130 quilômetros por horas, ela esperou um segundo antes de forçar o motor a 140. Jamais se sentia tão à vontade quanto nos momentos em que viajava em alta velocidade.

As cidades passavam num piscar de olhos. Winchester, então Farnborough, antes de Aldershot finalmente surgir no campo de visão. Mais uma olhada de relance nos retrovisores e ela estava no centro da cidade. Depois de parar a moto no estacionamento NCP, Helen se desviou de um grupo de soldados bêbados e saiu apressada, tentando se manter à sombra enquanto andava. Ninguém a conhecia por ali, mas, ainda assim, não podia correr nenhum risco.

Passou pela estação de trem e logo estava na Cole Avenue, no centro do subúrbio de Aldershot. Não sabia se estava fazendo a coisa certa, mas se sentira compelida a retornar. Acomodando-se em meio à vegetação rasteira que acompanhava uma lateral da rua, ocupou seu posto de observação de sempre.

O tempo se arrastava. O estômago de Helen roncou e ela se deu conta de que não comia desde o café da manhã. Uma verdadeira idiotice, afinal estava ficando mais magra a cada dia. O que estava tentando provar a si mesma? Havia formas melhores de se redimir do que se matando de fome.

De repente, percebeu movimento. Um "tchau" berrado, então a porta do número 14 foi fechada com um estrondo. Helen se agachou. Seus olhos acompanharam o rapaz que agora descia a rua apressado, digitando números no celular. Passou caminhando a três metros de Helen, sem notar a sua presença, antes de sumir dobrando a esquina. Helen contou até quinze, então deixou o esconderijo e seguiu atrás dele.

O homem — de 25 anos, mas com jeito de menino — era bonito, com cabelos escuros e cheios e rosto redondo. Usando roupas informais, com um jeans largo na bunda, era igual a muitos rapazes, desesperados para parecer descolados e desinteressados. Helen deu um leve sorriso diante da descontração planejada de tudo aquilo.

Avistou um grupo de rapazes barulhentos parados do lado de fora da Railway Tavern. Com canecas de cerveja a duas libras, doses de bebidas mais fortes a cinquenta centavos e sinuca grátis, era a meca dos jovens e das pessoas sem grana ou de reputação duvidosa. O proprietário, um sujeito idoso, ficava satisfeito em servir qualquer um que tivesse atingido a puberdade, por isso o lugar vivia lotado, com multidões transbordando para a rua. Helen ficou grata por poder se disfarçar, misturando-se aos corpos para observar sem ser identificada. O bando de rapazes comemorou a chegada do jovem quando ele acenou com uma nota de vinte libras. Eles entraram, e Helen foi atrás. Aguardando pacientemente na fila do bar, era invisível aos olhos deles — qualquer pessoa com mais de 30 anos não existia no mundo daqueles garotos.

Depois de algumas bebidas, o grupo se afastou dos olhares curiosos do pub e foi para um playground nos arredores da cidade. O parquinho decadente estava deserto, e Helen teve que seguir os rapazes com cuidado. É provável que qualquer mulher vagando sozinha por um playground à noite atrairia atenção, então ficou para trás. Encontrou um carvalho muito antigo e gravemente ferido por dezenas de entalhes feitos por casais apaixonados e ficou à sua sombra. De lá, podia observar sem ser incomodada enquanto a turma fumava maconha, feliz e despreocupada, apesar do frio.

Helen passou a vida inteira sendo observada, mas ali ela era invisível. Depois da morte de Marianne, sua vida havia sido esmiuçada e escancarada para consumo público. Como resultado disso, as pessoas achavam que a conheciam como a palma de suas mãos.

Mas havia uma coisa que não sabiam. Um segredo que havia guardado.

E ele se encontrava a menos de quinze metros de onde estava agora, completamente alheio à sua presença.

3

Ele piscou os olhos até abri-los de vez, mas não conseguia enxergar.

Um líquido escorria pelas suas bochechas enquanto os globos oculares giravam, inutilmente, nas órbitas. Os sons estavam terrivelmente abafados, como se seus ouvidos estivessem cheios de algodão. Esforçando-se para voltar a si, o homem sentiu uma dor lancinante rasgar sua garganta e suas narinas. Uma queimação intensa, como se houvesse uma chama na laringe. Ele queria espirrar, vomitar, cuspir o que quer que o afligisse. Mas estava amordaçado, a boca tapada com fita adesiva, então teve de engolir a agonia.

Por fim, a torrente de lágrimas minguou e seus olhos queixosos começaram a perceber o ambiente ao seu redor. Não tinha saído da casa abandonada, mas agora estava no quarto da frente, prostrado sobre a cama imunda. Seus nervos estavam à flor da pele e ele lutava com todas as suas forças — precisava se libertar —, mas os braços e as pernas estavam bem amarrados à estrutura de ferro da cama. Puxou, puxou mais um pouco, torceu, mas as cordas de nylon não cederam.

Foi só então que ele se deu conta de que estava nu. Um pensamento tenebroso o dominou: será que iam deixá-lo ali daquele jeito? Para congelar até a morte? A pele já havia erguido suas defesas — estava arrepiada de frio e de pavor —, e ele sentiu o frio intenso que fazia.

Gritou com todas as suas forças, mas só conseguiu emitir foi um gemido abafado que parecia um zumbido. Se ao menos pudesse conversar com eles, argumentar... podia lhes arranjar mais dinheiro e o deixariam ir embora. Não podiam deixá-lo ali *daquele* jeito. A humilhação foi se infiltrando no medo que sentia enquanto olhava para baixo, para o corpo inchado de um homem de meia-idade estendido no edredom manchado.

Ele se esforçou para ouvir algo, na esperança, apesar de todas as evidências contrárias, de que não estivesse sozinho. Mas não ouviu nada. Eles o haviam abandonado. Por quanto tempo o deixariam ali? Até esvaziarem todas as suas contas? Até escaparem? O homem estremeceu, já temendo a perspectiva de ter que barganhar pela sua liberdade com um drogado ou uma puta qualquer. O que faria quando fosse libertado? O que diria à família? À polícia? Amaldiçoou-se amargamente por ter sido um completo idi...

Uma tábua do assoalho rangeu. Então *não* estava sozinho. A esperança percorreu seu corpo como fogo — talvez agora fosse descobrir o que queriam. Esticou o pescoço de um lado para o outro para tentar chamar a atenção do agressor, mas alguém se aproximava por trás dele, permanecendo fora do seu campo de visão. De repente se deu conta de que a cama à qual fora amarrado havia sido empurrada para o meio do quarto, como se estivesse no centro de um palco. Ninguém iria querer dormir com a cama naquela posição, então por quê...?

Uma sombra surgiu. Antes que pudesse reagir, algo passou por cima dos seus olhos, do seu nariz, da sua boca. Uma espécie de capuz. Sentiu o tecido macio roçar no rosto, o cordão ajustável ser puxado com força. Já respirava com dificuldade, o veludo grosso pousando em narinas incomodadas. Ele sacudiu a cabeça com fúria, para um lado e para o outro, se esforçando para criar qualquer espaço que fosse que lhe permitisse respirar. Esperava, a qualquer momento, que o cordão fosse puxado com mais força ainda, mas, para sua surpresa, nada aconteceu.

E agora? Tudo mergulhou no silêncio outra vez, a não ser pela respiração difícil do homem. Começava a fazer calor dentro do capuz. Será que o oxigênio conseguia penetrar ali? Ele fez um esforço consciente para respirar devagar. Se entrasse em pânico agora, passaria a hiperventilar e aí...

Encolheu-se de repente, os nervos pulsando enlouquecidamente. Alguma coisa gelada havia encostado na sua coxa. Uma coisa dura. De metal? Uma faca? Agora estava subindo pela perna, em direção a...

O homem se sacudiu desesperadamente, estirando os músculos para puxar as cordas que o mantinham preso. Compreendia agora que aquela era uma luta de vida ou morte.

Gritou o mais alto que conseguiu. Mas a fita se manteve firme. As amarras não cederam. E não havia ninguém para escutar os gritos.

4

— Trabalho ou lazer?

Helen se virou de repente, o coração batendo forte. Ao subir a escadaria escura que levava ao seu apartamento, havia presumido que estava sozinha. Ficou irritada por ter sido surpreendida, misturada a uma breve explosão de ansiedade... mas era só James, emoldurado no vão da porta do apartamento. Ele se mudara para o apartamento debaixo do dela havia três meses e, como era enfermeiro sênior no hospital South Hants, tinha horários pouco ortodoxos.

— Trabalho — mentiu Helen. — E você?

— Trabalho que eu achei que ia se transformar em lazer. Mas... ela acabou de ir embora num táxi.

— Pena.

James encolheu os ombros e deu seu característico sorriso torto. Tinha uns 30 e tantos anos e era bonitão, com seu jeito desgrenhado e um charme indolente que costumava funcionar com as enfermeiras menos experientes.

— Gosto não se discute — concluiu ele. — Achei que ela gostasse de mim, mas sempre fui péssimo em ler sinais.

— É mesmo? — respondeu Helen, sem acreditar numa só palavra.

— De qualquer forma, você quer companhia? Eu tenho uma garrafa de vinho que... Chá, eu tenho chá... — corrigiu ele.

Até aquele momento, Helen teria ficado tentada. Mas a correção a deixou irritada. James era como todos os outros: sabia que ela não bebia, sabia que preferia chá a café, sabia que era uma assassina. Mais um *voyeur* observando o desastre que era a vida dela.

— Eu adoraria — voltou a mentir Helen —, mas eu tenho um monte de arquivo para analisar antes do meu próximo turno.

James sorriu e cedeu à vontade dela, embora soubesse muito bem o que estava acontecendo. E sabia que era bom não insistir. Observou com indisfarçada curiosidade Helen pular os degraus até o apartamento. A porta foi fechada como se algo tivesse sido concluído.

O relógio marcava cinco da manhã. Aninhada no sofá, Helen tomou um imenso gole de chá e ligou o laptop. As primeiras pontadas de fadiga começaram a aparecer, mas, antes que pudesse dormir, tinha trabalho a fazer. A segurança do laptop era sofisticada — uma muralha inexpugnável cercando o que havia sobrado da sua vida privada —, e Helen demorou o tanto que foi necessário, curtindo o complexo processo de inserir senhas e destrancar cadeados digitais.

Abriu a pasta que tinha sobre Robert Stonehill. O rapaz que estivera seguindo mais cedo não sabia nada sobre a existência dela, mas Helen sabia tudo sobre a dele. Começou a digitar, dando corpo ao perfil cada vez mais completo que criara para ele, acrescentando pequenos detalhes a respeito do caráter e da personalidade que havia captado na última vigilância. O garoto era inteligente — isso logo dava para perceber. Tinha senso de humor e, embora soltasse um palavrão para cada palavra que falava, era espirituoso e tinha um sorriso charmoso. Tinha facilidade para conseguir convencer as pessoas a fazerem o que queria. Nunca entrava na fila para pegar bebida no bar — sempre conseguia que algum colega fizesse isso enquanto ele ficava aprontando com Davey, o rapaz atarracado que claramente era o líder da turma.

Robert sempre parecia ter dinheiro, o que era estranho, considerando que trabalhava como repositor de mercadorias no supermercado. Onde arranjava grana? Roubo? Coisa pior? Ou seria só mimado pelos pais? Era o único filho de Monica e Adam — o centro do mundo dos dois —, e Helen sabia que eles estavam na palma da mão de Robert. Seriam eles a origem dos fundos aparentemente ilimitados?

Sempre havia garotas em volta dele — tinha um corpo em forma e era bonito —, mas não tinha uma namorada. Essa era a área que mais interessava a Helen. Ele era hétero ou gay? Crédulo ou desconfiado? Quem deixava se aproximar dele? Era uma pergunta para a qual Helen não tinha resposta, embora tivesse plena confiança de que conseguiria uma. Lenta e metodicamente, se infiltrava em cada canto da vida de Robert.

Helen bocejou. Precisava voltar à delegacia dali a pouco, mas ainda teria algumas horas de sono se fosse se deitar logo. Com prática adquirida, acionou os programas de criptografia do computador, trancou seus arquivos, então trocou a senha-mestre. Trocava-a sempre que usava o computador hoje em dia. Sabia que era exagero, que estava sendo paranoica, mas se recusava a dar qualquer sorte ao azar. Robert era dela e só dela. E era assim que queria que permanecesse.

5

O dia amanhecia, então ele precisava agir rápido. Dali a uma ou duas horas, o sol já teria acabado com a neblina espessa, expondo aqueles que se escondiam em seu interior. Suas mãos tremiam, as articulações doíam, mas ele se forçou a seguir em frente.

Tinha roubado um pé de cabra de uma loja de ferragens da Elm Street. O gerente indiano estava ocupado demais assistindo a uma partida de críquete no tablet para notar quando ele o enfiou no casaco comprido. Gostava da sensação do metal rígido e frio nas mãos, e agora o empunhava com vontade, para a frente e para trás, atacando as grades enferrujadas que protegiam as janelas. A primeira barra caiu com facilidade; a segunda exigiu mais força, mas logo havia espaço suficiente para um corpo passar. Teria sido mais fácil dar a volta pela frente e forçar entrada por lá, mas ele não ousava ser visto nas ruas naquela região. Devia dinheiro a muita gente — gente que ficaria feliz em arrebentar a cara dele só por diversão. Por isso andava pelas sombras, assim como todas as criaturas da noite.

Verificou mais uma vez se o caminho estava livre, então lançou o pé de cabra na vidraça, que se estilhaçou com um estrondo prazeroso. Enrolando a mão numa toalha velha, começou a dar socos rápidos no restante do vidro antes de subir no parapeito e se atirar para dentro.

Aterrissando com suavidade, hesitou. Nunca dava para saber direito o que poderia encontrar num lugar como aquele. Não havia sinal de vida, mas cuidado nunca era demais, e ele ficou segurando o pé de cabra com firmeza enquanto avançava. Não havia nada de útil na cozinha, então foi logo para o cômodo da frente.

Aquilo ali era mais promissor. Colchões abandonados, camisinhas descartadas e, perto delas, suas companheiras naturais:

seringas usadas. Ele sentiu a esperança e a ansiedade aumentarem na mesma proporção. Por favor, Deus, permita que haja resto suficiente dentro delas para que eu consiga uma dose decente. De repente estava de quatro arrancando os êmbolos, enfiando o dedo mínimo no interior das seringas, cavoucando desesperadamente à procura de um pouco de heroína para aliviar o sofrimento. Nada na primeira, nada na segunda — porra — e quase nada na terceira. Aquele esforço todo por uma raspinha. Ansioso, esfregou o dedo nas gengivas — isso teria que bastar por enquanto.

Deitou no colchão sujo e ficou esperando até que o entorpecimento fizesse efeito. Seus nervos retiniam havia horas, a cabeça latejava e ele queria — precisava — de um pouco de paz. Fechou os olhos e começou a soltar o ar vagarosamente, mandando o corpo relaxar.

Mas havia algo de errado. Alguma coisa não deixava que ele relaxasse. Tinha alguma coisa...

Ping. Lá estava. Um som. Um som lento porém constante, perturbando o silêncio, tamborilando um aviso insistente.

Ping. De onde estava vindo? Seus olhos se moviam, para um lado e para o outro, rápidos, nervosos.

Algo estava pingando no canto oposto do aposento. Um vazamento? Ignorando a irritação que sentiu, se esforçou para ficar de pé. Valia a pena dar uma olhada — e se houvesse um cano de cobre ali para ele?

Correu até lá, então parou de repente onde estava. Não era um vazamento. Não era água. Era sangue. *Ping, ping,* pingando do teto. Ele deu meia-volta e se afastou rápido — essa merda não é da minha conta —, mas, ao chegar à cozinha, diminuiu o passo. Talvez estivesse se precipitando. Afinal de contas, estava armado e não havia sinal de movimento lá em cima. Qualquer coisa podia ter acontecido. Alguém podia ter se matado, podia ter sido roubado, morto, qualquer coisa. Mas podiam rolar uns despojos para alguém que vivia de catar o que aparecia pela frente, e isso não podia ser ignorado.

Um instante de hesitação, e depois o ladrão se virou e atravessou o cômodo, passando rente à espessa poça de sangue que coagulava no corredor. Colocou a cabeça rapidamente para fora, empunhando o pé de cabra e pronto para atacar ao primeiro sinal de perigo.

Mas não havia ninguém ali. Cauteloso, seguiu em frente e começou a subir a escada.

Nhec, nhec, nhec.

Cada passo anunciava sua presença, e ele foi xingando baixinho. Se *houvesse* alguém ali em cima, saberia que ele estava chegando. Segurou o pé de cabra com um pouco mais de força quando chegou ao topo da escada. Era melhor se prevenir, então colocou a cabeça rapidamente dentro do banheiro e do quarto dos fundos — apenas um amador é atacado pelas costas.

Satisfeito por estar livre de uma emboscada, virou-se para o quarto da frente. O que quer que tivesse acontecido, o que quer que fosse *aquilo*, estava ali dentro. O ladrão respirou fundo e deu um passo para o interior do quarto escuro.

6

Ela mergulhou mais e mais fundo, a água salobra enchendo seus ouvidos e narinas. Estava muito abaixo da superfície agora, já ficando sem fôlego, mas não hesitou. Luzes estranhas iluminavam o leito do lago, deixando-o diáfano e belo, tentando-a a ir ainda mais fundo.

Agora ela usava as unhas para abrir caminho pelas algas espessas que se agarravam ao fundo. A visibilidade era ruim, o percurso, difícil, e seus pulmões estavam prestes a explodir. Disseram que ele estava ali, mas onde exatamente? Ali havia um carrinho de bebê juntando ferrugem, um velho carrinho de supermercado e até mesmo um tambor de petróleo, mas nenhum sinal de...

De repente, soube que havia sido enganada. Ele não estava ali. Virou-se para retornar à superfície. Mas não saiu do lugar. Ao virar a cabeça, percebeu que a perna esquerda estava presa às algas. Chutou com toda a força, mas as algas não cederam. Estava começando a se sentir fraca, não iria aguentar muito mais tempo, mas se forçou a relaxar, deixando o corpo descer até o fundo. Era melhor tentar se soltar com calma do que ficar dando chutes até aumentar o problema. Forçando a cabeça para baixo, foi cavando pelas algas traiçoeiras, puxando com força. Então parou. E gritou — o último bocado de ar que lhe restava escapou de sua boca. Não eram algas que a seguravam debaixo d'água. Era uma mão humana.

Arfando, Charlie se sentou na cama de súbito. Olhou freneticamente ao redor, tentando processar a estranha disjunção entre as algas pelas quais havia sido engolida e o quarto simples onde se encontrava. Correu as mãos pelo corpo, convencida de que sentiria o pijama encharcado, mas estava completamente seco, a não ser por uma fina camada de suor na testa. Enquanto a respiração começava a se acalmar, ela foi se dando conta de que não havia passado de um pesadelo, nada além de um maldito pesadelo.

Forçando-se a manter a calma, virou-se para olhar para Steve. Ele sempre tivera o sono pesado, e ela ficou satisfeita em vê-lo roncar suavemente ao seu lado. Saindo bem devagar pelo seu lado da cama, pegou o roupão e deixou o quarto na ponta dos pés.

Atravessou o corredor e se dirigiu às escadas. Passou apressadamente pelo segundo quarto, então se repreendeu por ter feito isso. Assim que souberam que estavam esperando um bebê, Steve e Charlie haviam discutido as mudanças que fariam naquele quarto — substituiriam a cama de casal por um berço e uma poltrona de amamentação, cobririam as paredes brancas com um papel de parede amarelo bem alegre, colocariam tapetes macios no chão de madeira — mas é claro que toda aquela animação acabou não resultando em nada.

O bebê deles tinha morrido dentro de Charlie durante seu encarceramento com Mark. Quando chegaram ao hospital com ela, Charlie já sabia, mas ainda tinha esperança de que os médicos contradissessem seus piores temores. Não contradisseram. Steve chorou quando ela lhe contou. Foi a primeira vez que Charlie o viu chorar, mas não a última. Houve momentos, nos meses que se seguiram, em que Charlie achava que tinha a situação sob controle, que se achava de alguma forma capaz de processar o horror daquilo tudo. Mas então ela se pegava hesitando em entrar no segundo quarto, com medo de ver as marcas do quarto de bebê que eles haviam imaginado juntos, e ela sabia que as feridas continuavam abertas.

Desceu a escada, foi para a cozinha e ligou a chaleira elétrica. Vinha sonhando muito ultimamente. Conforme sua volta ao trabalho se aproximava, a ansiedade encontrara escape em pesadelos. Ela os guardara para si, para não dar mais munição a Steve.

— Não conseguiu dormir?

Steve tinha entrado na cozinha de mansinho e estava olhando para ela. Charlie balançou a cabeça.

— Nervosa?

— O que você acha? — retrucou Charlie, tentando manter um tom leve.

— Vem aqui.

Steve abriu os braços e ela se aninhou nele, agradecida.

— Um dia de cada vez — continuou ele. — Eu sei que você vai ficar ótima, que vai chegar aonde quer chegar... mas, se em algum momento você achar que é demais, ou que não é a coisa certa a fazer, a gente pode repensar tudo. Ninguém vai te julgar. Está bem?

Charlie fez que sim com a cabeça. Sentia-se muito grata pelo apoio dele, pela capacidade que Steve tinha de *perdoá-la*, mas sua determinação em fazer com que deixasse o emprego a irritava. Compreendia por que ele odiava a força policial agora, por que odiava o emprego dela, as pessoas horríveis que vagavam pelo mundo e, muitas vezes, ela pensava em aceitar seu conselho e simplesmente pedir demissão. Mas e depois? Iria passar a vida toda ciente de que havia sido derrotada. Forçada a sair. Destruída. O fato de Helen Grace ter voltado ao trabalho um mês depois da morte de Marianne só servira para colocar lenha na fogueira.

Então, Charlie batera o pé, insistindo que voltaria ao trabalho quando sua licença terminasse. A polícia de Hampshire havia sido generosa com ela, tinha lhe dado todo o apoio possível e agora chegara a hora de retribuir um pouco.

Desvencilhou-se do abraço e preparou o café para eles; já não fazia mais sentido voltar para a cama. Quando foi colocar a água fervendo nas canecas, deixou derramar um pouco. Irritada, Charlie encarou a chaleira com uma expressão acusatória, mas fora sua mão direita a culpada. Ficou chocada ao constatar quanto tremia. Colocou a chaleira rapidamente de volta na base, rezando para que Steve não tivesse visto.

— Vou abrir mão do café. Acho que vou só tomar um banho e dar uma corrida hoje.

Ela se virou para sair, mas Steve a deteve, outra vez a envolvendo nos braços.

— Você tem *certeza* disso, Charlie? — perguntou ele, olhando para ela intensamente.

Uma breve pausa e então Charlie respondeu:

— Certeza absoluta.

E, com isso, ela se foi. Depois de subir a escada e ir para o chuveiro, no entanto, estava ciente de que seu otimismo não enganava ninguém. Muito menos a si própria.

7

— Eu não quero ela.

— A gente já teve essa discussão, Helen. A decisão já foi tomada.

— Então "destome". Não consigo dizer isso de forma mais clara: eu não quero ela de volta.

O tom de Helen era duro, inflexível. Normalmente, ela não seria tão hostil com sua superior, mas se sentia passional demais com relação ao assunto para desistir.

— A gente tem um monte de detetives excelentes por aí, pode escolher qualquer um. Eu completo a minha equipe e Charlie pode ir para Portsmouth, Bournemouth, sei lá para onde. Uma mudança de ares talvez faça bem a ela.

— Eu sei que é difícil para você, e entendo isso, mas Charlie tem tanto direito de estar aqui quanto você. Trabalhe com ela. Ela é uma boa policial.

Helen engoliu a resposta que iria sair por reflexo — ser sequestrada por Marianne não tinha sido o momento mais brilhante de Charlie — e ficou pensando no próximo passo. A detetive-superintendente Ceri Harwood substituíra o infeliz Whittaker e já estava se fazendo presente. Ela não era uma chefe de estação como Whittaker: enquanto ele havia sido irascível, intenso, mas com frequência bem-humorado, ela era educada, uma comunicadora nata e, basicamente, destituída de bom humor. Alta, elegante e bonita, era conhecida por ser competente e se sobressaíra nos postos pelos quais havia passado. Parecia ser popular, mas Helen tinha dificuldade em interpretá-la, não só porque tinham pouquíssimo em comum — Harwood era casada e tinha filhos — mas também porque não tinham nenhum histórico juntas. Whittaker passara muito tempo em Southampton e sempre havia considerado Helen sua protegida, ajudando-a a ser promovida. Não tinha essa mesma indulgência de Harwood, que não costumava ficar em lugar nenhum por muito tempo, e, de qualquer forma, não era do tipo que tinha favoritos. Seu forte era manter as coisas equilibradas e funcionando. Helen sabia que esse era o motivo de ter sido convocada para Southampton. Um detetive-superintendente desonrado, uma detetive-inspetora que havia atirado e matado a principal suspeita do caso, um detetive que se matara para não deixar a colega morrer de fome — havia sido uma confusão infernal e, como era de esperar, a imprensa tinha feito a festa. Emilia Garanita, do *Southampton Evening News*, se alimentara daquilo durante semanas, assim como fizera a imprensa nacional. Era bem pouco provável, nessas circunstâncias, que Helen fosse promovida ao cargo deixado por Whittaker. Permitiram que ela mantivesse o emprego, uma atitude que o comissário de polícia aparentemente havia achado mais do que generosa. Helen estava ciente de tudo isso e compreendia, mas, ainda assim, seu sangue fervia. Aquelas pessoas *sabiam* o que tinha precisado fazer. Sabiam que ela havia matado a própria irmã para colocar um fim nos assassinatos e, ainda assim, tratavam-na como uma estudante malcriada.

— Me deixa pelo menos conversar com ela — pediu Helen. — Se eu sentir que a gente pode trabalhar em equipe, talvez...

— Helen, eu realmente quero que nós sejamos amigas — interrompeu Harwood com grande habilidade —, e nosso relacionamento ainda é recente para eu estar dando uma ordem, então vou pedir educadamente a você que desista. Eu sei que existem questões que você e Charlie precisam resolver, eu sei que você era próxima do detetive Fuller, mas você precisa enxergar o panorama geral. O cidadão comum acha que você e Charlie são *heroínas* por terem detido Marianne. E com razão, na minha opinião, e eu não quero que nada abale essa percepção. Poderíamos ter suspendido, transferido ou demitido qualquer uma das duas logo depois do tiroteio, mas isso não teria sido correto. Da mesma forma que não seria correto, agora, separar essa equipe tão bem-sucedida justamente quando Charlie está pronta para voltar ao trabalho. Isso passaria uma mensagem completamente equivocada. Não, o melhor a fazer é receber Charlie de volta, parabenizar as duas pelo que fizeram juntas e deixar vocês duas seguirem em frente em suas funções.

Helen sabia que não fazia sentido continuar insistindo naquela batalha. Com suas palavras habilmente formuladas, Harwood lembrara a Helen quão perto ela *de fato* havia chegado de ser demitida. Durante o inquérito público que aconteceu depois da investigação inicial da morte de Marianne pela IPCC, Comissão Independente de Queixas contra a Polícia, muitas pessoas pediram que ela perdesse o distintivo. Por ter agido sozinha na busca por Marianne, por ter enganado os colegas policiais deliberadamente, por ter atirado numa suspeita sem emitir uma advertência formal — a lista era longa. Podiam ter acabado com sua carreira se quisessem — e Helen ficava surpresa e grata por não terem feito isso —, mas ela sabia que estava de volta somente em um período probatório. As "acusações" continuavam em seu histórico. De agora em diante, teria que escolher as batalhas com cuidado.

Helen cedeu com toda a elegância que lhe foi possível e deixou a sala de Harwood. Sabia que estava sendo injusta com Charlie, que devia ser mais solidária, mas a verdade era que não queria voltar a vê-la. Seria como estar diante de Mark. Ou de Marianne. E, apesar de toda a força que demonstrara ter nos últimos meses, Helen não iria conseguir enfrentar essa situação.

Ao retornar à Equipe de Incidentes Graves, Helen captou imediatamente o burburinho causado pela agitação. Era cedo, mas o lugar já estava mais movimentado que o normal. A equipe estivera à sua espera, e o detetive Fortune se aproximou apressado para colocá-la a par dos últimos acontecimentos.

— Precisam de você na Empress Road, senhora.

Helen já estava pegando o casaco.

— O que aconteceu?

— Um homicídio. Notificado por um viciado da região mais ou menos uma hora atrás. A patrulha já esteve no local, mas eu acho melhor você dar uma olhada.

Os nervos de Helen já estavam retinindo. Havia algo na voz do detetive que ela não ouvia desde Marianne.

Medo.

8

Dispensando a moto, Helen foi até o local com o detetive Tony Bridges. Gostava dele — era um policial cuidadoso e dedicado em quem tinha passado a confiar. Quem quer que substituísse Mark teria que se empenhar eternamente para conquistar a equipe, mas Tony havia conseguido. Ele fora muito direto, sem nunca se esquivar do desconforto de aparentemente ter se aproveitado da morte de Mark. Sua humildade e sua sensibilidade aumentaram a estima de que gozava aos olhos de todos e ele agora desempenhava o papel com bastante tranquilidade.

Seu relacionamento com Helen já era mais complexo. Não só por causa dos sentimentos dela por Mark mas também porque Bridges estivera presente quando ela apertou o gatilho da arma apontada para a irmã. Ele assistira a tudo: Marianne caindo no chão, as inúteis tentativas de Helen de reanimá-la. Tony tinha visto a chefe completamente desarmada e vulnerável, e isso sempre seria uma fonte de desconforto para ambos. Por outro lado, o testemunho de Tony para o IPCC, durante o qual insistira que Helen não tivera nenhuma opção senão atirar em Marianne, havia contribuído imensamente para salvá-la de um rebaixamento na carreira ou de uma demissão. Helen lhe agradecera à época, mas a dívida que tinha com ele nunca mais seria mencionada. Era preciso esquecer e seguir em frente; caso contrário, a hierarquia ficaria comprometida. Para todos os efeitos, eles agora trabalhavam como uma dupla qualquer de detetive-inspetor e detetive trabalharia, mas a verdade é que sempre teriam um elo forjado em batalha.

Passaram em alta velocidade pelo hospital, com as luzes de alerta azuis piscando antes de cortar caminho por uma rua secundária estreita e embicar no parque industrial da Empress Road. Não foi difícil descobrir para onde deveriam ir. A entrada da casa abandonada estava isolada com fita e um bando de curiosos já vagava pelas imediações. Helen abriu passagem aos empurrões, mostrando o distintivo, com Tony logo atrás. Falaram brevemente com os guardas fardados enquanto vestiam macacões de proteção e entraram.

Helen subiu a escada de dois em dois degraus. Não importa o que já se tenha presenciado na vida, ninguém nunca se habitua à violência. Helen não gostou da expressão no rosto dos guardas presentes — como se seus olhos tivessem sido brutalmente abertos — e queria acabar com isso o mais rápido possível.

O apertado quarto da frente fervilhava com o pessoal da equipe de perícia. Helen logo lhes pediu que fizessem um intervalo para que ela e Tony pudessem ter uma visão clara da vítima. É necessário se preparar para uma situação dessas, engolindo o asco de antemão, ou nunca se é capaz de assimilar a cena e formular valiosas primeiras impressões. A vítima era homem, branco, provavelmente na faixa dos 40 e muitos ou 50 e poucos anos. Estava nu e não havia sinal de suas roupas nem de seus pertences. Os braços e as pernas estavam amarrados à estrutura de ferro da cama com o que parecia ser uma corda para escalada de nylon e ele estava com uma espécie de capuz na cabeça. Não era uma peça criada para esse fim — parecia um desses sacos de feltro que se recebe ao comprar sapatos caros ou presentes de luxo —, mas estava ali por algum motivo. Teria sido usado para sufocá-lo? Ou para esconder sua identidade? De qualquer forma, estava bastante claro que não fora aquilo que o havia matado.

A parte superior do tronco tinha sido aberta, do umbigo à garganta, depois puxada para trás para revelar os órgãos internos. Ou o que restara deles. Helen engoliu em seco ao se dar conta de que pelo menos um dos órgãos havia sido removido. Virou-se para Tony — ele estava pálido e com o olhar fixo no fosso de sangue que outrora tinha sido o peito do sujeito. A vítima não fora simplesmente assassinada; ela fora destruída. Helen lutou para controlar uma pontada de pânico. Tirando uma caneta do bolso, inclinou-se sobre a vítima e ergueu cuidadosamente a beirada do capuz para estudar o rosto do homem com mais cuidado.

Misericordiosamente, estava intocado e parecia, por mais estranho que fosse, em paz, apesar dos olhos vazios que fitavam inutilmente o interior do saco. Helen não o reconheceu, então afastou a caneta, deixando o tecido baixar. Voltando a atenção para o corpo, os olhos assimilaram o edredom manchado, a poça de sangue coagulando no chão, o caminho até a porta. Os ferimentos pareciam recentes — de menos de um dia —, então, se houvesse vestígios do assassino a serem encontrados no local, ainda estariam frescos. Mas não havia nada — pelo menos nada de óbvio.

Deu a volta na cama, passou por cima de um pombo morto e foi até a extremidade oposta do quarto. Havia uma janela coberta por uma tábua que devia estar lá havia algum tempo, a julgar pela aparência dos pregos enferrujados. Uma casa abandonada numa parte esquecida de Southampton, sem janelas acessíveis: era o lugar perfeito para se matar alguém. Será que ele havia sido torturado primeiro? Era isso que preocupava Helen. Os ferimentos da vítima eram tão incomuns, tão abrangentes, que alguém estava tentando dizer alguma coisa com aquilo. Ou, pior, simplesmente se divertindo. O que teria levado alguém a fazer uma coisa dessas? O que teria *possuído* alguém?

Essas perguntas teriam que esperar. O mais importante agora era dar um nome à vítima, permitir que ela recuperasse um mínimo de dignidade. Helen chamou os peritos de volta. Era hora de tirar fotos e dar início à investigação.

Era hora de descobrir quem era aquele pobre sujeito.

9

A vida seguia normalmente na casa da família Matthew. As tigelas de mingau haviam sido esvaziadas e limpas, as mochilas estavam enfileiradas no corredor e os gêmeos estavam vestindo o uniforme escolar. A mãe, Eileen, os repreendia como sempre — era impressionante como aqueles meninos conseguiam prolongar o ato de se vestir. Quando eram pequenos, adoravam o status que seus uniformes escolares elegantes lhes conferiam e costumavam correr para vesti-los, ansiosos para que parecessem tão crescidos e importantes quanto as irmãs mais velhas. Mas, agora que as meninas haviam saído de casa e que os gêmeos eram adolescentes, encaravam isso como uma chatice sem tamanho e retardavam o inevitável o máximo que podiam. Se o pai estivesse em casa, teriam sido rápidos, mas, com Eileen sozinha, eles ficavam de brincadeira — só mesmo ameaçando cortar a mesada dos dois é que conseguia que eles fizessem qualquer coisa hoje em dia.

— Cinco minutos, rapazes. Cinco minutos e a gente *tem* que sair.

O tempo estava passando. A lista de presença logo seria lida na Kingswood Secondary, a escola particular em que os meninos estudavam, e não ficava bem eles se atrasarem. A escola era bastante rígida no que dizia respeito à disciplina e enviava cartas curtas e grossas para pais considerados retardatários ou relapsos. Eileen vivia apavorada com essas missivas, embora nunca tivesse recebido uma. Como resultado, a rotina matinal era rigidamente mapeada. A essa altura, eles já teriam saído, mas naquele dia ela estava meio perdida. Pegava no pé dos meninos muito mais por hábito do que por convicção naquela manhã.

Alan não tinha voltado para casa na noite anterior. Eileen sempre ficava preocupada quando ele estava fora de casa depois que escurecia. Sabia que era por uma boa causa e que Alan se sentia no dever de ajudar os menos afortunados, mas nunca se sabia com quem — ou com o que — ele podia esbarrar. Havia gente ruim solta por aí, bastava ler o jornal para saber disso.

Normalmente ele retornava por volta das quatro da manhã. Eileen fingia que estava dormindo, porque sabia que Alan não gostava de saber que ela ficava acordada à sua espera, mas a verdade era que ela nunca pregava o olho até o marido estar em casa são e salvo. Às seis, já não aguentando mais, se levantara e ligara para o celular de Alan, mas tinha caído direto na caixa postal. Pensara em deixar um recado, mas acabara decidindo não fazer isso. Ele logo estaria em casa e diria que ela costumava se preocupar à toa. Eileen havia preparado o café da manhã, mas, como não conseguira comer, permanecera intocado na bancada. *Onde* Alan estava?

Os meninos estavam prontos agora, encarando-a. Percebiam que a mãe estava ansiosa e não sabiam se deviam achar graça ou ficar preocupados. Aos 14 anos, eram a mistura clássica de homem com criança — eles desejavam ser independentes, adultos, eram até mesmo cínicos, e ao mesmo tempo se agarravam à rotina e à disciplina proporcionadas pelos pais. Estavam esperando para sair, mas Eileen ainda hesitava. Um forte instinto lhe mandava permanecer ali, aguardando a volta do marido.

A campainha tocou, então Eileen atravessou o corredor. O bobalhão havia esquecido a chave. Talvez tivesse sido roubado. Seria mesmo a cara de Alan ajudar algum vagabundo e ter a carteira roubada em troca. Recompondo-se, Eileen abriu a porta calmamente, com o mais belo sorriso estampado no rosto.

Mas não havia ninguém lá fora. Olhou ao redor procurando por Alan — por qualquer pessoa —, mas a rua estava silenciosa. Seriam crianças brincando?

— Me surpreende que vocês não tenham nada melhor para fazer — gritou ela, xingando baixinho as crianças mal-educadas que moravam na parte mais pobre da rua.

Estava prestes a bater a porta quando notou a caixa no chão. Uma caixa de papelão de algum serviço de entrega fora deixada à sua porta. Tinha uma etiqueta branca no alto e nela estava escrito "Família Matthews", seguido do endereço deles — escrito errado, numa caligrafia confusa e muito condensada. Parecia ser algum tipo de presente, mas não era aniversário de ninguém. Eileen colocou a cabeça para fora mais uma vez, esperando ver Simon, o carteiro, ou alguma van do correio estacionada na rua, mas não havia ninguém à vista.

Os meninos logo ficaram em cima dela, perguntando se podiam abrir a caixa, mas Eileen foi firme. *Ela* abriria e, se fosse apropriado, compartilharia o conteúdo com eles. Na verdade, não estavam com tempo — já eram vinte para as nove, meu Deus! —, então era melhor abrir logo aquilo, acalmar os ânimos dos meninos e seguir com a rotina da manhã. De repente, Eileen ficou irritada consigo mesma por estar enrolando e resolveu tomar alguma providência — caso se apressassem, talvez chegassem à escola a tempo.

Pegando uma tesoura na gaveta da cozinha, cortou a fita adesiva que lacrava a caixa. Ao fazê-lo, torceu o nariz — um cheiro forte saiu de lá de dentro. Não conseguia identificar do que se tratava, mas não gostou do que viu. Seria algum produto industrial? Algo de origem animal? Seu impulso foi de lacrar a caixa outra vez e esperar que Alan voltasse, mas os meninos ficaram resmungando, pedindo que ela fosse em frente... Então cerrou os dentes e abriu a caixa de uma só vez.

E gritou. De repente, não conseguia parar de gritar, apesar de os meninos estarem claramente apavorados com o barulho. Chorosos, correram até ela, mas Eileen os afastou com raiva. Eles resistiram, implorando à mãe que lhes contasse o que estava acontecendo, então Eileen os arrastou pelo colarinho para fora do cômodo, enquanto gritava por socorro.

Aquela caixa ofensiva fora deixada sozinha. A tampa escorregou indolentemente até revelar a legenda "maudade", escrita em carmesim no verso. Era a apresentação perfeita para o conteúdo tenebroso da caixa. Dentro dela, num ninho de jornais sujos, jazia um coração humano.

10

— Onde estão os outros?

Agarrando a pasta do caso, Charlie vasculhou com o olhar a sala da Equipe de Incidentes Graves. A sensação de estar de volta era muito esquisita, mas a situação ficou ainda mais estranha pelo fato de o escritório parecer completamente deserto.

— Homicídio na Empress Road. A detetive-inspetora Grace está lá com a maior parte da equipe — respondeu o detetive Fortune, conseguindo, por muito pouco, conter seu desagrado por ter sido deixado para trás.

Ele era um policial inteligente e meticuloso, além de ser um dos poucos oficiais negros da Central de Southampton. Estava destinado a coisas mais importantes, e Charlie sabia que ele devia estar bastante irritado por estar preso ali, servindo de acompanhante para ela em seu retorno ao trabalho. Charlie havia hesitado ao entrar no prédio meia hora antes, e a ausência de um comitê de boas-vindas estava piorando as coisas. A desfeita teria sido proposital? Uma forma de fazer com que Charlie soubesse que não era bem-vinda?

— O que sabemos a respeito disso? — devolveu Charlie, tentando assumir a postura mais profissional que lhe foi possível.

— Profissional do sexo encontrada na mala de um carro. Os assassinos fizeram o diabo com ela, o que dificultou um pouco a identificação do corpo no início, mas o DNA resolveu o problema. Ela estava na base de dados; o registro de acusações contra ela está na terceira página.

Charlie folheou a ficha. A garota morta — uma polonesa chamada Alexia Louszko — fora de uma beleza impressionante em vida, com cabelos castanho-avermelhados escuros, diversos piercings e tatuagens e lábios carnudos. Para quem apreciava o estilo gótico, era perfeita. Até mesmo na foto do prontuário tinha uma aparência agressivamente sensual. Suas tatuagens eram todas de criaturas mitológicas, o que lhe conferia um ar primitivo e animalesco.

— O último endereço conhecido é um apartamento perto de Bedford Place — informou o prestativo detetive Fortune.

— Então vamos até lá — concluiu Charlie, ignorando a óbvia ansiedade do colega para terminar logo com aquilo.

— Você dirige ou eu?

A maior parte das profissionais do sexo de Southampton vivia em St. Mary's ou em Portswood, misturando-se a estudantes, viciados e imigrantes ilegais. Assim, o fato de Alexia morar em Bedford Place, perto das boates e dos bares mais elegantes, já era interessante por si só. Ela havia sido detida por prostituição um ano antes, mas devia estar ganhando bem para morar numa região interessante como aquela.

O interior do apartamento de Alexia só serviu para reforçar essa sensação. Ao se ver diante de um distintivo, o concierge do prédio relutantemente deixara que os policiais entrassem. Enquanto o detetive Fortune lhe fazia perguntas, Charlie investigava o lugar cuidadosamente. Era um ambiente aberto, recém-decorado com móveis de preço acessível, porém de bom gosto. Além do sofá modular e da imensa TV de plasma, havia uma mesa de vidro, uma máquina de *espresso* e um *jukebox* retrô. Cacete, era mais bacana que a casa de Charlie. A garota estava ganhando bem o suficiente para comprar aqueles objetos de classe média todos ou era bancada por alguém? Um amante? O cafetão? Alguém que ela estaria chantageando?

Ignorando a cozinha, Charlie seguiu direto para o quarto. Era excepcionalmente organizado e limpo. Colocou luvas de látex e começou a busca. O armário estava abarrotado de roupas, as gavetas, repletas de roupas íntimas e apetrechos de *bondage*, e a cama estava bem-arrumada. Um único livro — escrito por um autor polonês de quem Charlie nunca ouvira falar — encontrava-se em cima da mesa de cabeceira. E era só. Será que ela se resumira àquilo?

O banheiro revelou pouca coisa interessante, então Charlie seguiu para o quartinho que servia de espaço para secar roupas e de miniescritório. Havia um telefone e um laptop barato em cima de uma mesa velha. Charlie apertou o botão de ligar. O aparelho emitiu um zumbido violento, como se estivesse prestes a ganhar vida, mas a tela permaneceu resolutamente preta. Charlie pressionou algumas teclas. Ainda assim, nada.

— Está com o seu canivete aí? — perguntou ao detetive Fortune.

Ela sabia que estaria (embora não devesse estar). Fortune era esse tipo de sujeito. Nada lhe dava mais prazer do que consertar uma máquina quebrada na frente das colegas. Era uma espécie de homem das cavernas moderno.

Pegando-o das mãos dele, Charlie sacou a chave de fenda e desaparafusou o painel do fundo do laptop. Conforme havia imaginado, a bateria estava no lugar, mas o disco rígido fora removido.

Então alguém estivera, *sim*, no apartamento. No instante em que pisara naquele lugar, Charlie havia suspeitado que ele tinha sido arrumado. A vida de ninguém era arrumadinha daquele jeito. Alguém que sabia que a polícia viria havia vasculhado o apartamento, livrando-o de qualquer traço de Alexia, fosse ele físico ou digital. O que será que ela andara fazendo para ganhar aquela grana toda? E por que alguém estava tão ansioso para esconder isso?

Não fazia mais o menor sentido procurar qualquer coisa nos lugares de costume. Agora era o caso de levantar armários e mesas, erguer colchões e vasculhar bolsos. Olhar embaixo, por trás, em cima. A sensação era a de participar de uma gincana completamente inútil, e Charlie teve que aturar um bocado de suspiros nada sutis do colega — que provavelmente estava se imaginando abrindo algumas cabeças na Empress Road —, mas por fim, depois de duas horas e meia de uma busca meticulosa, a dupla teve sorte.

A cozinha tinha uma ilha com uma lixeira embutida. A lixeira havia sido retirada e esvaziada, mas quem quer que o tivesse feito não tinha visto um pedacinho de papel caído debaixo da gaveta de puxar. Devia ter caído entre a lata de lixo e a gaveta quando fora jogado fora e permanecera ali, sem ser notado, desde então. Charlie o apanhou.

Para sua surpresa, era um contracheque. Para uma mulher chamada Agneska Suriav, que trabalhava em uma academia de ginástica de Banister Park. Parecia ser verdadeiro — com descontos da previdência social, número de contribuinte — e representava um belo salário. Mas isso não fazia muito sentido. Quem era Agneska? Amiga de Alexia? Um pseudônimo? Levava a mais perguntas do que respostas, mas era um começo. Pela primeira vez em muito tempo, Charlie se sentiu bem consigo mesma. Talvez houvesse vida após Marianne, afinal.

11

— Eu quero sigilo absoluto até sabermos mais. Nada deixa essas quatro paredes sem que eu diga que pode, ok?

A equipe assentiu obedientemente enquanto Helen falava. O detetive-sargento Bridges e os detetives Sanderson, McAndrew e Grounds, policiais menos graduados, compiladores de dados e assessores de imprensa estavam todos amontoados numa sala de inquérito requisitada de última hora. A investigação começava a ganhar vida, e um murmúrio de agitação percorria o aposento.

— Obviamente, estamos atrás de um indivíduo ou indivíduos de alta periculosidade, e por isso é essencial agirmos com rapidez para capturá-los. Nossa primeira prioridade é identificar a vítima. Sanderson, eu quero que você fique em contato com a perícia e com a patrulha. Estão procurando testemunhas na região e verificando veículos que possam ter pertencido à vítima. Duvido que haja câmeras naquela rua, mas pergunte nos supermercados e nos comércios das imediações. Talvez eles tenham alguma pista que possa nos ajudar.

— Deixa comigo — respondeu a detetive Sanderson. Eram tarefas enfadonhas, mas com frequência era o óbvio que solucionava um caso. Sempre havia a possibilidade de encontrar a glória em meio ao trabalho mais pesado.

— McAndrew, quero que você fale com as garotas da rua. Ontem à noite, devia ter pelo menos umas dez nas redondezas. É possível que elas tenham visto ou ouvido alguma coisa. Não vão querer falar com a gente, mas coisas assim prejudicam os negócios, então convença as garotas de que é do interesse delas nos ajudar. Talvez elas prefiram conversar com uma policial à paisana, então use os guardas para te ajudar, mas tente fazer o maior número possível de interrogatórios individuais que conseguir sozinha.

A detetive McAndrew assentiu com a cabeça, ciente de que os planos que fizera para a noite tinham ido para o espaço. Não era à toa que continuava solteira.

Helen fez uma pausa de um segundo, então, lenta e deliberadamente, começou a prender as fotos da cena do crime — uma a uma — no quadro atrás dela. Enquanto fazia isso, ouviu um leve suspiro de alguém às suas costas. Era a primeira vez que muitos dos policiais presentes viam um homem virado pelo avesso.

— Primeira pergunta: por quê? — disse Helen, virando-se para encarar a equipe. — O que foi que a nossa vítima fez para provocar um ataque desses?

Ela deixou a pergunta no ar, observando as reações às fotos antes de prosseguir:

— As casas abandonadas dessa rua são usadas por prostitutas e viciados diariamente, então por que esse homem estava lá? Será que era um cliente que se recusou a pagar? Um cafetão que tentou roubar um cliente? Ou um traficante que passou a perna nos distribuidores? O grau de selvageria dessa agressão denota uma raiva real ou o desejo de fazer uma declaração pública. Isso *não* é um crime passional. Nosso assassino estava bem-preparado: equipado com cordas de nylon, fita adesiva e uma arma. E demorou o tempo que foi necessário. A perícia vai confirmar depois, mas, pelo que parece, a vítima sangrou até a morte, considerando o nível de saturação de sangue no corpo e no chão. O assassino não entrou em pânico nem fugiu. Ele não teve medo de ser descoberto, e continuou fazendo o que precisava ser feito com calma, cortando a vítima ao meio antes de...

Helen fez uma breve pausa antes de completar a frase:

— ... antes de remover o coração.

Um dos compiladores de dados estava começando a parecer um pouco enjoado, então Helen se apressou:

— Para mim, parece uma emboscada. Como se fosse um castigo. Mas por quê? Será que isso faz parte de alguma guerra por território? Um aviso para uma gangue rival? Será que a vítima devia dinheiro a alguém? Teria sido um assalto? Já aconteceu de prostitutas e cafetões torturarem clientes para conseguir senhas de cartões e acabar indo longe demais. Ou se tratava de outra coisa?

Era dessa outra coisa que Helen tinha medo. O coração seria alguma espécie de troféu? Helen afastou esse pensamento e retornou à reunião. Não fazia sentido colocar o carro na frente dos bois, imaginando hipóteses absurdas que talvez tivessem uma explicação completamente mundana.

— Precisamos nos abrir para o maior número de possibilidades. Prostituição, crimes relacionados a gangues, drogas, ressentimentos criminais. É bem provável que o assassino — ou os assassinos — acabe se entregando nas próximas vinte e quatro horas. Ele pode estar se cagando de medo ou eufórico; é difícil alguém se comportar calmamente depois de fazer uma coisa dessas. Por isso, olhos e ouvidos abertos para qualquer fonte, para qualquer pista. De agora em diante, esse caso é a prioridade de vocês. Todo o resto pode ser administrado pelos outros.

O que todo mundo sabia que significava Charlie. Helen ainda não a vira, mas o reencontro das duas não tardaria a acontecer. Estava decidida a ser educada e formal, como costumava ser quando estava nervosa, mas será que iria conseguir? No passado, sua máscara era impenetrável, mas não agora. Muita coisa havia acontecido, muito do seu passado tinha sido exposto para que alguém ainda acreditasse naquela personagem.

A sala se esvaziou conforme os policiais se apressavam para cancelar compromissos, acalmar entes queridos e conseguir alguma coisa para comer durante a longa noite que teriam pela frente. Assim, Helen ficou sozinha, perdida nos próprios pensamentos, quando Tony Bridges voltou correndo para a sala.

— Parece que a gente encontrou o nosso homem.

Helen despertou do devaneio imediatamente.

— A recepção recebeu a ligação de uma mulher bastante aflita que recebeu um coração humano na porta de casa. O marido não voltou para casa ontem à noite.

— Nome?

— Alan Matthews. Casado, pai de quatro filhos, vive em Banister Park. É empresário, captador de recursos para instituições de caridade e membro ativo da igreja batista da região.

Tony tentou dizer essa última parte sem se encolher, mas não conseguiu. Helen fechou os olhos, ciente de que as próximas horas seriam profundamente desagradáveis para todos os envolvidos. Um homem de família havia encontrado uma morte macabra num conhecido antro de prostitutas — não existia uma forma simpática de se dizer isso. Mas a experiência ensinara a Helen que prevaricar nunca ajudava, então, pegou a bolsa e fez sinal com a cabeça para que Tony a acompanhasse.

— Vamos acabar logo com isso.

12

Eileen Matthews estava se controlando, mas por muito pouco. Sentada empertigada no sofá macio, os olhos fixos na policial que descrevia os acontecimentos tenebrosos das últimas horas. Ao lado da detetive-inspetora, estavam um policial, Tony, e uma agente de relacionamento com a família cujo nome já havia esquecido — mas Eileen só tinha olhos para a inspetora.

Os gêmeos estavam em segurança com amigos. Era o certo a fazer, mas Eileen já começava a se arrepender. O que eles estariam pensando e sentindo? Ela precisava estar ali, mas seu instinto lhe mandava sair correndo daquela sala, ir atrás dos meninos, abraçá-los com força e nunca mais soltá-los. Ainda assim, ficou onde estava, fisgada pelas perguntas da policial, paralisada pelas suas experiências.

— Esse é o seu marido?

Helen entregou a Eileen uma foto em close do rosto da vítima. Ela deu uma olhada e baixou o olhar.

— Sim.

Sua resposta saiu abafada, sem vida. O choque ainda a dominava, mantendo as lágrimas sob controle. O cérebro se esforçava para processar aqueles estranhos acontecimentos.

— Ele está...? — conseguiu perguntar.

— Sim, infelizmente ele está. E sinto muito pela sua perda.

Eileen assentiu com a cabeça como se Helen tivesse confirmado algo óbvio, mundano, mas só estava escutando em parte. Queria afastar tudo aquilo para bem longe, fingir que nada estava acontecendo. Seus olhos estavam grudados nas muitas fotos de família espalhadas pela parede da sala de estar — cenas de uma vida feliz em família.

— Tem alguém para quem a gente possa ligar para ficar com a senhora?

— Como ele morreu? — replicou Eileen, ignorando a pergunta de Helen.

— Ainda não sabemos ao certo. Mas você precisa saber que não foi um acidente. Nem suicídio. Essa é uma investigação de homicídio, Eileen.

Mais um golpe de martelo.

— Quem faria uma coisa dessas?

Pela primeira vez, Eileen olhou Helen nos olhos. Seu rosto era a própria imagem da confusão.

— Quem faria uma coisa dessas? — repetiu. — Quem poderia...

Suas palavras foram sumindo enquanto ela apontava para a cozinha, onde dois peritos tiravam fotos do coração antes de o ensacarem.

— Nós não sabemos — respondeu Helen. — Mas vamos descobrir. A senhora sabe dizer onde o seu marido esteve ontem à noite?

— Onde ele sempre vai nas noites de terça. Ele ajuda na sopa comunitária da Southbrook Road.

Tony fez uma anotação no caderno.

— Então esse era um compromisso habitual?

— Sim, Alan sempre participa das atividades da igreja, nós dois participamos, e nossa fé coloca uma enorme ênfase em ajudar os menos favorecidos.

Eileen se pegou referindo-se ao marido no presente. Mais uma vez, sentiu-se esmagada pelo horror de toda aquela situação. Ele não podia estar morto, podia? Um som vindo do andar de cima a fez pular. Mas não era Alan perambulando pelo escritório; eram aqueles outros policiais folheando a papelada dele, levando seu computador embora, roubando a casa da presença dele.

— Algum motivo para ele ter ido à região de Bevois Valley ontem à noite? Particularmente na Empress Road?

— Não. Ele teria ficado na Southbrook Road das oito da noite até... Bem, até a sopa acabar. Sempre tem gente demais para os recursos limitados que eles têm, mas fazem o que podem. Por quê?

Eileen não queria saber a resposta, mas se sentiu compelida a perguntar.

— Alan foi encontrado numa casa abandonada no parque industrial da Empress Road.

— Isso não faz sentido.

Helen não disse nada.

— Se ele foi atacado por alguém na sopa comunitária, a pessoa não teria arrastado Alan por metade de Southampton...

— O carro dele foi encontrado nas proximidades da casa. Estava estacionado e trancado. Algum motivo para ele ter ido até lá por vontade própria?

Eileen a encarou: aonde ela queria chegar?

— Fazer perguntas difíceis é parte do meu trabalho, Eileen. Preciso fazer essas perguntas para saber o que de fato aconteceu. É comum ter prostitutas tentando conseguir clientes na Empress Road e, de vez em quando, traficantes vendendo drogas. Até onde você sabe, Alan alguma vez fez uso do serviço de prostitutas ou de drogas?

Por um instante, Eileen ficou perplexa demais para responder, então, sem aviso, explodiu:

— Será que você não ouviu uma única palavra do que eu disse? Nós somos uma família religiosa. Alan é presbítero.

Ela pronunciou cada palavra lentamente, enunciando cada sílaba como se estivesse falando com um idiota.

— Ele era um homem bom, que se importava com os outros. Tinha uma missão na vida. Se mantinha contato com prostitutas e traficantes, era puramente para prestar ajuda a eles. Alan nunca usaria prostitutas *dessa* forma.

Helen estava prestes a intervir, mas Eileen não havia terminado.

— Alguma coisa *horrível* aconteceu ontem à noite. Um homem gentil e honrado ofereceu ajuda a alguém e, em troca, foi roubado e morto. Então, em vez de insinuar essas... essas coisas asquerosas, por que vocês não saem da minha casa e encontram o *homem* que fez isso com ele?

E, assim, as lágrimas surgiram. Eileen se levantou do sofá abruptamente e saiu correndo da sala — não iria chorar na frente daquela gente, não lhes daria essa satisfação. Dirigindo-se ao quarto, atirou-se na cama que compartilhara com o marido durante trinta anos e se acabou de chorar.

13

O homem subiu a escada furtivamente, tomando o cuidado de evitar a tábua do quinto degrau, que rangia.

Depois de atravessar o patamar, desviou do quarto de Sally e foi direto para o da mulher. É estranho como sempre pensava no cômodo como o quarto dela. Um instante de hesitação, então colocou os dedos na porta de madeira e a abriu com um empurrão. A porta protestou, fazendo bastante barulho, as dobradiças gemeram enquanto abria.

Ele prendeu a respiração.

Mas não ouviu nenhum barulho, não sentiu que a havia incomodado. Assim, em silêncio, deu um passo para dentro.

Seu sono era pesado. Por um momento, seu corpo foi atravessado por um impulso de amor, rapidamente seguido por um espasmo de vergonha. Ela parecia inocente e em paz deitada ali. Bastante feliz. Como as coisas tinham chegado àquele ponto?

Ele saiu rapidamente, seguindo para a escada. Pensar demais no assunto só serviria para fazê-lo fraquejar. Aquele era o momento, então de nada adiantava hesitar. Depois de abrir a porta da frente sem fazer nenhum barulho, olhou cautelosamente uma última vez para o segundo andar, então sumiu noite adentro.

14

Era uma placa discreta — quem não sabia que estava ali passaria direto por ela.

Centro de Saúde e Bem-estar Brookmire. Estranho que um estabelecimento comercial anunciasse sua presença tão timidamente. Charlie tocou a campainha; logo foi atendida.

— Polícia — gritou Charlie, esforçando-se para ser ouvida acima do barulho do trânsito.

Houve uma pausa, talvez mais longa do que o necessário, então a porta foi destrancada para permitir sua entrada. Charlie já estava com a sensação de que não seria bem-vinda.

Charlie subiu as escadas até o último andar. Foi recebida com um sorriso largo, porém falso. Uma jovem elegante e atraente, usando um uniforme branco engomado e com os cabelos presos num rabo de cavalo impecável, perguntou como poderia lhe ser útil, embora com a clara intenção de não ser de utilidade nenhuma. Charlie não disse nada, analisando o lugar — parecia um spa mais sofisticado e tinha aquele cheiro perfumado característico de todo estabelecimento do tipo. Os olhos de Charlie acabaram por voltar à recepcionista, cujo crachá revelou que se chamava Edina. Seu sotaque era polonês.

— Eu gostaria de falar com o gerente — disse Charlie, mostrando o distintivo como forma de sublinhar o pedido.

— Ele não está. Posso ajudar de alguma forma?

O mesmo sorriso forçado. Irritada, Charlie passou pelo balcão da recepção e seguiu o corredor que levava a mais salas nos fundos.

— Você não pode entrar aí...

Mas Charlie seguiu em frente. Era bastante agradável — uma série de salas de tratamento e, depois delas, uma cozinha comunitária.

Um menininho mestiço estava sentado à mesa brincando com um trem. Ele ergueu o olhar, viu Charlie e abriu um imenso sorriso. Charlie não teve como não retribuir o sorriso.

— O gerente só retornará amanhã. Talvez você possa voltar amanhã. — Edina havia alcançado Charlie.

— Talvez. Enquanto isso, eu gostaria de fazer algumas perguntas para você sobre uma funcionária daqui. Uma mulher chamada Agneska Suriav.

Como Edina não esboçou a menor reação, Charlie lhe passou uma cópia do contracheque de Agneska.

— Sim, sim. Agneska é uma das nossas terapeutas. Ela está de férias no momento.

— Na verdade, ela está morta. Foi assassinada há dois dias.

Pela primeira vez, Charlie se viu diante de uma reação genuína: choque. Houve uma longa pausa enquanto Edina processava a informação, então ela murmurou:

— Como foi que ela morreu?

— Foi estrangulada, depois mutilada.

Charlie esperou até que isso fosse compreendido antes de continuar.

— Quando foi a última vez que você a viu?

— Há uns três ou quatro dias.

— Ela era sua amiga?

Edina deu de ombros, claramente sem querer se comprometer.

— O que ela fazia aqui?

— Era nutricionista.

— Popular?

— Sim — respondeu Edina, apesar de parecer confusa com a pergunta.

— Quanto ela cobrava?

— A gente tem uma lista de preços. Posso te mostrar...

— Ela fazia o serviço completo ou era especialista em determinadas áreas?

— Eu não estou entendendo o que você quer dizer.

— Eu já verifiquei os antecedentes de Agneska e não encontrei nenhum diploma de nutrição. O verdadeiro nome dela era Alexia Louszko e ela era prostituta. Das boas, segundo consta. Também era polonesa, como você.

Edina não disse nada, claramente não gostando do rumo daquela conversa.

— Então por que não recomeçamos? — resumiu Charlie. — Por que você não me diz o que Alexia fazia aqui?

Houve um longo, longo momento de silêncio. Então Edina falou:

— Como eu disse, o gerente só retornará amanhã.

Charlie riu.

— Você é boa, Edina, eu tenho que admitir.

Seus olhos se voltaram para o corredor das salas de tratamento.

— O que aconteceria se eu entrasse numa dessas salas de tratamento agora? A sala três está ocupada. Se eu enfiasse o pé naquela porta, agora mesmo, o que encontraria? A gente tem que ir lá dar uma olhada?

— Fique à vontade. Se tiver um mandado de busca.

Edina já nem mais fingia se mostrar amigável. Charlie fez uma pausa para reconsiderar sua linha de ataque: a garota não era nenhuma amadora.

— De quem é aquele menino? — indagou Charlie, apontando para a cozinha.

— De um cliente.

— Qual é o nome dele?

Uma breve pausa, então:

— Billy.

— O nome verdadeiro, Edina. E se mentir para mim outra vez eu vou te prender.

— Richie.

— Chame ele.

— Você não tem que envol...

— Chame ele.

Ela hesitou, então gritou:

— RICHIE.

— Oi, mamãe — veio a voz da cozinha.

Os olhos de Edina se dirigiram ao chão.

— Quem é o pai dele? — Charlie continuou o ataque.

De repente, lágrimas surgiram nos olhos de Edina.

— Por favor, não envolva o pai nem o menino nisso. Isso não tem nada a ver com...

— Eles têm documentos?

Nenhuma resposta.

— Estão no país ilegalmente?

Uma longa pausa. Então, por fim, Edina fez que sim com a cabeça.

— Por favor — foi só o que conseguiu dizer em tom de súplica.

— Eu não estou aqui para causar problemas para você ou para o seu filho, mas preciso saber o que Alexia fazia aqui. E o que aconteceu com ela. Então, ou você começa a falar ou eu vou fazer uma ligação. A escolha é sua, Edina.

Não havia escolha, é claro. E Charlie não se surpreendeu com a resposta de Edina.

— Aqui, não. Me encontra no café da esquina daqui a cinco minutos.

Ela correu até o filho. Charlie suspirou, aliviada. Era estranho estar de volta ao trabalho e, subitamente, se sentiu exausta. Não esperara que seu primeiro dia fosse tão cansativo. Mas sabia que o pior ainda estava por vir. Aquela era a noite da sua comemoração de boas-vindas. Hora de enfrentar Helen Grace.

15

Pela primeira vez em anos, Helen sentiu uma vontade enorme de beber. Havia testemunhado o que o álcool fizera com os pais e isso tinha sido o bastante para mantê-la longe do copo pelo resto da vida, mas às vezes, ainda assim, sentia uma vontade absurda de beber. Estava tensa naquela noite. O interrogatório com Eileen Matthews não tinha corrido bem, como a insatisfeita agente de relacionamento com a família logo mencionara. Não havia muito o que Helen poderia ter feito de diferente — ela precisava fazer perguntas difíceis —, mas ainda assim vinha se repreendendo por ter deixado uma pessoa inocente e desamparada tão transtornada. No fim das contas, não lhes restara escolha senão ir embora, sem ter descoberto nada de útil.

Helen fora de moto direto da casa de Eileen para o Parrot and Two Chairmen Pub, com Tony logo atrás. Situado a duas quadras da Central de Southampton, era o local tradicional para festinhas de despedida e comemorações do gênero. Naquela noite, homenageariam o retorno de Charlie ao trabalho — o que era mais uma tradição idiota. Helen se preparou psicologicamente e entrou, com Tony se esforçando bastante para parecer alegre e relaxado ao lado dela... apenas para descobrirem que Charlie não havia chegado. Ela ainda estava trabalhando e chegaria logo.

A equipe ficou jogando conversa fora, mas ninguém sabia direito como se comportar. Olhares furtivos eram lançados para a entrada do pub, então, subitamente, lá estava ela. Charlie chegou saltitante até o grupo — estaria ansiosa para acabar logo com aquilo? — e, como se por mágica, a multidão pareceu se dividir ao meio, abrindo caminho direto entre Charlie e sua superior.

— Olá, Charlie — disse Helen. Não exatamente uma frase inspirada, mas teria que servir.

— Chefe.

— Como está sendo o seu primeiro dia?

— Bom. Está sendo bom.

— Bom.

Silêncio. Felizmente, Tony logo socorreu Helen:

— Já prendeu alguém?

Charlie riu e balançou a cabeça.

— Você está perdendo o jeito, garota — continuou Tony. — Sanderson, você está me devendo cinquinho.

A equipe riu e lentamente foi se fechando ao redor de Charlie, dando-lhe tapinhas nas costas, comprando drinques para ela, enchendo-a de perguntas. Helen fez o que pôde para se juntar à conversa — perguntando sobre Steve, sobre os pais dela —, mas não estava sendo sincera. Aproveitando um momento oportuno, escapuliu para o banheiro. Precisava ficar sozinha.

Ela entrou numa cabine e se sentou no vaso. Sentia-se tonta e descansou a cabeça nas mãos. As têmporas latejavam, a garganta estava seca. Charlie estava com uma aparência surpreendentemente boa — em nada lembrava a mulher arrasada que havia saído cambaleando para a liberdade de um cativeiro cruel —, mas vê-la fora mais difícil do que Helen havia previsto. Sem ela por perto como lembrança, Helen se acostumara outra vez à vida na delegacia. Com Tony promovido a detetive-sargento e com sangue novo chegando à força, era quase como lidar com uma nova equipe. O retorno de Charlie a havia levado direto àquela época, fazendo-a se lembrar de tudo o que tinha perdido.

Ela saiu da cabine e passou bastante tempo lavando as mãos. Ao fundo, alguém deu descarga e abriu a porta de uma cabine. Olhando de relance pelo espelho, Helen não conseguiu disfarçar o desagrado.

Emilia Garanita vinha em sua direção, editora-chefe da editoria de polícia do *Southampton Evening News*.

— Mas que coincidência encontrar você aqui — comentou Emilia, com seu sorriso mais largo.

— Pois eu teria imaginado que aqui era o seu habitat natural, Emilia.

Era um golpe baixo, mas Helen não resistiu. Não gostava daquela mulher, tanto profissional como pessoalmente. O fato de ela ter sofrido — um dos lados do rosto de Emilia continuava bastante desfigurado por causa de um ataque com ácido — não sensibilizava Helen em absolutamente nada. Todo mundo sofria — isso não precisava tornar a pessoa uma filha da puta cruel.

O sorriso de Emilia não vacilou; ela gostava de duelos, como bem sabia Helen.

— Eu estava mesmo torcendo para que a gente se encontrasse, inspetora — continuou ela. Helen se perguntou se a ênfase na última palavra era a forma de Emilia enfatizar que a carreira de Helen estava estagnada. — Eu soube que você teve um homicidiozinho escabroso na Empress Road.

Helen já havia desistido de perguntar como ela conseguia essas informações. Sempre havia algum novato de farda que acabava soltando informações ao se ver diante do trator que era Emilia. Quer fosse por se sentirem intimidados por ela, quer fosse por estarem ansiosos para se livrar dela, acabavam lhe dando o que ela queria.

Helen ficou olhando para ela, então saiu andando, empurrando a porta do banheiro. Emilia foi atrás, acompanhando-a.

— Você já tem alguma teoria? Eu soube que foi bem brutal.

Nenhuma menção ao coração. Será que não estava ciente desse pequeno detalhe ou a estaria provocando com a omissão?

— Já tem alguma ideia de quem é a vítima?

— Nada confirmado ainda, mas assim que tiver você vai ser a primeira a saber.

Emilia sorriu, mas não teve a chance de responder.

— Emilia, que prazer em ver você! Veio comprar uma bebida para mim? — Ceri Harwood se aproximou a galope. De onde teria surgido?

— Com o meu salário de jornalista? — argumentou Emilia, bem-humorada.

— Então me permita — devolveu Harwood, conduzindo-a ao bar.

Helen as observou se afastar, sem saber direito se Harwood a salvara de Emilia ou se havia intervindo para impedi-la de irritar o quarto poder. De qualquer forma, estava feliz pela intervenção. Olhou de relance para a equipe. Felizes, relaxados e com algumas bebidas nas ideias, todos conversavam muito animados, claramente satisfeitos em terem Charlie de volta.

Helen se sentiu como uma bruxa. A única pessoa incapaz de receber Charlie de volta de coração aberto. A equipe a ignorava por completo, o que deu a Helen a oportunidade perfeita.

Havia um lugar aonde precisava ir.

Helen subiu na moto e colocou o capacete, ficando temporariamente anônima. Dando a partida, testou o acelerador, então soltou o freio e desceu a rua escura com o motor roncando. Ficou feliz em ver as costas de Emilia e Charlie. Já estava cheia por um dia — mais do que cheia.

A hora do rush já passara havia muito, e Helen cortou as ruas vazias com facilidade. Em momentos como aquele, sentia-se realmente em casa em Southampton. Era como se as ruas tivessem sido liberadas para ela, como se a cidade fosse sua, um lugar onde podia existir sem ser incomodada. Lentamente, seu astral foi melhorando. Não só por causa do lugar onde estava, mas por causa do lugar aonde estava indo.

Depois de estacionar a moto, tocou a campainha três vezes e aguardou. Ouviu a porta ser destrancada — como se fossem calorosas boas-vindas — e entrou.

Jake estava à sua espera com a porta escancarada. Helen sabia que ele não fazia isso com os outros clientes — os perigos inerentes ao seu negócio significavam que ele sempre verificava a identidade do cliente pelo olho-mágico antes de abrir a porta reforçada. Mas Jake sabia que era Helen — os três toques eram o código deles — e, além do mais, sabia qual era a profissão dela.

Nem sempre havia sido assim, é claro. Durante o primeiro ano dessa relação entre os dois, ela não lhe contara nada, apesar das inúmeras tentativas de Jake de começar uma conversa. Mas os acontecimentos recentes haviam mudado tudo: dominadores também liam jornais.

Felizmente, ele era profissional demais para mencionar qualquer coisa. Sentia-se tentado a fazê-lo, ela percebia, mas sabia quanto Helen havia sofrido e quanto odiava a exposição. Então ficava na sua.

Aquele era o espaço de Helen. Um lugar onde ela podia ser o livro fechado que um dia havia sido. Um retorno a um tempo em que sua vida estivera sob controle. Se ela não tinha sido feliz naquela época, pelo menos estivera em paz. E paz era o que mais desejava naquele momento. Sem dúvida, era um risco ir até lá — muitos policiais haviam sido afastados da corporação desacreditados por causa de seus estilos de vida "pouco convencionais", mas esse era um risco que Helen estava disposta a correr.

Ela despiu o macacão de couro, então tirou toda a roupa e a pendurou nos cabides caros do armário de Jake. Tirando os sapatos, agora estava só de calcinha e sutiã. Já podia sentir o corpo relaxando. Jake estava de costas para ela — do seu jeito discreto de sempre —, embora Helen soubesse que ele queria olhá-la. Ela gostava disso, fazia com que se sentisse bem, queria que ele olhasse para ela. Mas não dava para ter as duas coisas. A privacidade e a intimidade são mutuamente excludentes.

Fechando os olhos, Helen esperou que ele a açoitasse. Como finalmente estava prestes a se sentir aliviada, pensamentos sombrios surgiram de repente, surpreendendo-a e inquietando-a. Pensamentos sobre Marianne e Charlie, sobre as pessoas que ela havia machucado e traído, sobre os danos que tinha causado — sobre o dano que *ainda* vinha causando.

Jake desceu o chicote uma vez com firmeza nas suas costas. E outra vez, com mais força. Ele fez uma pausa enquanto o corpo de Helen reagia aos golpes, então, quando ela estava começando a relaxar, ele desferiu mais uma chibatada. Helen sentiu o espasmo brutal da dor se dissipar num formigamento pelo corpo inteiro. O coração pulsava, a dor de cabeça diminuía, a endorfina latejava no cérebro. Os pensamentos sombrios agora eram lançados para longe — o castigo era sempre seu salvador. Quando Jake desceu o chicote pela quarta vez, Helen se deu conta de que, pela primeira vez em dias, sentia-se verdadeiramente relaxada. E, mais do que isso, sentia-se feliz.

16

Ele havia deixado a aliança no dedo. Quando girou o volante, passando com o carro por cima do viaduto de Redbridge, avistou o anel de ouro no quarto dedo. Xingou-se — ainda era bastante inexperiente nisso. Erguendo o olhar, percebeu que ela havia notado seu desconforto.

— Não se preocupe, meu amor. A maior parte dos meus clientes são homens casados. Ninguém aqui está te julgando.

Sorriu para ele, então se virou para olhar pela janela. Ele arriscou olhar para ela novamente, dessa vez por mais tempo. Era exatamente como havia esperado que fosse. Jovem, em forma, as longas pernas envoltas em botas de plástico que chegavam às coxas. Uma saia curta, uma blusa solta que revelava seios fartos e luvas sete oitavos — seriam para provocar ou simplesmente para protegê-la do frio tenebroso? Um rosto alvo com maças salientes e aqueles cabelos impressionantes: longos, pretos e lisos.

Ele a apanhara na Cemetery Road, um pouco mais ao sul da praça central. Não havia ninguém por perto àquela hora da noite, o que era conveniente para ambos. Foram para oeste, atravessaram o rio e, seguindo as instruções dela, cortaram caminho por uma rua secundária estreita. Estavam se aproximando do Eling Great Marsh, uma faixa de terra solitária que ficava de frente para o porto. Durante o dia, amantes da natureza iam ao local à procura de vida selvagem, mas à noite era frequentado por uma clientela bem diferente.

Pararam o carro e passaram um instante sentados, em silêncio. Ela vasculhou a bolsa em busca de uma camisinha, e a colocou sobre o painel do carro.

— Você tem que inclinar o seu banco para trás, senão eu não consigo fazer nada — disse ela, baixinho.

Sorrindo, ele deslizou o banco para trás abruptamente, então o baixou lentamente, dando a eles mais espaço para se mexer. A mão coberta pela luva já roçava a virilha dele, provocando uma ereção.

— Você se importa se eu ficar com elas? — perguntou a mulher. — É mais divertido assim.

Ele fez que sim, o desejo deixando-o mudo. Ela começou a abrir o zíper da calça dele.

— Feche os olhos, querido, e deixe que eu cuido de você.

Ele fez o que ela mandou. Ela havia assumido o controle, e ele gostava que fosse assim. Era bom ser cuidado, para variar um pouco, se ver livre das responsabilidades, fazer a própria vontade. Quando ele teria outra oportunidade como aquela?

Sem mais nem menos, uma imagem de Jessica surgiu em sua mente. Sua amorosa esposa há dois anos e mãe de sua filha, inocente, traída... Afastou esse pensamento, abafando a repentina intromissão da vida real. Isso não tinha espaço ali. Aquela era a sua fantasia transformada em realidade. Esse era o seu momento. E, apesar da culpa que agora o rondava, iria aproveitá-lo.

17

Era quase meia-noite quando ele voltou para casa. Ela estava escura e tranquila, como sempre parecia estar. Nicola devia estar dormindo em paz lá em cima, com a cuidadora acampada ao lado dela, lendo um livro à luz de uma lanterna. Normalmente, essa imagem o alegrava — a de um confortável casulo para a esposa —, mas nessa noite esse pensamento o entristeceu. Fora dominado por uma forte sensação de perda, súbita e intensa.

Após deixar as chaves na mesa, Tony Bridges subiu a escada apressadamente para liberar Anna, que o vinha ajudando a cuidar de Nicola havia quase dezoito meses. De repente, Tony se deu conta de que tinha bebido demais. Como havia decidido deixar o carro perto do pub e pegar um táxi para casa, pudera se dar ao luxo de beber. Tomado pela emoção do retorno de Charlie, ele havia acabado tomando umas quatro ou cinco cervejas, e agora cambaleava ligeiramente na escada. É claro que lhe era permitido ter uma vida, mas, ainda assim, sempre ficava envergonhado quando Anna — ou, pior, a mãe de Nicola —- o pegava bebendo. Será que seu jeito de falar o trairia? O bafo de álcool? Fez o que pôde para parecer sóbrio e entrou no quarto de Nicola.

— Como ela está?

— Muito bem — respondeu Anna, sorrindo. Ela estava sempre sorrindo, graças a Deus. — Jantou, então eu li alguns capítulos para ela.

Anna ergueu *A casa soturna*. Nicola sempre adorou Dickens — *David Copperfield* era o seu preferido —, então estavam passando pelas suas outras obras. Era um projeto, uma conquista para Nicola, e ela parecia gostar das histórias, com seus protagonistas destemidos e seus vilões diabólicos.

— Estamos chegando na parte emocionante — continuou Anna —, por isso ela quis continuar e eu li dois capítulos além do que a gente costuma fazer. Mas Nicola já estava cochilando no final, talvez você precise reler essa parte amanhã. Para ter certeza de que ela não vai perder nada.

Tony ficou bastante emocionado de repente, comovido com o carinho e o cuidado que Anna dispensava à sua esposa. Temendo que a voz falhasse, deu um tapinha no braço de Anna, agradeceu-lhe rapidamente e a mandou para casa.

Nicola era sua namoradinha de infância e eles se casaram ainda jovens. A vida parecia ir de vento em popa, mas, dois dias antes do aniversário de 29 anos de Nicola, ela sofrera um grave derrame. Tinha sobrevivido, mas acabara com uma lesão cerebral extensa que a tornara prisioneira da síndrome do encarceramento. Nicola enxergava e estava consciente, mas, por causa da paralisia, só conseguia mexer os olhos. Tony cuidava dela com todo o carinho, ensinando-a pacientemente a se comunicar com os olhos, convocando a família para ajudá-lo ou contratando cuidadoras quando precisava trabalhar, mas, ainda assim, com frequência sentia que era um péssimo marido. Impaciente, frustrado, egoísta. Na verdade, fazia tudo o que podia por ela, mas isso não o impedia de se repreender. Especialmente depois de sair e se divertir. Nesses momentos, sentia-se insensível e indigno.

Afagou os cabelos de Nicola, deu um beijo na testa dela e se recolheu ao próprio quarto. Mesmo agora, dois anos depois do derrame, o fato de terem quartos separados lhe doía. Quartos separados eram para casais que haviam deixado de se amar, para casamentos de fachada, não para ele e Nicola. Os dois eram melhores que isso.

Não quis se dar ao trabalho de tirar a roupa, por isso se deitou e ficou folheando *A casa soturna*. Quando ainda estavam namorando, Nicola lia trechos de Dickens para ele. No início, Tony se sentia desconfortável com isso — nunca havia sido um grande leitor e aquilo lhe parecia pretensioso —, mas, com o tempo, passou a adorar. Fechava os olhos e ficava escutando o suave sotaque dela, dos arredores de Londres, brincar com as palavras. Nunca se sentira tão feliz e hoje daria a vida para ter uma gravação — só uma — de Nicola lendo para ele.

Mas nunca teria isso, e sonhos impossíveis não nos levam a lugar nenhum, então ele se acomodou com o livro. Não era muito, mas teria de servir por ora.

18

As luzes do cais de Southampton cintilavam ao longe. O porto funcionava usado 24 horas por dia, sete dias por semana, e estava fervilhando de atividade até mesmo a uma hora daquelas, com gruas enormes descarregando contêineres vindos da Europa, do Caribe e de mais além. Empilhadeiras corriam para cima e para baixo pelo cais, enquanto homens gritavam insultos uns para os outros, curtindo a camaradagem do turno da noite.

No Eling Great Marsh, tudo era silêncio. Era uma noite fria, um vento ártico soprava forte subindo o canal, vindo do rio, passando pelo carro que se encontrava sozinho naquele vazio desolador. A porta do motorista estava escancarada, com as luzes internas acesas, lançando uma luz fraca sobre a cena solitária.

Segurando os tornozelos dele com firmeza, ela começou a puxar. Era mais pesado do que parecia, por isso teve de usar toda sua força para arrastá-lo pelo terreno irregular. O solo macio, tornava seu progresso lento, e, conforme avançavam, eles deixavam uma trilha que mais parecia o rastro de uma lesma. A cabeça dele ficou presa numa pedra quando ela o empurrou pela beirada de uma pequena vala. Ele se mexeu, mas não o suficiente — já havia passado do ponto de poder ser ressuscitado.

Ela olhou rapidamente ao redor, certificando-se, mais uma vez, de que estavam sozinhos. Satisfeita, colocou a bolsa no chão e abriu o zíper, revelando o conteúdo. Pegou de dentro um rolo de fita adesiva e cortou um pedaço. Depois de colá-lo com firmeza na boca do homem, passou a mão enluvada por cima da fita várias vezes, para ter certeza de que ele não tinha como respirar. Agora o coração dela batia mais rápido, a adrenalina a toda, por isso não se demorou.

Ela o agarrou pelo cabelo e puxou a cabeça que pendia no pescoço para trás, expondo a garganta. Então, tirou uma longa lâmina do interior da bolsa e fez um corte profundo nele. Imediatamente, o corpo dele se contorceu enquanto a mente tentava, desesperadamente, recobrar algum grau de consciência, mas era tarde demais. O sangue esguichou, respingando no peito e no rosto dela, unindo os dois. Ela deixou que o sangue morno pousasse sobre ela, que a cobrisse — teria muito tempo para se limpar mais tarde.

Afundando a lâmina na barriga dele, tratou de seguir em frente com sua tarefa. Em dez minutos, conseguiu o que queria, então colocou o órgão ensanguentado num saco de coleta de evidências. Levantando-se, inspecionou seu trabalho. Enquanto a primeira tentativa havia sido imprecisa e trabalhosa, esta fora serena e eficiente.

Estava melhorando nisso.

19

— Então, como foi?

Steve tinha ficado acordado à espera de Charlie e agora caminhava até ela. A TV zumbia ao fundo. Quatro latas vazias de cerveja sobre a mesa de centro revelavam que, como Charlie, ele sentira necessidade de beber alguma coisa.

— O dia ou a minha festa de boas-vindas?

— Os dois.

— Ok, na verdade. Avancei bem num caso e o pessoal ficou satisfeito em me ver. Helen reagiu basicamente como eu esperava, mas não há nada que eu possa fazer a respeito disso, então...

Charlie ficou aliviada ao ver que Steve parecia estar genuinamente contente por ela. Ele havia sido tão contrário à ideia de ela voltar ao trabalho que se sentiu grata por Steve estar fazendo de tudo para se mostrar positivo e solidário.

— Muito bem. Eu disse que você ia se sair bem — comentou ele, envolvendo-lhe a cintura e lhe dando um beijo de parabéns.

— Foi meu primeiro dia de volta — observou Charlie, dando de ombros. — Ainda tenho um longo caminho pela frente.

— Um passo de cada vez, hein?

Charlie assentiu com a cabeça e eles se beijaram outra vez, um pouco mais intensamente.

— Quanto você bebeu? — perguntou Steve, agora com um leve brilho no olhar.

— O suficiente — respondeu Charlie, sorrindo. — E você?

— Definitivamente, o suficiente — disse Steve, erguendo-a do chão de repente e tomando-a nos braços. — Fica com a cabeça levantada. Esse corrimão é um filho da mãe.

Sorrindo, Charlie deixou que Steve a carregasse escada acima até o quarto. Eles sempre foram um casal amoroso, mas ultimamente vinha faltando uma intimidade mais genuína no relacionamento. Charlie se sentiu ao mesmo tempo alegre e aliviada pelo fato de os dois parecerem estar recuperando a antiga espontaneidade e desejo.

Talvez tudo fosse mesmo ficar bem, no fim das contas.

20

— Você está diante de uma toracotomia doméstica.

Jim saboreou a palavra sabendo que significaria pouca coisa para Helen. Eram sete da manhã e os dois estavam sozinhos no necrotério da polícia. Alan Matthews se encontrava nu sobre a mesa diante deles. Já haviam concluído que ele tinha sangrado até a morte e agora falavam sobre a remoção do coração.

— Essa operação, em especial, não foi exatamente como manda o figurino, mas, pensando bem, ele ou ela estava operando em condições menos do que ideais. A adrenalina desse sujeito devia estar a mil, e ela devia estar com medo de ser pega, e a gente não pode esquecer que a vítima ainda estava viva quando começaram a operação. Não é exatamente um procedimento-padrão, então, levando isso em conta, não foi um trabalho ruim.

Havia quase uma nota de admiração em sua voz. Muitos o teriam repreendido por isso, mas Helen deixou para lá. Tempo demais passado num necrotério faz coisas estranhas com uma pessoa, e Jim ainda era mais são que a maioria. Era também um profissional brilhante, então Helen sempre prestava atenção ao que ele tinha a dizer.

— A primeira incisão foi feita logo abaixo do esterno, com uma lâmina longa, talvez de vinte centímetros de comprimento. Então foi feito um corte através das costelas e do esterno. Depois disso, normalmente seria usado um retrator muscular e um expansor de costela para manter o peito aberto. Mas o nosso assassino usou uma coisa mais interessante. Está vendo aqueles dois furos ali?

Helen esticou o pescoço para olhar o interior da cavidade do peito. Havia dois buracos a mais ou menos cinquenta centímetros um do outro, na aba direita do que fora o peito da vítima.

— Foram feitos com algum tipo de gancho. Um gancho de açougueiro, talvez? Dois ganchos foram enfiados nas laterais da incisão principal e, em seguida, foi só usar força bruta. A pessoa começou rasgando a metade direita com violência, depois fez o mesmo com o lado esquerdo. Uma vez que o peito está aberto e o coração, exposto, basta cortar o tecido circundante e puxar o órgão para fora. Um trabalho grosseiro, mas eficaz.

Helen digeriu os detalhes macabros.

— Do que estamos falando, então? De uma faca de açougueiro e de um gancho para pendurar carne?

— É possível — concordou Grieves, dando de ombros.

— Quanto tempo isso levaria para ser feito?

— De dez a quinze minutos, dependendo da experiência e do cuidado da pessoa.

— Mais alguma coisa?

— Sua vítima foi imobilizada com clorofórmio. Encontrei vestígios nas narinas e na boca. Os peritos estão analisando agora, mas eu arriscaria o palpite de que é caseiro. Qualquer imbecil consegue fabricar com água sanitária, acetona e acesso à internet.

— Algum vestígio do nosso assassino?

Jim balançou a cabeça.

— Parece que o contato entre os dois foi mínimo. Aliás, o seu homem teve vários outros contatos no decorrer dos anos.

Jim fez uma pausa, como sempre fazia quando tinha algo de interessante escondido na manga. Helen ficou um pouco tensa, ansiosa por acabar logo com aquilo.

— Existem muitas evidências de infecções sexualmente transmissíveis. O sr. Matthews definitivamente teve gonorreia, e eu diria que há pouquíssimo tempo. Também há evidência de *Mycoplasma genitalium*, o que soa muito estranho, mas que na verdade é bastante comum, e possivelmente piolhos púbicos. Eu queria ter frequentado a igreja dele, parece divertidíssima.

Ele se afastou para se limpar. Helen deixou essa última descoberta se assentar na sua cabeça — o primeiro pequeno dado concreto naquilo que era um assassinato desconcertante.

De volta à Central de Southampton, Helen continuou a dissecção de Alan Matthews. A equipe havia se reunido na sala de inquérito e compartilhava o que já havia descoberto.

— A perícia não encontrou praticamente nada — avisou Tony Bridges, num tom desolador. — Analisaram o carro todo, mas ele não foi movido nem tocado; o único DNA presente é o da família Matthews. E, com relação à casa em que foi encontrado, são tantos vestígios de DNA na cena do crime que é mais fácil precisar quem *não* passou por lá. Sêmen, saliva, sangue, células cutâneas, temos de tudo. A casa era usada com regularidade por profissionais do sexo e seus clientes, assim como por usuários de drogas. A gente vai investigar todo mundo, ver se encontra algum vínculo interessante, mas não tem nada lá que seria útil num tribunal.

— Por que usar uma casa tão movimentada? O assassino não tinha medo de ser descoberto? — interveio a detetive Sanderson.

— É possível que ele ou ela não soubesse que era tão frequentada — argumentou Tony —, embora isso seja pouco provável, considerando o grau de cuidado e de planejamento dedicado ao assassinato. De muitas formas, é o lugar perfeito: a porta dos fundos é maciça e foi trancada por dentro, e as janelas são gradeadas, o que significa que a porta da frente era o único acesso. O trinco quebrou há muito tempo, mas ainda tinha um ferrolho resistente do lado de dentro. Era bem fácil para o assassino isolar o lugar quando a vítima estivesse incapacitada.

— Ainda assim me parece arriscado... — insistiu Sanderson, nem um pouco interessada em abandonar o seu ponto de vista.

— E foi mesmo — disse Helen, assumindo o comando da discussão. — E isso sugere o quê? Talvez que ele ou ela quisesse que o corpo fosse encontrado logo? Ou, quem sabe, que o local foi escolhido apenas para deixar a vítima à vontade. Não há nenhum sinal de que Matthews tenha sido arrastado para aquela casa contra a vontade. Isso significa que foi uma emboscada. Ele tem que ter sido *atraído* até lá. Ele sofria de ISTs que indicam intensa atividade sexual, por isso é possível que tenha visto uma prostituta que gostou ou um cafetão que conhecia e tenha ido com um deles para dentro da casa e... pimba! Talvez a casa tenha sido escolhida porque sabiam que ele se sentiria à vontade...

— A gente deu uma boa olhada no computador dele — interrompeu a detetive McAndrew — e existem muitas evidências de que Matthews tinha um interesse pouco saudável em pornografia e prostitutas. Ele não era muito cuidadoso em esconder o histórico de navegação, por isso deu para ver que Matthews visitava sites pornô com regularidade, muitos gratuitos mas também alguns pagos mais *hardcores*. Ele também costumava participar de salas de bate-papo e fóruns. Ainda estamos investigando isso, mas basicamente consistem em um monte de babacas infelizes trocando histórias sobre suas experiências com diversas prostitutas, dando notas de zero a dez pelo tamanho dos peitos, o que elas topam fazer e assim por diante...

— Eles dão notas para as prostitutas? — perguntou Helen, ligeiramente incrédula.

— Basicamente. Tipo o TripAdvisor, só que para prostitutas. Ele também visitava muitos sites de serviços de acompanhantes — continuou McAndrew. — Mas não existe evidência alguma de que ele usasse esse tipo de serviço. Isso pode sugerir que o gosto dele era um pouco mais... pé no chão...

— Foco, minha gente — interrompeu Helen. — Não estamos aqui para julgar Alan Matthews, só queremos encontrar seu assassino. Apesar do que possamos pensar a seu respeito, ele era um pai de família e nós precisamos encontrar a pessoa responsável pela sua morte.

Antes que ela volte a matar. Helen quase deixou escapar, mas suprimiu no último instante.

— Vamos descobrir de onde ele tirava dinheiro para bancar o hobby. Quanto mais exóticas as suas práticas, de mais dinheiro precisaria. A família Matthews mora numa casa alugada, tem quatro filhos para sustentar e Alan era o único provedor. Ele claramente gastava *muito* com prostitutas e pornografia on-line. Como ele conseguia essa grana? Será que ele estava devendo dinheiro a algum cafetão? Será que tudo se resume a isso?

Dessa vez, ninguém da equipe teve uma resposta na ponta da língua para dar; todos olharam para além dela, para a entrada da sala de inquérito. Helen se virou e topou com um guarda muito nervoso parado no vão da porta. Pela expressão no rosto do sujeito, ela sabia o que estava por vir. Ainda assim, um calafrio percorreu seu corpo quando ele, por fim, disse:

— Encontraram mais um corpo, senhora.

21

Estava de volta em casa, sã e salva. Usando luvas de látex, começou a investigar os seus ganhos. Duzentas libras em dinheiro, que ela colocou direto na carteira e passou para os cartões de crédito. *Crec, crec, crec* — a tesoura os atravessou com grande habilidade, mas, para ter certeza absoluta, colocou os pedaços num tabuleiro debaixo da grelha do forno por dez minutos. Era difícil desviar o olhar enquanto borbulhavam até formar uma massa de plástico; era a vida de alguém derretendo até sumir.

Então passou para a carteira de motorista. Hesitou em olhar o nome, concentrando-se na foto. Estava com medo de ver de quem era a vida que ela havia destruído ou estava só adiando a descoberta deliberadamente, estendendo cada momento de suspense?

Arriscou uma olhadinha. Christopher Reid. Debaixo do nome, o endereço de casa. Seus olhos se fixaram ali, calculando. Então, ela folheou o restante do conteúdo da carteira: cartões de visita, cartões de fidelidade e recibos de lavanderia. Uma vida perfeitamente mundana.

Satisfeita, levantou-se. O tempo era um fator determinante, e ela precisava correr. Abriu o velho fogão, que agora estava bem quente, alimentado por uma tora nova. Atirou a carteira dele lá dentro e observou-a queimar. Despindo-se rapidamente, colocou as roupas encharcadas de sangue em cima da carteira. O fogo aumentou e ela teve que dar um passo atrás para não se queimar.

De repente, sentiu-se tola, nua no meio do cômodo ainda com respingos de sangue no rosto e nos cabelos. Correu para o chuveiro e se lavou, então voltou a se vestir. Teria tempo para esfregar a banheira e limpar o chão direito mais tarde; precisava seguir em frente.

Abriu a geladeira e pegou a meia garrafa de energético da prateleira, então bebeu tudo de um gole só. Metade de uma torta, alguns nuggets de frango, um iogurte light; devorou tudo de uma vez, sentindo-se de repente faminta e zonza. Saciada, fez uma pausa. Ali, na prateleira de cima, encontrava-se o seu prêmio. Um coração humano confortavelmente aninhado num pote de plástico.

Tirou-o da geladeira e o colocou em cima da mesa da cozinha. Então pegou a caixa, um rolo de fita adesiva, tesouras e não perdeu tempo.

Tinha uma entrega a fazer.

22

A campainha fez com que ela desse um pulo. Jessica Reid se levantou rapidamente, abandonando a tarefa de alimentar a filha de 18 meses, e correu para a porta. Quando acordou, já tarde, e viu a metade da cama normalmente ocupada por Chris vazia, tinha ficado confusa. Ao constatar que ele e o carro não estavam, sem nenhum bilhete explicando o motivo, ficara bastante preocupada. Onde ele estava?

Aguardara antes de ligar para a polícia, na esperança de que houvesse uma explicação simples para sua ausência. Agora corria para a porta imaginando o marido arrependido do outro lado. Mas era só o carteiro com uma carta que precisava de assinatura para que fosse recebida.

Atirando-a em cima da mesa, ela voltou a se concentrar em Sally, que exigia mais purê de maçã. Obedientemente, deu-lhe uma colherada, embora sua cabeça estivesse em outro lugar. As coisas tinham andado um pouco tensas entre eles ultimamente — desde a descoberta dela —, mas Chris não era um homem insensível. Não a deixaria no escuro dessa forma. Ele a teria deixado? Havia abandonado as duas? Ela balançou a cabeça para afastar esse pensamento. Era impossível: todas as coisas dele estavam ali e, além do mais, ele adorava Sally e nunca a abandonaria.

Chris estava em casa quando ela fora dormir na noite anterior. Ele sempre ficava acordado até mais tarde que ela, assistindo a filmes de ação que sabia que Jessica não gostava, e tinha se tornado mestre em se enfiar na cama sem acordá-la. Chris chegara a se deitar? O pijama dele estava cuidadosamente dobrado debaixo do travesseiro, no exato lugar onde ela o havia colocado na tarde anterior, então presumiu que não.

Ele devia ter saído. Para trabalhar? Não, ele odiava o emprego e havia meses que vinha fazendo o mínimo possível — uma súbita explosão de entusiasmo parecia pouco provável. Teria ido à casa da mãe ou à de algum amigo por causa de alguma emergência? Não, isso também não fazia sentido. Teria pedido a ajuda dela ao primeiro sinal de problema.

Então onde ele estava? Era provável que sua reação fosse exagerada; sem dúvida, a tensão do casamento deles ultimamente a estava levando a imaginar coisas tenebrosas, todas completamente ridículas. Ele estava bem. É claro que estava.

Apesar do medo e da incerteza que tomavam conta dela, apesar de todos os problemas que os dois haviam tido recentemente, Jessica de repente sentia uma certeza. Ela realmente queria que o casamento deles desse certo, realmente queria Christopher. Soube, naquele momento, que amava o marido de coração.

23

O sol se recusou a aparecer. Um manto espesso de nuvens pairava sobre Eling Great Marsh, emoldurando os vultos que se deslocavam por ele. Uma dúzia de peritos criminais usando roupas de proteção andava de gatinhas, arrastando-se pela superfície daquele posto avançado esquecido, vasculhando cada folha de grama à procura de pistas.

Enquanto Helen observava a ação, sua mente retornou a Marianne. Locais diferentes, circunstâncias diferentes, mas a mesma sensação horrorosa. Um assassinato brutal e sem sentido. Um homem morto numa vala, seu coração pulsante arrancado do peito. Uma esposa preocupada em algum lugar, aguardando, na esperança de que ele retornasse em segurança... Helen fechou os olhos e tentou imaginar um mundo no qual aquilo não estivesse acontecendo. O cheiro salgado do pântano a levou temporariamente para tempos mais felizes, para férias em família na ilha de Sheppey. Breves interlúdios de alegria em meio à escuridão. Helen abriu os olhos de repente, irritada consigo mesma por se permitir um devaneio piegas quando tinha trabalho a fazer.

Assim que havia recebido a notícia, Helen fizera todo mundo parar o que estava fazendo. Todos os agentes do Departamento de Investigação Criminal, todos os peritos criminais, todos os guardas disponíveis foram enviados para aquele punhado de grama molhada no meio do nada. Isso iria chamar a atenção da imprensa, mas não dava para evitar. Helen sabia que estavam lidando com algo — com alguém — extraordinário e estava decidida a usar tudo o que tinha ao seu dispor.

Ainda estavam examinando o carro, mas haviam encontrado as primeiras pistas concretas no solo. O corpo da vítima tinha deixado uma impressão na terra macia enquanto era arrastado do carro até a vala, assim como os saltos da pessoa que o arrastara. As marcas eram profundas e, a não ser que um homem estivesse tentando despistá-los, matando gente enquanto usava saltos de quinze centímetros, havia uma explicação óbvia sugerida ali.

Uma prostituta estava matando os clientes. Alan Matthews, usuário habitual de prostitutas, havia sido morto e mutilado. Vinte e quatro horas depois, outro homem fora morto num promontório remoto, conhecido como um lugar para sexo ao ar livre e prostituição. Tudo apontava em uma direção, mas os alarmes já começavam a soar. Prostitutas eram as vítimas, não os assassinos, muito antes de Jack, o Estripador, e bem depois disso. Aileen Wournos se desviara desse padrão, mas isso tinha acontecido nos Estados Unidos. Será que alguma coisa parecida estaria acontecendo ali?

— Temos um nome, senhora.

A detetive Sanderson vinha correndo em sua direção, desviando exageradamente para não pisar em qualquer coisa significativa.

— O carro é de propriedade de Christopher Reid. Ele mora em Woolston com Jessica Reid e a filha, Sally Reid.

— Qual é a idade da filha?

— Ela é um bebê — respondeu Sanderson, surpreendida pela pergunta. — Tem 18 meses, acho.

Helen sentiu um aperto no peito. Este era o seu dever agora: informar aos vivos sobre os mortos. Se a vítima *de fato* fosse Christopher Reid, ela esperava, contra todas as expectativas, que ele tivesse sido levado até ali contra a vontade. Sabia que era pouco provável, mas, ainda assim, a ideia de um cara com uma esposa jovem e uma filha pequena deixar as duas para trepar no carro com uma prostituta parecia ridícula para Helen. Haveria outro motivo para ele ter sido atraído até ali?

— Veja se consegue uma foto de Christopher Reid para a gente comparar com a vítima. Se a identidade for confirmada, precisamos avisar à família dele antes que a imprensa faça isso por nós.

Sanderson saiu apressada para cumprir a ordem de Helen. O olhar de Helen foi além da detetive e repousou na fita de isolamento da polícia, que tremulava com a brisa. Até agora, tinham conseguido evitar ser detectados, ninguém da imprensa havia aparecido na cena do crime. Helen estava surpresa, particularmente pela ausência de Emilia Garanita. Ela parecia ter metade dos policiais no bolso e sempre ficava eufórica com um homicídio intrigante. Mas não nesse caso. Helen se permitiu dar um leve sorriso: Emilia devia estar perdendo o jeito.

24

— Comeram o meu fígado da última vez que eu estive aqui.

Emilia Garanita se recostou na cadeira, deliciando-se com o raro luxo de estar no centro nervoso da Central de Southampton. Não era sempre que se era convocado à sala da detetive-superintendente.

— Acho que eu não era a pessoa preferida do detetive-superintendente Whittaker. E como *ele* está? — continuou ela, sem esconder o deleite malicioso por trás da pergunta.

— Você vai descobrir que eu sou uma pessoa bem diferente — devolveu Ceri Harwood. — Na verdade, foi por isso que pedi para você vir aqui.

— Para ter uma conversa entre mulheres?

— Eu queria colocar as coisas num patamar diferente. Sei que o relacionamento entre a imprensa e alguns dos meus agentes tem sido complicada. E que você, com frequência, se sente excluída. Isso não é útil para ninguém, então eu queria dizer a você, pessoalmente, que as coisas vão ser diferentes agora. Podemos nos ajudar, uma a outra, nas nossas respectivas funções.

Emilia não disse nada enquanto tentava avaliar se a detetive-superintendente falava sério. Novos chefes sempre diziam isso quando chegavam, mas depois frustravam a imprensa local a todo instante.

— Diferente como? — indagou ela.

— Quero manter você informada dos principais avanços da investigação e aproveitar a penetração que você tem para nos ajudar a levar as nossas investigações mais longe. Começando com o assassinato da Empress Road.

Emilia ergueu uma sobrancelha — então essa não seria uma conversa fiada, afinal.

— Vou ter um nome para você em breve. E você vai receber todos os detalhes relativos ao crime. Além disso, estamos criando uma linha direta exclusiva que eu gostaria que você colocasse em destaque na sua próxima edição. É imprescindível que a gente consiga que qualquer testemunha em potencial se apresente o mais rápido possível.

— O que esse assassinato tem de tão especial?

Harwood fez uma breve pausa antes de responder.

— Foi um assassinato especialmente brutal. A pessoa que fez isso é de alta periculosidade e é possível que sofra de transtornos mentais. Até o momento, não temos uma descrição física, motivo pelo qual precisamos dos seus olhos e ouvidos. Isso vai fazer toda a diferença, Emilia.

Harwood sorriu ao dizer o nome dela, agindo como se fossem amigas e confidentes.

— Você já conversou com a detetive Grace a respeito do seu plano? — indagou Emilia.

— A detetive Grace está a bordo. Ela sabe que estamos tocando esse barco de um jeito muito diferente agora.

— As distrações acabaram? As mentiras?

— Absolutamente — respondeu Harwood, abrindo um sorriso largo outra vez. — Tenho a sensação de que você e eu podemos trabalhar juntas, Emilia. Espero não me decepcionar.

A reunião chegara ao fim. Emilia se levantou sem precisar ser mandada, impressionada com o que tinha visto. Harwood era habilidosa e parecia saber lidar com Grace. A maré parecia estar virando, e talvez estivesse mesmo.

Emilia teve a clara impressão de que iria se divertir com aquilo.

25

— O que temos aqui?

O detetive Fortune bocejou enquanto falava, o som ecoou pela sala da Equipe de Incidentes Graves. Ele e Charlie eram uma ilha na sala vazia, duas figuras solitárias cercadas por montanhas de papéis.

— Bem, o Centro de Saúde e Bem-estar Brookmire é obviamente um puteiro, só que de classe — explicou Charlie. — Eu nunca tinha visto um tão bem administrado e discreto antes. Eles contam com uma equipe de meninas bonitas e experientes, e todas elas são submetidas a check-ups médicos com regularidade. É possível marcar hora pela internet e eles têm algum tipo de acordo com empresas que organizam cruzeiros: elas mandam um micro-ônibus grátis para buscar os clientes assim que os navios aportam. Eles descrevem os serviços que oferecem como serviços de saúde holística, mas eis a verdadeira beleza: se a pessoa pagar com cartão de crédito, aparece no extrato como material de escritório. Dessa forma, a esposa do cara não descobre nunca e, melhor ainda, ele ainda pode declarar como despesa profissional. Ele nem precisar pagar pelas garotas.

— E você descobriu tudo isso com um interrogatório? — questionou Fortune, impressionado, mesmo sem querer estar.

— Se você souber fazer as perguntas certas, as pessoas podem ser bastante prestativas.

Charlie não conseguiu impedir que um tom presunçoso — a presunção de quem é mais experiente — penetrasse na sua voz.

— Você chegou a algum lugar com aquela lista que eu te dei?

Edina, a relutante informante de Charlie na Brookmire, dera a ela o nome de todas as meninas que trabalhavam lá atualmente.

— Estou chegando lá. Muitas foram trazidas diretamente da Polônia pelo porto, outras são estudantes universitárias, mas várias, incluindo a nossa vítima, parecem ter sido tiradas das ruas.

— Submetidas a um banho de loja e relançadas pela Brookmire?

— Por que não? É mais seguro e, pelo estado do apartamento de Alexia, paga bem também.

— Edina sugeriu que Alexia trabalhava nas ruas para a família Campbell antes de ir para a Brookmire. Algumas das outras meninas fizeram o mesmo caminho?

— Sim, a família Campbell perdeu algumas para a Brookmire. A família Anderson também.

Charlie teve uma sensação ruim. No ramo da prostituição, as guerras nunca eram agradáveis e sempre eram as meninas que sofriam, não as pessoas por trás delas.

— Será que a família Campbell matou Alexia para mandar um recado?

— Faz sentido. Não que a gente vá conseguir provar.

— Alguma outra coisa?

O detetive Fortune estivera à espera da pergunta, guardando seu trunfo na manga até o momento apropriado.

— Bem, pesquisei a Brookmire na junta comercial e na administração fiscal e aduaneira. Deu um pouco de trabalho. São muitas as empresas de fachada e holdings com sede no exterior, mas acabei chegando até uma tal de Top Line Management, que é uma "empresa de eventos" de propriedade de uma tal Sandra McEwan.

Charlie devia saber disso. Sandra McEwan — ou Lady Macbeth, como era carinhosamente chamada — estava envolvida com prostituição e extorsão em Southampton havia mais de trinta anos — desde que, supostamente, havia matado o próprio marido para assumir seu império do crime. Tinha garra e determinação — já sobrevivera a três esfaqueamentos —, mas também era inteligente e criativa. Será que ela teria levado a prostituição a um novo patamar com a Brookmire, fazendo com que seus rivais reagissem de forma mortal?

— Muito bem, Lloyd. Bom trabalho.

Foi a primeira vez que usou o nome de batismo dele, o que surtiu o efeito desejado. Ele murmurou um tímido obrigado, e Charlie sorriu. Talvez acabassem por formar uma boa equipe, no fim das contas.

— Vamos continuar nossa busca. Veja se consegue descobrir onde Sandra vem se escondendo hoje em dia.

O detetive Fortune saiu apressado. Charlie estava satisfeita. Era bom estar retomando o ritmo das coisas e, sinceramente, esperava conseguir fazer justiça por Alexia e colocar mais um marginal violento atrás das grades. Seria muito bom para ela colher aqueles louros. Além de ser um soco na cara de Helen Grace.

26

As pessoas nunca prestam a menor atenção nos entregadores. De capacete e macacão de couro, são vistos como robôs, programados para chegar, entregar e sair, sem personalidade nem impacto. Dentes da engrenagem das atividades diárias de um negócio.

As pessoas acham aceitável ser mal-educadas com eles, como se de alguma forma fossem menos humanos do que gente de verdade. Esse certamente era o caso agora. Ela estava no balcão da recepção sendo ignorada, aguardando pacientemente que as duas recepcionistas terminassem a conversa particular. Normal: reforçavam o próprio senso de importância enquanto revelavam quão inúteis eram de fato. Ainda assim, elas teriam o que mereciam.

Ela tossiu e foi premiada com um olhar irritado da recepcionista gorda. Relutantemente, a mulher arrastou a carcaça até ela.

— Quem?

Nem mesmo a dignidade de uma frase completa.

— Stephen McPhail.

Ela manteve a voz neutra.

— Empresa?

— Zenith Solutions.

— Terceiro andar.

Ela fez uma pausa, momentaneamente aborrecida por ter que entrar no prédio com sua preciosa encomenda e, depois de recuperar a compostura, se dirigiu aos elevadores.

A recepcionista da Zenith não se mostrou mais cortês que as outras.

— Precisa que assine?

A entregadora balançou a cabeça e entregou o pacote. Uma caixa de papelão marrom comum, lacrada com fita adesiva. A recepcionista voltou ao que quer que estivesse fazendo sem lhe agradecer e deixou o pacote em cima da mesa.

A entregadora foi embora, desaparecendo ainda completamente anônima. Ela se perguntou por quanto tempo a recepcionista iria ignorar o pacote antes de avisar ao CEO sobre a encomenda inesperada. Torceu para que não demorasse muito. Essas coisas começavam a feder depois de um tempo.

27

— O que eu estou te pedindo para fazer é potencialmente muito perigoso e se você disser que não topa eu vou respeitar a sua decisão.

Tony havia suspeitado que estivesse rolando alguma coisa assim que Helen lhe pedira que a encontrasse no Old White Bear. Era um pub nojento que ficava depois da esquina da delegacia — era para onde se ia quando não se queria ser ouvido.

— Eu sei que você já trabalhou como agente infiltrado e que conhece o esquema — continuou Helen —, mas as suas circunstâncias agora são diferentes. Ao mesmo tempo, você é o melhor agente homem que eu tenho, então...

— O que exatamente você quer? — interrompeu Tony, ruborizando ligeiramente diante do elogio.

— Parece que os alvos do nosso assassino são homens à procura de sexo — continuou Helen. — Pensei em colocar um anúncio no *Evening News* pedindo aos clientes que se apresentassem para nos ajudar, mas eu não sei como isso iria funcionar. As garotas nas ruas não estão colaborando nadinha com McAndrew...

— Então a gente tem que colocar alguém na linha de fogo.

— Exato.

Tony não disse nada. Sua expressão permaneceu neutra, mas ele ficou animado com a perspectiva. Sua vida andava tão regrada havia tanto tempo que uma chance de estar na linha de frente outra vez era tentadora.

— A investigação só chega até certo ponto se for conduzida levando em conta apenas a motivação do crime e o *modus operandi*. Esse assassino toma cuidado com as evidências, além de usar locais afastados. Por isso a gente precisa de alguém trabalhando em campo, posando como cliente, farejando por aí. Eu sei que você vai precisar de tempo para pensar nessa proposta. Tenho certeza de que você tem um monte de perguntas a fazer, mas eu preciso de uma resposta rápida. Isso pode acabar...

Helen fez uma pausa, escolhendo as palavras cuidadosamente.

— Isso pode acabar virando um caso importante. E eu quero cortar o mal pela raiz.

Tony prometeu que pensaria no assunto durante a noite, embora já soubesse que aceitaria. É claro que era perigoso, mas, se não fosse ele, seria outra pessoa. Alguém menos experiente. Era um detetive--sargento agora, e o certo era que ele corresse o risco. Mark Fuller não teria se esquivado de uma coisa dessas e tinha uma filha, pelo amor de Deus.

Helen retornou à sala de inquérito, deixando Tony sozinho com seus pensamentos. Ele se permitiu uma cerveja enquanto repassava mentalmente os desafios que teria à frente. Como diria isso a Nicola? O que poderia fazer para acalmar sua ansiedade e assegurá-la de que os riscos eram mínimos?

Ele ficou sentado sozinho, bebericando a cerveja, perdido nos pensamentos. A última bebida de um condenado.

28

Ela havia chegado por trás, sem fazer barulho. Charlie estivera tão envolvida no trabalho, tão animada com suas descobertas, que não havia notado a aproximação de Harwood.

— Como vão as coisas, Charlie?

Charlie deu um pulo, assustada com a aparição repentina. Ela se virou e balbuciou uma resposta — era inquietante se deparar com a chefe pairando sobre a gente.

— Está se adaptando bem com a volta? — continuou Harwood.

— Sim, senhora. Estou fazendo um bom progresso e todo mundo tem sido receptivo. Todo mundo que está aqui, pelo menos.

— Sim, você nos pegou num momento bastante agitado. Mas estou feliz por você estar de volta, Charlie. Seria uma pena perdermos uma policial tão talentosa.

Charlie não disse nada. Qual seria a resposta certa para aquele elogio injustificado? Charlie passara um ano de licença por motivo de doença depois de quase ser morta — não era a melhor das recomendações para a nova delegada. Logo depois do seu sequestro, Charlie havia se preparado para receber a ligação que diria que ela talvez se sentisse mais à vontade em outro lugar, mas jamais a recebera. Em vez disso, tinha sido encorajada a voltar ao trabalho e agora estava sendo elogiada por uma mulher que mal conhecia.

— Siga o seu próprio ritmo — continuou Harwood. — Faça aquilo em que você realmente se destaca. E me procure se tiver qualquer problema, ok? Minha porta está sempre aberta.

— Sim, senhora. E obrigada. Por tudo.

Harwood deu seu sorriso largo e atraente. Charlie se deu conta de que não havia falado o bastante, então continuou:

— Sei que você não tem a menor ideia de quem eu sou, e que teria todos os motivos do mundo para não se responsabilizar por mim, mas quero que saiba que eu sou muito, muito grata por essa chance que me deu — agora Charlie estava falando pelos cotovelos, mas não conseguia parar — e quero dizer que não vou te desapontar. Você não vai se arrepender de ter me dado uma segunda chance.

Harwood a encarou, claramente pouco acostumada a tanta falação, então lhe deu um tapinha no braço.

— Eu não duvido disso nem um pouco.

Ela se virou para sair, mas Charlie a deteve:

— Tem mais uma coisa. Uma evolução no caso Alexia Louszko.

Harwood se virou, intrigada.

— O detetive Fortune descobriu que o bordel chique onde Alexia trabalhava é propriedade de Sandra McEwan.

Charlie fez uma pausa, sem saber ao certo se o nome significava alguma coisa para Harwood.

— Eu sei quem ela é. Continue.

— Bem, eu fiquei um pouco surpresa por ela ser dona do prédio ocupado pela Brookmire. Não sabia que tinha tanto dinheiro assim. Então pesquisei um pouco mais para ver se Sandra tinha qualquer outra propriedade em Southampton.

— E?

Charlie fez uma breve pausa. Será que devia contar algo para Harwood sem antes falar com Helen? Agora era tarde demais para ser discreta — Harwood claramente esperava alguma coisa.

— Ela tem propriedades no parque industrial da Empress Road.

Agora tinha toda a atenção de Harwood. Charlie pegou uma impressão do mapa da rua que havia baixado do site do registro de terras e entregou a ela.

— Ela é dona dessa fileira de casas abandonadas. O corpo de Alan Matthews foi encontrado na quarta casa da fileira.

Harwood digeriu essa informação. Charlie foi em frente.

— Alexia foi morta e mutilada, provavelmente pela família Campbell. Ela trabalhava nas ruas para eles antes de ir para a Brookmire.

Um dia depois, um cliente é encontrado assassinado e mutilado numa propriedade de Sandra McEwan.

— Você acha que Sandra está mandando um recado para eles. Que vai ser olho por olho?

— É possível. A experiência nos diz que, se alguém declara guerra contra Sandra McEwan, é bom que esteja preparado para as consequências.

Harwood franziu a testa. Ninguém precisava de uma guerra entre os chefes da prostituição local — elas tendiam a ser longas e sangrentas, e sempre acabavam virando notícia.

— Traga ela.

Harwood já seguia para a porta.

— Eu não deveria avisar a detetive-inspetora Grace antes de...

— Traga ela, detetive Brooks.

29

Estavam todos juntos e amontoados como gado no abatedouro. Era impressionante a rapidez com que a postura profissional podia sumir. A equipe da Zenith Solutions se refugiara no átrio, nervosa demais para retornar ao escritório e curiosa demais para ir para casa. Helen passou por eles e subiu, apressada, para o terceiro andar.

Stephen McPhail, CEO da Zenith, estava se esforçando para parecer tranquilo, embora claramente estivesse perturbado com os acontecimentos da manhã. Enfurnara-se na sala, com a secretária de muitos anos, Angie, ao seu lado. A caixa ainda estava em cima da mesa de Angie, onde ela a havia largado. Deixara-a tombar, e o coração ensanguentado caíra em cima da mesa. Ele continuava lá, cuidadosamente vigiado por dois policiais que se recusavam a olhar para o órgão. A tampa pendia, frouxa, com a palavra *RALÉ* escrita a sangue e deixando bem clara sua mensagem simples.

— Imagino que a senhora esteja bastante perturbada com o ocorrido, mas é imprescindível que eu faça algumas perguntas enquanto os acontecimentos ainda são recentes. Tudo bem?

Helen se dirigia a Angie, que assentia com a cabeça enquanto fungava.

— De que empresa era a entregadora?

— Ela não disse. Não tinha nenhuma logo.

— A senhora tem certeza de que era uma mulher?

— Sim. Ela não disse muita coisa... mas era.

— A senhora viu o rosto dela?

— Na verdade, não. Ela estava usando capacete. Para ser sincera, não prestei muita atenção nela.

Helen xingou internamente.

— Altura?

— Não tenho certeza. Um e setenta e cinco?

— Cor dos cabelos?

— Eu não saberia dizer ao certo.

Helen assentiu com a cabeça, o sorriso disfarçando sua exasperação para com a desatenta Angie. Será que a entregadora sabia que podia entrar e sair sem chamar a atenção, ou teria sido só um golpe de sorte?

— Vou pedir à papiloscopista que venha se sentar com a senhora. Se conseguir dar a ela uma descrição completa das roupas, do capacete, dos traços, aí podemos ter uma imagem precisa de quem estamos procurando. Pode ser?

Angie assentiu heroicamente com a cabeça, então Helen voltou a atenção para Stephen McPhail.

— Vou precisar de uma lista com nomes e endereços de toda a sua equipe, todo mundo que estava aqui hoje e também de quem não estava.

— É claro — disse McPhail. Ele digitou algumas teclas e a impressora começou a zumbir e ganhou vida. — A gente tem vinte funcionários permanentes e só dois não estavam aqui hoje. Helen Baxter está de férias e Chris Reid... Bem, eu não sei onde ele está.

Helen manteve uma expressão neutra.

— O escritório é monitorado por câmeras? — indagou ela.

— Infelizmente, não, mas a recepção lá no térreo tem. Tenho certeza de que a administração disponibilizaria o que for preciso para vocês.

Ele estava desesperado para ajudar, ansioso para arrumar aquela bagunça. Helen queria lhe poupar tanto sofrimento, mas não podia.

— Não temos motivos para acreditar que isso tenha sido direcionado ao senhor, mas consegue pensar em alguém que poderia ter algum motivo para atingir o senhor dessa forma? Alguém que tenha sido demitido recentemente? Um cliente insatisfeito? Algum parente?

— Nós trabalhamos com TI — respondeu McPhail, como se isso explicasse tudo. — Não é o tipo de ramo em que se fazem inimigos. Todos os nossos rapazes e garotas estão com a gente há meses, alguns há anos. Então, não, eu... eu não sei de ninguém que faria uma coisa dessas...

Ele foi diminuindo a voz.

— Tente não se preocupar demais com isso. Eu tenho certeza de que não passou de uma brincadeira. Vamos deixar policiais aqui pelos próximos dois dias para que eles possam conversar com os funcionários, mas vocês não devem mudar sua rotina. Não existe motivo para que uma brincadeira de mau gosto custe dinheiro ao senhor.

McPhail fez que sim, mostrando-se um pouco mais tranquilo, então Helen correu para a recepção. Charles Holland, representante da administradora do prédio, havia chegado e estava à sua espera. Ele foi rapidamente atrás das gravações do circuito interno de câmera daquela manhã, ansioso para passar a responsabilidade de algo tão desagradável para outra pessoa. A equipe de peritos tinha acabado de chegar e subia para pegar o coração, aguçando a curiosidade da equipe exilada da Zenith. Era uma evolução interessante: entregar o coração da vítima no local de trabalho, e não em sua casa. Sem dúvida era mais arriscado mas também garantiria que chamasse muito mais atenção. Qual seria o objetivo? Que tipo de jogo era aquele?

E onde iria parar?

30

Ela não perdeu tempo. Atendo-se a ruas secundárias, Helen atravessou a cidade a toda a velocidade. Estava sendo excessivamente cautelosa, mas era perfeitamente possível que um dos funcionários assustados do prédio que abrigava a Zenith alertasse a imprensa e Helen estava decidida a não ser seguida. Dirigia-se à casa da família Reid — para destruir a felicidade alheia e causar dor — e queria ter certeza absoluta de que estava sozinha.

O rosto de Jessica Reid mudou de cor tão rápido quando ela viu o distintivo da detetive que Helen achou que a mulher fosse desmaiar. Alison Vaughn, uma experiente agente de relacionamento com a família que Helen pedira que estivesse presente, foi mais rápida. Ela pousou a mão no cotovelo da mulher num gesto tranquilizador e conduziu a apavorada Jessica para dentro. Helen foi atrás delas, fechando a porta gentilmente.

A filha de 18 meses de Jessica estava sentada no meio da sala dando gemidinhos simpáticos para as visitas inesperadas. Sally estava cheia de energia, ansiosa para brincar, e, sem precisar de ordens, Alison a pegou no colo e a levou para brincar.

— Ele está morto?

A pergunta de Jessica foi brutalmente direta. Ela tremia, os olhos mal continham as lágrimas. O olhar de Helen se voltou rapidamente para as fotos de família sobre o console da lareira — não tinha dúvida de que o marido de Jessica era a vítima mais recente.

— Nós encontramos o corpo de um homem hoje de manhã. Acreditamos que seja Chris, sim.

Jessica baixou a cabeça. Começou a soluçar. Tentava conter o choro, esconder a angústia da filha, mas o choque era grande demais.

— Jessica, os próximos dias vão ser confusos, devastadores, assustadores, mas eu quero que saiba que vamos apoiar você a cada passo do caminho. Allison vai estar aqui para te ajudar com a Sally, para proporcionar qualquer tipo de assistência que você possa precisar e para responder às suas perguntas. Se você tiver algum parente que possa ajudar, vamos ligar para ele agora. Talvez até queira pensar em ficar em outro lugar por alguns dias. Não posso descartar a possibilidade de a imprensa tentar contatar você aqui.

Jessica ergueu o olhar, confusa.

— Por que fariam isso?

— Nós acreditamos que Chris tenha sido assassinado. Eu sei que é difícil assimilar isso... que tudo isso parece mais um pesadelo, mas eu não posso esconder os fatos de você. É importante que eu te conte tudo o que a gente sabe, para que você possa nos ajudar a descobrir quem fez isso.

— Como...? Onde?

— Ele foi encontrado no Eling Great Marsh. Chris foi até lá de carro no começo da manhã.

— Por quê? Por que ele estava lá? A gente nunca vai lá... A gente nunca foi lá.

— Acreditamos que ele esteve no local acompanhado. Uma mulher.

— Quem? — Agora havia um tom de raiva na voz de Jessica.

— Não sabemos a identidade dela, mas acreditamos que era uma profissional do sexo.

Jessica fechou os olhos, horrorizada. Helen a observou com profunda compaixão enquanto mais um alicerce de sua vida desmoronava. Helen tivera a vida despedaçada mais de uma vez e conhecia a terrível dor que Jessica estava sentindo. Ainda assim, tinha que lhe contar a verdade — toda ela — sem poupá-la de nada.

— Prostitutas às vezes usam o Eling Great Marsh para oferecer seus serviços, por ser um local discreto. Achamos que foi por isso que Chris foi até lá. Realmente sinto muito, Jessica.

— Aquele cretino idiota!

Jessica cuspiu as palavras com tanta violência que silenciou a sala. Sally olhou para a cena, percebendo pela primeira vez que havia algo de errado.

— Aquele filho da mãe de merda... idiota, covarde, egoísta.

Agora ela soluçava profundamente, sem reservas. Helen a deixou chorar. Por fim, os soluços diminuíram.

— Até onde você sabe, Chris já havia contratado o serviço de prostitutas?

— Não! Você acha que eu ia aceitar uma coisa dessas? O que você acha que eu sou? Um capacho de merda?

Os olhos de Jessica ardiam de fúria.

— É claro que não. Eu sei que você não aceitaria uma situação dessas, mas às vezes as mulheres têm suas suspeitas, seus medos, coisas que guardam bem lá no fundo. Alguma vez você teve algum temor com relação a Chris? Alguma coisa que perturbou você?

Jessica baixou o olhar, incapaz de encarar Helen. Havia atingido um ponto sensível, Helen estava certa disso, e não lhe restava escolha senão seguir em frente.

— Jessica, se você tiver algo que possa nos contar...

— Eu não achei que...

Jessica se esforçava para conseguir fôlego para falar, o choque agora com efeito completo. Helen fez sinal para que Alison pegasse um copo d'água.

— Ele tinha... Ele tinha... Ele tinha me prometido.

— Prometido o que, Jessica?

— Desde que a Sally nasceu, a gente não... você sabe... muito.

Helen não disse nada. Sabia que alguma coisa estava prestes a ser revelada e que era melhor deixar Jessica encontrar as próprias palavras.

— A gente estava sempre tão cansado — continuou ela —, sempre tinha tanta coisa para fazer.

Ela encheu o pulmão antes de falar:

— Alguns meses atrás, eu usei o laptop de Chris porque o meu estava quebrado.

Mais um suspiro profundo.

— Abri o Internet Explorer para entrar no Ocado para fazer compras e... encontrei um monte de sites marcados como favoritos. Aquele cretino idiota nem mesmo tentou esconder.

— Pornografia? — perguntou Helen. Jessica fez que sim com a cabeça.

— Eu entrei em um deles. Eu queria saber. Era... nojento. Uma menina novinha... com no máximo uns 17 anos... e um monte de homens... estavam fazendo fila para...

— Você o confrontou a respeito?

— Sim. Eu liguei para ele no trabalho. Ele veio para casa na mesma hora.

Seu tom ficou mais brando quando continuou a falar.

— Ele ficou mal. Com muita vergonha. Ele se odiou por ter me magoado. Eu fiquei com raiva dele por assistir àquele... troço, mas ele jurou para mim que nunca mais veria uma coisa daquelas. E estava sendo sincero. Estava mesmo.

Jessica ergueu a vista implorando com os olhos, suplicando em silêncio para que Helen não condenasse seu marido.

— Eu tenho certeza de que estava. Tenho certeza de que ele era um bom marido, um bom pai...

— Ele é. Era. Ele amava Sally, ele *me* amava...

Nesse momento, Jessica desmoronou, o peso dos acontecimentos desabou sobre ela. Ela havia perdido o marido, e a lembrança dele ficaria para sempre maculada. Os atos impensados cometidos por ele lhe custaram caro, mas a herança mais amarga cabia a quem ele tinha deixado para trás. Essas pessoas agora encaravam a entrada de um túnel longo e escuro.

De repente, Helen ficou furiosa. Quem quer que fosse o responsável sabia exatamente o que estava fazendo. Estava empenhado em causar o máximo de dor naquelas famílias inocentes. Queria levá-las além do limite da tolerância humana, queria destruí-las. Mas Helen não permitiria isso. Ela veria essa pessoa destruída antes de permitir que isso acontecesse.

Depois de deixar Alison para que reunisse a família de Jessica, Helen foi embora. O mensageiro nunca é bem-vindo na casa da vítima. Além do mais, tinha trabalho a fazer.

31

Helen se afastou da casa, confiante de que Alison faria com que Jessica, lenta e inexoravelmente, encontrasse algo semelhante a uma estabilidade. Alison era brilhante no trabalho: paciente, gentil e sábia. No momento certo, ela se sentaria com Jessica e lhe contaria todos os detalhes do assassinato de seu marido. Jessica teria que saber, teria que compreender como o marido agora se tornaria propriedade pública, assunto de fofocas e de especulação. Mas era cedo demais, o choque, grande demais, e ela deixaria a critério de Alison julgar o momento certo.

— À caça de mais um serial killer, Helen?

Helen se virou, sabendo de quem era a voz.

— Você realmente não tem muita sorte, tem?

Emilia Garanita fechou a porta do carro e se aproximou. Como diabos ela teria chegado ali tão rápido?

— Antes que você me mande para o inferno, acho que devia saber que eu estive com a sua chefe hoje. Ceri Harwood é um sopro de ar fresco depois de Whittaker, não acha? Ela prometeu que seria franca e aberta com a gente. Uma mão lava a outra e tal, e disse que você estava de acordo. Então vamos inaugurar uma nova fase, tudo bem? O que você pode me dizer a respeito desse assassino e como o *Evening News* pode ajudar na investigação?

Seu bloco e sua caneta estavam a postos, ávidos, seu rosto a própria imagem da inocência e da empolgação. Meu Deus, como Helen queria dar um soco nela — nunca tinha conhecido alguém que parecia sentir um prazer tão grande na infelicidade de pessoas comuns. Ela era um *ghoul* — mas sem nenhuma das características redentoras de um *ghoul*.

— Se a detetive-superintendente Harwood se ofereceu para fornecer a você informações relevantes, então tenho certeza de que ela vai fazer isso. Ela é uma mulher de palavra.

— Não seja engraçadinha, Helen. Eu quero detalhes. Quero uma exclusiva.

Helen olhou bem para ela. Percebeu que Emilia não estava de brincadeira. De alguma forma, ela havia conseguido o apoio de Harwood — mas instigada por quem? Era o que Helen queria saber. Mais do que isso, Emilia chegara à residência da família Reid quase tão rápido quanto ela. Já não era uma adversária que podia ser esmagada. Helen ia ter que ficar mais esperta.

— Eu vou dar um nome e uma foto para você até hoje à noite. A tempo de ser publicado. O assassinato da Empress Road foi brutal, lento, e envolveu elementos de tortura. Estamos investigando possíveis ligações com o crime organizado, com ênfase em drogas e prostituição. Estamos pedindo para que testemunhas em potencial entrem em contato com uma linha direta anônima com qualquer informação relevante. Isso vai ter que servir por enquanto.

— Está ótimo. Viu só, não doeu, doeu?

Helen retribuiu o sorriso de Emilia. Ficou surpresa por ela não ter lhe perguntado a respeito de Christopher Reid. Surpresa e aliviada. Mas não iria ficar por ali de bobeira para se sujeitar a mais um interrogatório. Montando na Kawasaki, foi embora com o motor roncando alto, enquanto Emilia ficava cada vez menor no seu retrovisor.

Helen só começou a relaxar quando pegou a rodovia. Southampton, que por tanto tempo havia sido seu feliz lar, começava a se transformar num lugar hostil e sangrento. Ela teve a nítida impressão de que uma tempestade estava prestes a cair e, de repente, sentiu-se insegura, sem saber muito bem onde estava pisando. O que Harwood pretendia, conversando com Emilia pelas suas costas? Que acordo as duas haviam feito? Com quem ela poderia contar nos dias sombrios que teria pela frente? Antes, tivera Mark e Charlie ao seu lado na hora do vamos ver. E agora, quem ela teria?

Sem querer, viu-se seguindo para Aldershot. Estranho como era forte a atração, muito embora Robert Stonehill não tivesse a menor ideia de sua existência. Uma voz na sua cabeça a incitava a repensar, a dar meia-volta, mas ela a silenciou e aumentou a velocidade.

Entrou na cidade sob o manto da escuridão. Sabia que não encontraria Robert em casa naquela noite, então foi direto para o Tesco Metro, onde ele trabalhava. Estacionou a moto perto da loja e assumiu uma posição estratégica no cybercafé que ficava em frente. De lá, tinha uma boa visão dele enquanto reabastecia a geladeira com bebidas alcoólicas, à espera da agitação noturna. Não era dos funcionários mais esforçados, se safando com o mínimo de trabalho possível e sempre encontrando tempo para bater papo com os colegas. Havia uma garota — Alice? Anna? — morena e bonita de 19 anos que parecia passar por ele com bastante frequência. Helen fez uma anotação mental de ficar de olho naquilo.

As horas foram se passando. Oito da noite. Nove. Dez. A atenção de Helen começou a vagar à medida que o cansaço e a fome iam aumentando. Estaria perdendo tempo ali? O que esperava alcançar? Por acaso seria uma *voyeuse* pelo resto da vida, explorando furtivamente uma conexão que na verdade nem existia?

Robert deixou a loja apressado e desceu a rua. Como sempre, Helen contou até quinze e deixou o esconderijo, despreocupada e silenciosamente mantendo o mesmo ritmo que ele. Robert lançou olhares discretos para a esquerda e para a direita duas vezes, como se esperasse ou temesse encontrar alguém, mas jamais olhou para trás, então Helen foi em frente sem ser vista.

Chegaram ao centro da cidade. Sem aviso, Robert entrou no Red Lion, um bar que mais parecia uma caverna que ele já havia visitado em saídas anteriores. Helen aguardou um instante, então entrou, com o smartphone colado na orelha, como se estivesse no meio de uma conversa. Como não o viu de imediato, ela desistiu da encenação. Vasculhou o térreo e subiu até o mezanino. Nada. Será que ele a havia notado e usara o pub para se livrar dela? Helen correu para o porão e, como era de esperar, Robert estava no último lugar onde ela procurou, num reservado, escondido nas entranhas do pub. Estava amontoado com os amigos, e o clima entre eles era sombrio. Helen ficou intrigada, mas não pôde se aproximar o bastante para ouvir sobre o que falavam, então comprou um drinque e se acomodou para esperar. Já eram mais de onze e meia e os rapazes não manifestavam o menor sinal de que iriam a algum lugar. O pub tinha autorização para servir até as duas, mas o grupo estava estranhamente controlado com relação à bebida naquela noite. Pareciam tensos. Helen se perguntou o que os teria assustado.

— Furaram com você?

Os devaneios de Helen foram rudemente interrompidos pela intromissão de um homem de negócios gordo que claramente vinha enchendo a cara desde que deixara o trabalho.

— Só estou esperando o meu marido — mentiu Helen.

— Ele sempre se atrasa assim, é? Eu não me atrasaria se você fosse a minha mulher.

— É que ele está competindo hoje à noite. O trânsito de Londres é sempre péssimo.

— Competindo?

— MMA. Está tendo uma luta importante lá em Docklands hoje. Se você ficar por aqui, vocês dois podem conversar. Ele adora trocar ideias com apostadores e deve estar chegando a qualquer momento.

— É muito gentil da sua...

Mas ele já estava se afastando. Helen conteve um sorriso, voltou as atenções para Robert e constatou que ele a estava encarando. Imediatamente, baixou o olhar e começou a mexer no telefone. Será que a tinha descoberto? Era melhor prevenir do que remediar, então, depois de uma pausa decente, Helen fingiu que estava recebendo uma ligação e seguiu seu rumo, encontrando um posto de observação discreto no térreo.

Vinte minutos depois, Robert e os amigos passaram por ela e deixaram o pub, aparentemente alheios à sua existência. Já era quase meia-noite e as ruas estavam vazias. Enquanto os seguia, Helen de repente se deu conta da estupidez e da vulnerabilidade da sua posição, sozinha naquelas ruas escuras, tão tarde da noite. Podia se virar na maioria das situações, mas não se tivesse que lidar com uma gangue de homens. E se vissem que ela os estava seguindo e partissem para cima dela?

Esperou um pouco e pensou em desistir, mas de repente o grupo parou onde estava. Os rapazes fizeram uma pausa, olhando de um lado para o outro, então arrastaram uma lata de lixo com rodas de um beco vizinho. Davey, o líder, subiu nela, ficando na altura de uma janelinha. Tirou um pé de cabra da mochila e passou a forçar a janela, enquanto os outros vigiavam.

Helen se encostou na parede. Estava furiosa — por que havia se colocado numa posição dessas? Agora a janela estava aberta e Davey dava impulso para entrar. Robert foi logo atrás. Subindo na lata de lixo, atirou-se pela janela com a graça de um ginasta. Os outros ficaram do lado de fora, olhando em volta, ansiosos, vigiando algum possível transeunte.

Um barulho fez com que eles olhassem ao redor, mas era só uma mulher passando — ela claramente não os tinha visto. Helen apertou o passo. Agora que tudo tinha dado tão errado, só queria estar longe dali. A cada passo dado, ela se recriminava. Havia uma pessoa inocente sendo roubada naquele instante, e era seu dever interferir e impedir que isso acontecesse.

Mas é claro que ela não o faria e se odiava por isso. Afastou-se a passos rápidos e foi engolida pela escuridão da noite.

Tinha sido um erro ir até lá.

32

A casa era uma casca vazia. Um espaço simples e funcional que, como a maioria das propriedades alugadas, nunca recebia muito amor. Sentado sozinho à mesa de jantar da IKEA, Jason Robins se sentia mais ou menos assim. Samantha, sua ex, tinha levado a filha deles, Emily, para passar duas semanas na Disney com Sean, o novo namorado, a tiracolo. E, embora tentasse ignorar esse fato — concentrando-se no trabalho, assistindo ao futebol, procurando velhos amigos —, na verdade ele pensava nisso o tempo todo. Nos três se divertindo — comendo algodão-doce, gritando nas montanhas-russas, aninhados na cama na hora de dormir depois de um dia inteiro de diversão. Ele nunca havia ditado as regras no casamento e, agora, que o relacionamento tinha chegado ao fim, continuava numa posição de desvantagem. Colocara toda a sua energia na criação de Emily e em proporcionar a Samantha todo o necessário, a tal ponto que havia negligenciado os amigos e a família. Quando Samantha admitiu que estava tendo um caso e pôs um fim ao casamento, ele não tinha ninguém com quem contar, pelo menos ninguém sincero. As pessoas se mostravam solidárias e faziam perguntas, mas não era de coração. Dava para perceber que ninguém culpava Samantha pela escolha. Jason não era muito bonito nem muito bom de conversa, mas, ainda assim, tinha dado um duro danado para fazer Samantha feliz. E qual tinha sido a sua recompensa? Um apartamento vazio e uma batalha pela guarda da filha.

Jason raspou os restos da refeição semipronta para jogar na lixeira e entrou naquilo que o corretor havia chamado de escritório, mas que ele chamava de cubículo. Mal havia espaço para abrir os braços ali dentro, mas era o seu cômodo preferido da casa: o único que não parecia vazio. Ele gostava do abraço quente que o quartinho parecia lhe dar e se acomodou na cadeira, ligando o computador.

Visitou o site de notícias da BBC, em seguida o de esportes, então deu uma olhada no Facebook. Uma olhada rápida, então fechou a página: não queria ver as fotos das vidas felizes dos outros. Verificou o e-mail — spam e mais spam, e mais uma conta do advogado. Suspirou, entediado. Devia ir para a cama, na verdade. Questionou-se se aguentaria se deitar cedo sabendo que ainda demoraria a dormir, mas esse era um questionamento falso. Não tinha a menor intenção de ir para a cama. Abriu o Safari e clicou nos seus favoritos. Dezenas de sites de pornografia apareceram. Em algum momento, haviam sido excitantes, mas agora eram apenas familiares.

Continuou sentado à sua mesa, entediado e inconsolável. O tempo foi passando lentamente, tentando-o. Meu Deus, eram só onze da noite. Pelo menos mais nove horas até ele poder aparecer no trabalho. A noite se estendia à sua frente como uma paisagem ampla e deserta.

Fez uma pausa e digitou "acompanhantes" na ferramenta de busca. Imediatamente, um monte de anúncios surgiu nas margens da tela perguntando se ele queria conhecer garotas em Southampton. Hesitou, surpreso por saberem onde ele morava, depois começou a percorrê-los. Eram todos convites mal disfarçados à prostituição — garotas fingindo querer companhia quando, na verdade, promoviam seu negócio. Será que ele devia? Nunca tinha feito nada assim, e, para ser sincero, tinha medo. E se alguém descobrisse?

Deu uma olhada em mais alguns anúncios, ficando cada vez mais excitado. Dinheiro ele tinha. Por que não, então? Se pegasse alguma doença, tinha como dar um jeito — até parece que tinha alguém atualmente para quem passá-la adiante. Por que não fazer algo excitante, para variar um pouco?

O coração agora batia mais rápido, com diversas hipóteses se desenrolando na sua mente. Foi olhando sites de acompanhantes, fóruns, vídeos — havia um mundo todo lá fora, aguardando para ser explorado. Por que não assumir o controle? Usar o próprio dinheiro para que as pessoas fizessem o que ele queria, para variar. Que mal havia nisso?

Jason pegou a carteira e deixou o pequeno cômodo, apagando a luz ao sair. A noite o chamava e, dessa vez, ele não iria resistir.

33

Segurando o chicote com firmeza, ele soltou o braço. A chibatada entrou fundo nas costas de Helen com um estalo gratificante. Seus ombros arquearam para então relaxar, mas ela não emitiu um único som. Qualquer que fosse a dor que estivesse sentindo, ela a sufocou. Ergueu os ombros outra vez e se preparou para mais, lançando um desafio ao seu dominador. Jake fez o que lhe era pedido, mais uma vez levando o chicote a estalar. Ainda assim, ela não emitiu um único som.

Já fazia dois meses desde que haviam reiniciado o relacionamento. Não havia dúvida de que agora era diferente: ele sabia muito mais a respeito de Helen e, embora nunca se intrometesse, tacitamente a encorajava a se abrir mais, contando a ela sua *própria* história de vida. Havia compartilhado o máximo enquanto ainda se sentia confortá-vel — ninguém mais sabia que seus pais ainda estavam vivos, mas que se recusavam a falar com ele —, mas recebia pouquíssimo em troca. Compreendia que aquele era um espaço no qual ela se sentia segura e nunca colocaria uma coisa dessas em jogo, mas queria que o relacionamento deles avançasse. Gostava de Helen, não havia mo-tivo para negar. Isso devia tê-lo levado a dar um tempo entre os dois — essa seria a atitude de qualquer dominador profissional que se prezasse —, mas ele tentara fazer isso antes e não havia funcionado.

Não era amor. Pelo menos não achava que fosse. No entanto, era mais do que havia nutrido por alguém em muito tempo. Quem é tão pouco amado, quem passa a vida sendo rejeitado, mantém os sentimentos escondidos bem lá no fundo. Desde que havia chegado à puberdade, Jake tivera muitos relacionamentos — com homens e com mulheres, com jovens e com velhos, mas uma coisa permanecera constante: o desejo de ser livre. Agora, no entanto, ele se via cada vez menos interessado em ficar com muitas pessoas. A monogamia nunca fora a sua praia, mas agora conseguia perceber a atração. Isso era insano, na verdade, afinal, ele e Helen nunca chegaram nem perto de fazer sexo, mas o relacionamento dos dois não se resumia a isso. Havia algo nela que ele queria proteger e salvar. Se pelo menos ela lhe permitisse isso.

Ela estava sendo praticamente monossilábica naquela noite, dando a Jake uma sensação deprimente de que haviam retornado aos primeiros dias da relação. Algo a aborrecera. Jake estava se perguntando se deveria ou não dizer alguma coisa quando, do nada, ela perguntou:

— Você já se sentiu amaldiçoado?

Foi uma pergunta tão inesperada que, de início, Jake ficou sem saber o que falar. Então, pendendo demais para o outro extremo, pôs-se a tagarelar de forma completamente ineficaz, tentando tranquilizá-la, ao mesmo tempo que procurava sondá-la sem querer ser intrometido. Helen não disse nada.

Ele atravessou o aposento e tomou-lhe a mão. Falava o tempo todo enquanto isso, mas Helen ficou olhando para a frente, mal parecendo registrar a presença dele. Por fim, acabou olhando para baixo, parecendo notar, pela primeira vez, que Jake pegara sua mão. Olhou para ele, não de maneira indelicada, então retirou a mão.

Helen atravessou o cômodo, se vestiu e se dirigiu à porta. Parou por um instante e sussurrou:

— Obrigada.

Então partiu. Jake ficou ofendido, confuso e preocupado. O que diabos estava acontecendo com ela? E por que Helen se sentia amaldiçoada?

Tanta coisa que nunca havia sido dita, tanta coisa escondida dentro dela; Jake sentia-se desesperado para ajudá-la se pudesse. Tinha certeza de que ela não tinha mais ninguém com quem conversar. Mas, apesar do desespero, sabia que não podia forçar as coisas. Não tinha poder algum naquele relacionamento e não podia correr atrás de nada. Ia ter que esperar que Helen voltasse a procurá-lo.

34

Lady Macbeth morava numa casa espaçosa nos arredores de Upper Shirley, para enorme desgosto dos vizinhos. Eram todos contadores e advogados; Sandra McEwan, não. Ela ganhava milhares de libras por ano vendendo drogas e sexo. Southampton era o centro nervoso dos seus negócios e ela comandava as operações de sua sofisticada residência. Sandra era de Fife, mas fugira de seu lar adotivo quando tinha apenas 14 anos. Começou a se prostituir menos de um ano depois, atravessando o país com seu trabalho, até acabar na costa sul, onde passou a ser cafetinada por outro escocês: Malcolm Childs. Tornou-se sua amante, depois sua esposa, então, segundo a lenda do submundo, ela o sufocou durante uma sessão de sadomasoquismo. O corpo dele nunca foi encontrado e ela assumiu as rédeas do império sem maiores problemas, matando ou mutilando qualquer um que tentasse tirá-lo dela. Livrara-se de mais de dez acusações, sobrevivera a três atentados e agora levava uma vida de luxo na costa sul. Fife tinha ficado para trás.

A empregada protestou energicamente — eram apenas sete da manhã —, mas Charlie tinha um mandado de prisão para Sandra e não queria ficar ali parada enquanto a dama em questão podia resolver fugir. Câmeras de segurança cobriam cada centímetro da propriedade, e era provável que Sandra os tivesse visto chegar. Felizmente, naquela ocasião, ela dormia profundamente, conforme Charlie descobriu ao abrir as portas do quarto opulento.

O amante — um sujeito musculoso e atlético — saiu da cama assim que a porta foi aberta. Tinha a intenção de enfrentar Charlie, mas parou onde estava ao ver o distintivo.

— Relaxa aí, garoto. Está tudo bem.

O amante de Sandra era um ex-lutador de boxe que ela mantinha ao seu lado a todo instante. Ele raramente falava — Sandra gostava de fazer isso por ele.

— Pode voltar para a cama. Eu cuido disso.

— Sandra McEwan, eu tenho aqui um mandado para a sua...

— Vai com calma, detetive Brooks. Você é a detetive Brooks, não é?

— Sou, sim — confirmou Charlie, lacônica.

— Reconheci pelas fotos dos jornais. Como você tem passado? Melhor, eu espero.

— Está tudo uma maravilha, Sandra, então para de enrolar e levanta logo daí, está bem?

Ela lhe entregou um roupão. Sandra a encarou.

— Há quanto tempo você está de volta, detetive Brooks?

— Eu estou perdendo a paciência.

— Me responda há quanto tempo que eu me levanto.

Charlie fez uma pausa, então disse:

— Dois dias.

— Dois dias — repetiu Sandra, deixando as palavras pairarem no ar.

Ela arrastou o generoso corpo para fora da cama king size, recusando o roupão que Charlie lhe oferecia. Não fez a menor menção de esconder a nudez.

— Dois dias e você está ansiosa para deixar a sua marca. Provar que esses céticos que odeiam mulheres estão errados, não é?

Charlie olhou para ela, recusando-se a confirmar a veracidade dos comentários de Sandra.

— Bem, eu admiro isso, Charlie. Admiro mesmo. Mas não à minha custa, cacete, está certo?

A camaradagem havia desaparecido. O rosnado de Sandra era inconfundível.

— A não ser que você queira que os meus advogados colem nessa sua bunda gostosa dia e noite pela próxima semana, se eu fosse você, daria meia-volta e correria de volta para a sua Séria Harwood, está bem?

Sandra estava perto agora, seu corpo nu a centímetros do terno elegante de Charlie. Mas Charlie nem piscou, recusando-se a ser intimidada.

— Você vai para a delegacia, Sandra. A gente tem uma questãozinha sobre um duplo homicídio e precisa da sua ajuda. E então, o que você vai querer? Sair com dignidade ou ser arrastada daqui algemada?

— Vocês não aprendem, não é? Vocês nunca aprendem.

Xingando, Sandra foi até o closet com passos pesados atrás de alguma coisa para vestir. A vida de Sandra contrariava o ditado de que o crime não compensa, algo que ela comprovava agora enquanto sujeitava Charlie a uma pantomima absurda que envolvia escolher, para logo em seguida descartar, uma série de roupas com assinaturas famosas, como Prada, Stella McCartney e Diane von Furstenberg... antes de se decidir por um jeans Armani e um suéter.

— Pronta? — indagou Charlie, tentando não demonstrar sua irritação.

— Pronta — respondeu Sandra, o sorriso largo revelando dois dentes de ouro. — Que comecem os jogos!

35

— Por que ninguém me avisou?

— Cuidado com o tom, Helen.

— Por que ninguém me avisou, senhora?

Helen mal disfarçou o sarcasmo, a raiva superando todos os freios. Harwood se levantou e fechou a porta do escritório com todo o cuidado, isolando sua secretária enxerida.

— Ninguém te avisou — continuou Harwood — porque você não estava aqui. McEwan é mestre em desaparecer, então a gente teve que agir rápido. Pedi à detetive Brooks que trouxesse Sandra para cá e disse a ela que explicaria a situação a você. O que estou fazendo agora.

A explicação razoável de Harwood não melhorou em nada o humor de Helen. Havia mesmo alguma justificativa para estar tão furiosa por ter ficado por fora dos acontecimentos ou ela só estava puta porque se tratava de Charlie? Para ser sincera, não sabia a resposta.

— Eu compreendo, senhora, mas, se houver alguma informação sobre o assassinato de Alan Matthews, eu devia ser a primeira a saber.

— Você tem razão, Helen, e a culpa é minha. Se quiser colocar a culpa em alguém, me culpe.

Algo que, é claro, Helen não podia fazer, o que a deixou sem argumento. Mas, ainda assim, ela tentou uma última vez:

— Talvez McEwan esteja envolvida na morte de Louszko, mas não consigo ver a ligação com o assassinato de Matthews.

— Temos que manter a mente aberta, Helen. Você mesma disse que talvez a morte dele fosse parte de uma guerra por território. Talvez ele seja um dano colateral. Charlie descobriu uma coisa genuinamente interessante e eu gostaria que a investigássemos a fundo.

— Isso me parece errado. É tudo complicado demais, pessoal demais. Tem todas as características de um indivíduo que...

— De um indivíduo que tem inteligência, ambição e imaginação. Alguém que não tem problema algum em matar, sem escrúpulos ou consciência, e que é muito bom em confundir a polícia. Eu diria que isso descreve Sandra McEwan ao pé da letra, você não acha?

Sem ver mais motivos para discutir, Helen deu o braço a torcer e foi para a sala de interrogatório. Charlie estava à sua espera e, na frente dela, com o advogado ao lado, encontrava-se Lady Macbeth.

— Fico encantada em vê-la, inspetora. — O sorriso de Sandra McEwan se espalhou de orelha a orelha. — Como vão os negócios?

— Eu poderia perguntar a mesma coisa a você, Sandra.

— Nunca foram tão bem. De qualquer forma, você está bem. Não me diga que arranjou um namorado?

Helen ignorou a provocação.

— A detetive Brooks está investigando o assassinato de Alexia Louszko. Ela trabalhava para você na Brookmire, creio, sob o pseudônimo de Agneska Suriav.

Como Sandra não negou, Helen foi em frente.

— Ela foi morta, mutilada e desovada na mala aberta de um carro abandonado. A ideia do assassinato foi mandar um recado. Talvez você possa nos explicar.

— Eu adoraria ajudar vocês, mas mal conhecia essa garota. Só a vi algumas vezes.

— Ela trabalhava para você, você deve ter aprovado a contratação dela pessoalmente, conversado com ela...

— Eu sou proprietária do prédio no qual a Brookmire funciona. Mas não saberia dizer a vocês quem administra o negócio.

O advogado não disse uma palavra. Na verdade, não passava de uma figura decorativa. Sandra sabia exatamente como queria conduzir tudo aquilo.

— Você tirou Alexia Louszko das ruas — disse Charlie, mantendo a pressão. — Depois treinou e poliu a garota. Mas a família Campbell não gostou disso, não foi? Eles sequestraram Louszko. E a mataram. Então colocaram o corpo dela na rua, onde era o seu lugar.

— Se você está dizendo...

— Sua menina. Tiraram Louszko de baixo do seu nariz e a mataram. Como as outras garotas ficaram depois disso? Aposto que elas estão morrendo de medo.

Sandra não disse nada.

— Você sabia que tinha que fazer alguma coisa — continuou Charlie. — Então por que não matar dois coelhos com uma cajadada só? Me conte sobre as suas propriedades na Empress Road.

Enfim, uma reação. Pequena, mas perceptível. Sandra não estava esperando por isso.

— Eu não tenho nenhuma...

— Deixa eu te mostrar uma coisa, Sandra — continuou Charlie. — É uma lista de holdings que mantêm ligações financeiras umas com as outras. Vamos deixar de conversa fiada e admitir que todas elas são suas. Essa daqui — Charlie apontou para o nome de uma das empresas — comprou uma fileira de seis casas em ruínas na Empress Road há quase dois anos. Por que você comprou essas casas, Sandra?

Houve uma longa pausa, seguida de um minúsculo aceno de cabeça do advogado.

— Para reformá-las.

— E por que você ia querer fazer isso? Elas estão podres, caindo aos pedaços, e não é como se a região fosse ser gentrificada tão cedo.

— Você não quer dar um jeito nelas — interrompeu Helen, subitamente entendendo tudo. — Você quer derrubar aquelas casas.

Sandra deu uma piscadela. Era o mais próximo que elas teriam de uma confirmação de que estavam no caminho certo.

— Ninguém quer as propriedades da zona de prostituição. Elas são usadas pelas prostitutas todas as noites. Mas, se elas forem compradas e demolidas, o que as garotas fariam? Será que elas arriscariam a vida entrando no carro dos clientes toda noite ou será que procurariam trabalho em algum outro lugar? Num lugar mais seguro. Num lugar como a Brookmire. Aposto que, se a gente der mais uma pesquisada, vai descobrir que um monte de propriedade na Empress Road trocou de dono recentemente. Acertei?

Uma dureza foi tomando conta dos olhos de Sandra. Percebendo que estava ganhando o jogo, Charlie pressionou ainda mais.

— Mas e se você quisesse ir um passo além? A família Campbell atacou você, tentou atingir a sua força de trabalho. E se você decidisse apostar mais alto? Podia ter dado o troco matando uma das meninas deles, mas é bem mais criativo matar um ou dois clientes. A cobertura da imprensa, por si só, já afastaria os clientes da família Campbell em massa. Eu tenho que te dar os parabéns, Sandra. Uma jogada de mestre!

Sandra sorriu e não disse nada.

— Você escolheu Alan Matthews em específico? Ou ele foi uma escolha aleatória?

— Minha cliente não tem a menor ideia do que vocês estão falando e nega, categoricamente, envolvimento em *quaisquer* atos de violência.

— Então talvez ela possa me dizer onde estava entre as nove da noite e as três da manhã do dia 28 de novembro — intrometeu-se Charlie, decidida a continuar pressionando.

Sandra lançou um olhar longo e severo para Charlie, então disse:

— Eu estava numa exposição.

— Onde? — perguntou Charlie rispidamente.

— Num galpão reformado, saindo da Sidney Street. Artista local, uma instalação viva daquelas em que o público faz parte da peça e tal. Tudo não passa de uma baboseira, é claro, mas dizem que o artista vai valer alguma coisa algum dia, então eu achei que devia dar uma olhada. E olha que curioso: eu não entendo nada de tecnologia, mas o garoto é bom no que faz e me disse que a coisa toda foi transmitida ao vivo pela internet. Não dá para forjar esse tipo de coisa, então sintam-se à vontade para checar. E, se ainda tiverem dúvidas, podem confirmar meu álibi com alguns dos convidados presentes. O CEO do conselho municipal de Southampton estava lá, assim como o editor de artes da BBC South... Ah, e eu ia me esquecendo... o presidente da Associação de Policiais também. Qual é mesmo o nome dele? Anderson? O cara dentuço que insiste em usar aquela peruca horrorosa. Ele é inconfundível.

Sandra se recostou na cadeira de novo, olhou para Charlie, então se virou para Helen.

— Então, se já terminamos aqui, é bom eu ir andando. Eu tenho um compromisso que não quero perder essa noite.

— Que merda você pensa que está fazendo, hein, detetive Brooks?

Os dias em que Helen a chamava de Charlie agora pareciam muito distantes.

— Que merda te possuiu para fazer você arrastar Sandra McEwan até aqui sem verificar se ela era, ainda que remotamente, uma suspeita crível?

— Ela continua sendo. Tem motivo, oportunidade...

— E um álibi pra lá de sólido. Ela deixou a gente com cara de idiota lá dentro. Para de bancar o moleque de recados da superintendente Harwood e começa a fazer a porra do seu trabalho. E descobre quem matou Alexia Louszko.

Helen foi embora com passos pesados. Teriam que verificar o álibi de Sandra, é claro, mas Helen não tinha a menor dúvida de que ela estava falando a verdade. Era um álibi bom demais para ter sido inventado. É claro que podia ter contratado alguém para matar Matthews e Reid, mas por que Sandra daria essa tarefa a uma mulher se tinha um exército de homens para fazer o que ela quisesse? Não, isso não fazia sentido.

O dia tinha começado mal e só piorava. Pela primeira vez na sua carreira, Helen tinha a nítida impressão de que seus colegas estavam trabalhando contra ela em vez de a estarem ajudando. O caso já era estranho e complicado o bastante sem que ela tivesse Charlie e Harwood para levá-la a becos sem saída e fazê-la tropeçar a cada passo dado.

A verdade é que não tinham chegado a lugar nenhum. Duas vidas haviam sido destruídas e outras se seguiriam. E não havia nada que Helen pudesse fazer para impedir.

36

Angie se acostumou a ser o centro das atenções. Tinham lhe dado uma semana de licença da Zenith Solutions e ela vinha aproveitando o período ao máximo, recebendo amigos e parentes em casa, recontando o incidente grotesco repetidas vezes, floreando a coisa quando lhe dava na telha. Mas até mesmo Angie estava se cansando de contar sua história, então ignorou o toque insistente da campainha. As cortinas estavam fechadas, Jeremy Kyle estava na TV e tinha uma xícara de café prontinha para beber.

A campainha tocou mais uma vez. Angie aumentou o volume. E daí que isso serviria apenas para confirmar que estava em casa? Ela não precisava abrir a porta para ninguém que não quisesse. A campainha parou de tocar e Angie sorriu.

Concentrou-se no programa — os resultados do teste de DNA estavam prestes a ser revelados. Tinha começado a assistir ao programa tarde demais para saber do que se tratava o conflito entre os participantes, mas sempre dava em briga quando os resultados de DNA eram revelados. Ela adorava essa parte do programa.

— Olá?

Angie se sentou completamente empertigada. Havia alguém na sua casa.

— Você está aí, Angie?

Angie já havia se levantado e procurava uma arma. Um vaso de vidro pesado foi o melhor que conseguiu. Ergueu-o acima da cabeça enquanto a porta da sala de estar era aberta.

— Angie?

Angie ficou imóvel, o medo se transformando em surpresa. O rosto coberto de cicatrizes da mulher era facilmente reconhecível. Emilia Garanita era uma subcelebridade em Southampton.

— Sinto muito por ter invadido a sua casa, mas a porta dos fundos estava destrancada e eu estava *desesperada* para falar com você, Angie. Eu posso te chamar de Angie?

Angie estava chocada demais para repreendê-la pela invasão, e Emilia interpretou isso como uma permissão para prosseguir, colocando a mão no braço da outra, num gesto reconfortante.

— Como você tem andado, Angie? Eu soube que passou um choque terrível.

Uma das garotas do trabalho obviamente abrira a boca. Angie ficou irritada e satisfeita, em igual medida. Ser requisitada pela imprensa local era uma experiência incomum e gratificante. Emilia a conduziu tranquilamente de volta ao sofá e se sentou ao seu lado.

— Tenho levado a vida — respondeu Angie, com coragem.

— É claro que tem. Você é uma mulher forte; é o que todo mundo diz a seu respeito.

Angie duvidava muito disso, mas ficou satisfeita com o elogio.

— E o nosso artigo vai refletir isso.

Angie assentiu com a cabeça, a animação se misturando à apreensão.

— O *Evening News* quer fazer uma entrevista de página dupla com você. Sua vida, seu importante trabalho na Zenith Solutions e sua coragem em lidar com um incidente tão desagradável. Gostaríamos de prestar uma homenagem a você, tudo bem?

Angie fez que sim.

— Então vamos confirmar alguns detalhes primeiro. Podemos passar para o histórico da sua carreira daqui a um instante, mas vamos nos concentrar no dia em si por enquanto. Você recebeu uma encomenda para o seu chefe...

— O sr. McPhail.

— Sr. McPhail. Você abre toda a correspondência dele, é isso?

— É claro. Eu sou a secretária dele. Essa encomenda foi entregue por um serviço de courier e eu sempre abro essas imediatamente.

Agora Emilia rabiscava, animada.

— E dentro...

— Dentro... tinha um coração. Tinha um cheiro horrível.

— Um coração? — repetiu Emilia, tentando esconder a empolgação da voz. Ela não esperava que fosse verdade, mas era.

— Isso. Um coração, um coração humano.

— E você consegue pensar em algum motivo para alguém mandar uma coisa dessas para o sr. McPhail?

— Não — respondeu Angie, com segurança. — Ele é um ótimo chefe.

— Claro. E a polícia tem estado em contato?

— Eu conversei com a inspetora Grace.

— Eu conheço bem a Grace. É uma boa policial. Ela quis saber alguma coisa em especial?

Angie hesitou.

— Entendo perfeitamente se você se sentir desconfortável em revelar detalhes da sua conversa — continuou Emilia. — Mas posso dizer que, se eu quiser convencer o meu editor a dar a essa história as páginas centrais que ela merece, vou precisar de *todos* os detalhes.

Uma longa pausa, então Angie falou:

— Ela parecia especialmente interessada em ter uma lista completa dos funcionários da Zenith. Especialmente os que não estavam lá no dia do ocorrido.

A mão de Emilia parou de escrever por um segundo, então continuou com seus rabiscos. Ela não queria transparecer a empolgação que sentia diante daquela interessante evolução. Tudo estava se encaixando direitinho e funcionaria muito bem para Emilia.

Mais uma vez, uma história importante havia caído no seu colo.

37

Violet Robinson encarou o genro com suspeita. Nunca duvidara do amor dele por Nicola, embora duvidasse de sua dedicação. Ele era homem, e homens não prestam atenção a detalhes, além de serem propensos a tomar atalhos. Não havia dúvidas de que Nicola vivia com conforto e tinha seus cuidados básicos atendidos por Tony, ou por Anna, se ele estivesse no trabalho, mas Nicola era mais do que *básica*. Era uma mulher jovem, linda, inteligente e cheia de energia. Como a mãe, Nicola sempre se orgulhara enormemente da aparência, nunca saía de casa sem maquiagem, e estava sempre atenta para que nenhum fio de cabelo estivesse fora do lugar. Com excessiva frequência, Violet precisava assumir as rédeas desse assunto, incomodada com a palidez da filha, com os fios de cabelo rebeldes, com a ausência de maquiagem. Tony, na verdade, não sabia o que fazer nessa área e Anna... bem, Anna era uma garota sem graça que claramente achava que o importante era o interior da pessoa.

— Por quanto tempo você vai ficar fora? — perguntou a Tony.

Eles estavam juntos na sala de estar, onde não podiam ser ouvidos do quarto de Nicola.

— Eu não vou estar *fora* — devolveu Tony, escolhendo as palavras e o tom com cuidado. — Vou estar aqui durante o dia, provavelmente mais do que de costume, na verdade. Vou me ausentar só à noite. Anna disse que ficaria perfeitamente satisfeita em assumir o grosso do trabalho à noite, mas se tiver alguma forma de você...

— Eu já disse que ajudo, Tony. Fico feliz em ajudar. É melhor ela ter a família por perto.

Tony assentiu e sorriu, mas Violet percebeu que ele não concordava. Tony gostava mais de Anna do que dela, e, se Anna estivesse disposta a passar sete noites seguidas acordada, não havia dúvida de que ele pagaria a ela para fazê-lo em vez de convocar a sogra para ajudá-lo.

— Quanto tempo que... que esse trabalho noturno vai levar?

— Não muito, espero.

Mais uma resposta evasiva.

— Bem, fico feliz em ajudar pelo tempo que for necessário, mas você sabe como eu me sinto a respeito disso. Odeio a ideia de Nicola acordar e encontrar uma estranha à sua cabeceira.

A voz de Violet falhou enquanto ela se via subitamente emboscada por uma eterna sensação de perda. Tony assentiu, solidário, embora jamais fosse abordar o assunto. Será que ele havia desistido de Nicola? Violet tinha uma forte suspeita de que sim. Será que tinha outras mulheres? Violet de repente não teve certeza e isso lhe doeu.

— É perigoso? O que você está fazendo?

Uma pausa mais longa dessa vez, em seguida uma garantia desnecessariamente longa. Então era, *sim*, perigoso. Será que estava sendo injusta, odiando-o por ele ser tão indiferente? Tony era policial e tinha um trabalho a fazer — ela compreendia isso. Mas será que ele não podia ter sido tirado da linha de frente para fazer algo mais seguro? E se alguma coisa acontecesse com ele? O próprio marido de Violet — filho da mãe inútil que era — tinha dado no pé havia anos. Agora morava com a segunda esposa e três filhos em Maidstone, e nunca visitava as duas. Se alguma coisa acontecesse com Tony, seriam só Nicola e Violet, trancadas juntas, esperando e torcendo.

De repente, Violet se viu atravessando a sala. Pousou a mão no braço de Tony e, abrandando o tom, disse:

— Se cuida, Tony. Se cuida.

E, ao menos dessa vez, ele pareceu entender. Aquele era um momento difícil para os dois — uma mudança do *status quo*, com Tony deixando o cuidado intensivo para ter uma vida mais plena — e, ao menos dessa vez, eles estavam de acordo.

— Vá em frente, Tony. Nicola e eu vamos ficar bem aqui.

— Obrigado, Violet.

Tony saiu da sala para continuar os preparativos, deixando Violet com a filha. Ela tirou o batom da bolsa e o passou nos lábios de Nicola. Isso a alegrou por um momento, embora, por dentro, os nervos continuassem tinindo. Tinha o mau pressentimento de que forças além do seu controle estavam se reunindo e se preparando para abalar seu mundo.

38

Enquanto a equipe se juntava na sala de reunião, Helen tentava ordenar as ideias. Nunca havia se sentido tão isolada durante uma investigação. Charlie estava ansiosa para provar seu valor prendendo McEwan pelos assassinatos e Harwood parecia disposta a apoiá-la. Sua superior não queria dar crédito à crescente convicção de Helen, de que estavam lidando com um serial killer. Harwood era política, uma policial burocrática, e nunca tinha se deparado com esse tipo de indivíduo antes. Helen, por causa da sua história e do seu treinamento, tinha. E esse era o motivo para ela ter que assumir o comando: para focar a investigação da equipe no que importa.

— Por enquanto — começou Helen —, vamos partir do pressuposto de que a nossa assassina *é* uma prostituta que vem matando homens que pagam por sexo. Isso não tem acontecido por acidente. Não existe qualquer evidência de que eles tenham tentado estuprar alguém ou de que houve luta, então ela atraiu esses sujeitos para lugares isolados e depois os matou. Isso é algo que tem sido alimentado dentro dela, algo que ela vem planejando. Não há nada que sugira que ela trabalhe em equipe, por isso estamos à procura de um indivíduo altamente perturbado e perigoso, que provavelmente foi vítima de violência ou de estupro, que pode ter um histórico de doença mental e que claramente nutre ódio mortal por homens. Temos que pesquisar hospitais, ambulatórios, abrigos e albergues para ver se alguém que se encaixa nessa descrição esteve por lá nos últimos doze meses. Além disso, é bom que a gente dê uma verificada no HOLMES2 para ver se existem casos de estupro ou agressão sexual recentes que continuem sem solução. Ela deve ter sido provocada por alguma coisa. Por mais propensa à violência que possa ser, alguma coisa deve ter desencadeado essa raiva absurda. Busquem também crimes que *ela* possa ter cometido: agressões, esfaqueamentos que talvez tenham servido de treino antes de ela decidir matar. Detetive Sanderson, você pode cuidar disso, por favor?

— Deixa comigo, chefe.

— Então, estamos à procura de quem? — continuou Helen. — Ela obviamente conhece bem o ambiente, Empress Road, o Eling Great Marsh, então deve ser uma prostituta com atividade recente. Os erros de ortografia tanto da palavra "maudade" quanto do endereço da família Matthews sugerem pouca instrução ou até mesmo dislexia, mas ela claramente não é burra. Não deixa praticamente vestígio algum por onde passa. A perícia encontrou um fio de cabelo preto no carro de Reid, mas é sintético, provavelmente de uma peruca. Ela também é bastante corajosa. Ela entrou e saiu da Zenith Solutions sem ninguém notar coisa alguma a seu respeito. O fato de ela se arriscar a ser pega dessa forma sugere que é uma mulher com uma missão a cumprir. Alguém que quer provar alguma coisa.

A equipe continuou em silêncio enquanto ia assimilando as palavras de Helen.

— Sendo assim, nosso foco são prostitutas que estejam em atividade atualmente ou que tenham parado de trabalhar recentemente. Temos que verificar todos os níveis: prostitutas classe A, universitárias trabalhando como acompanhantes, imigrantes ilegais, viciadas que oferecem o serviço a troco de nada no porto, mas com atenção especial ao segmento inferior do mercado. Matthews e Reid pareciam gostar das garotas mais sujas, mais grosseiras, mais baratas. Temos que cobrir a cidade toda, mas vou concentrar a maior parte do nosso pessoal no norte da cidade. Bevois Valley, Portswood, Highfield, Hampton Park. Nossa assassina encontra os clientes em regiões que não são monitoradas por câmeras, mas nós conseguimos capturar os carros de Matthews e de Reid nas câmeras do serviço de trânsito. Parece que ela se encontrou com Matthews na Empress Road, e com Reid, em algum lugar perto da praça central. É provável que ela esteja escolhendo esses lugares porque ficam perto de casa, porque os conhece bem, porque são "seguros". Então não vamos descartar nada, mas o meu palpite é de que ela mora ou trabalha no norte da cidade. A detetive McAndrew vai liderar o trabalho na região.

— Eu já estou com uma equipe formada, chefe — avisou a detetive McAndrew —, e a gente já dividiu a área em setores. Vamos trabalhar nisso hoje à tarde.

— A próxima pergunta é: por que ela escolheu Matthews e Reid? Foram escolhas aleatórias ou deliberadas? Talvez a assassina tenha visto Matthews por aí e conhecesse seus hábitos e suas pequenas transgressões. Mas Reid era muito mais jovem e parece ter começado a frequentar o meio recentemente. Se ele foi, *sim*, selecionado deliberadamente, só pode ter sido por meios mais sutis. Os dois eram pais de família, o que pode ser uma ligação importante, embora frequentassem círculos muito diferentes e estivessem em estágios bem distintos de suas vidas familiares: Matthews tinha quatro filhos adolescentes e adultos, Reid tinha uma filha ainda bebê.

— Eles devem ter contratado os serviços dela on-line. Hoje em dia, se alguém quer um boquete, basta jogar no Google, não é assim? — contribuiu a detetive Sanderson, ganhando risadinhas abafadas em resposta.

— É provável, então vamos verificar os rastros digitais de Reid e Matthews. Detetive Grounds, você pode coordenar isso? Vamos descobrir se esses caras foram escolhidos como alvo deliberadamente ou se só estavam no lugar errado, na hora errada. Todo mundo entendeu?

Helen ficou de pé e saiu marchando de volta para a sala de inquérito. Estava cheia de energia e determinada — tinha um verdadeiro sentido de propósito. Porém, enquanto atravessava a sala, parou de repente, e seu otimismo recém-encontrado desapareceu. Alguém havia deixado a TV ligada sem som, o aparelho transmitindo suas imagens silenciosamente e sozinho no canto, então Helen pegou o controle remoto e aumentou o volume. Estava passando o jornal do horário de almoço da BBC South. Graham Wilson, âncora do programa, conduzia uma entrevista. Sua convidada no estúdio era Eileen Matthews.

Helen queimava de ódio e frustração enquanto se dirigia à residência da família Matthews. Eileen estava desesperada de dor — Helen compreendia isso —, mas sua intervenção direta na investigação arriscava colocar tudo a perder. Eileen havia decidido que Alan não tinha envolvimento algum com prostitutas e, convencida de que a polícia estava no rumo errado, resolvera empreender sua própria caçada pelo assassino do marido. "Por favor, me ajudem a encontrar o homem que fez isso com Alan" foi uma frase que ela repetiu diversas vezes durante a entrevista. Homem, homem, homem. Cinco minutos de TV bem na hora do almoço tinham colocado o público à caça de um assassino que não existia.

Eileen havia acabado de voltar do estúdio quando Helen chegou. Estava visivelmente esgotada pela experiência de falar em público sobre a morte do marido e quis fechar a porta bem na cara de Helen, que estava furiosa demais para permitir que ela fizesse isso. Não demorou muito para começarem as hostilidades.

— Você devia ter consultado a gente primeiro, Eileen. Uma coisa dessas pode realmente atrasar a nossa investigação.

— Eu não consultei vocês porque sabia o que iam dizer.

Eileen não se arrependia nem um pouco do que fizera. Helen precisou de muito esforço para controlar a fúria.

— Eu sei que você teve que lidar com tanta coisa nos últimos dias que está se sentindo dominada pela dor e pelo sofrimento, que está desesperada por respostas, mas não é assim que você vai conseguir. Se quer justiça para si mesma, para os seus filhos, precisa deixar que *a gente* assuma a frente nesse caso.

— E deixar que vocês sujem o nome de Alan? Que arrastem essa família para a sarjeta?

— Eu não posso esconder a verdade de você, Eileen, por mais dolorosa que possa ser. Seu marido contratava o serviço de prostitutas e eu estou convencida de que foi por isso que ele morreu. Quem o matou foi uma mulher, nós temos noventa e nove por cento de certeza disso, e qualquer coisa que desvie a atenção do público em outra direção ameaça permitir que ela ataque outra vez. As pessoas precisam estar atentas, e nós temos que dar a elas informações precisas para isso. Você está me entendendo?

— Atacar outra vez?

Pela primeira vez, o tom de Eileen soou menos estridente. Helen fez uma pausa, sem saber muito bem quanto devia compartilhar com ela.

— Um jovem foi morto ontem à noite. Acreditamos que a mesma pessoa seja responsável pelos dois homicídios.

Eileen olhou para a detetive.

— Ele foi encontrado numa região usada por prostitutas...

— Não.

— Sinto muito...

— Eu não vou permitir que você continue com essa... com essa campanha difamatória. Alan era um homem bom. Um homem devoto. Eu sei que ele não estava sempre saudável... que tinha algumas infecções, mas muitas delas podem ser contraídas em piscinas públicas. Alan adorava nadar...

— Pelo amor de Deus, Eileen, ele tinha gonorreia. Ninguém pega isso nadando.

— NÃO! A porcaria do enterro dele é amanhã e você me vem aqui com essas mentiras... NÃO! NÃO! NÃO!

Eileen gritava o mais alto que podia, calando Helen. Então, vieram as lágrimas. Helen sentiu uma confusão de emoções: compaixão, fúria, incredulidade. No pesado silêncio que se seguiu, ela varreu a sala com os olhos, vendo as fotos de família, que pareciam confirmar a visão que Eileen tinha de Alan. Ele era o ideal do pai de família íntegro: jogando futebol com os meninos, posando orgulhoso ao lado da filha Carrie na formatura, regendo o coral da igreja, brindando com a noiva no casamento deles, havia muitos anos. Mas tudo não passava de uma imagem.

— Eileen, você precisa trabalhar com a gente. Precisa enxergar a situação como um todo. Caso contrário, pessoas inocentes vão morrer. Você entende?

Eileen não ergueu o olhar, mas seus soluços diminuíram um pouco.

— Eu não quero te causar dor, mas você precisa encarar a verdade. O histórico de Alan na internet nos mostrou que ele tinha interesse ativo tanto em pornografia quanto em prostitutas. A não ser que outra pessoa, você ou os meninos, usassem aquele computador, o único que podia estar acessando esses sites era Alan.

Eileen havia contado à polícia que Alan não deixava ninguém entrar no escritório, quanto mais usar seu computador, por isso Helen sabia que seu comentário surtiria efeito.

— Esses sites não foram acessados por acidente. Estavam entre os favoritos dele... Nós também investigamos as finanças dele.

Agora Eileen estava em silêncio.

— Ele administrava uma conta com dinheiro para pagar as reformas da igreja. Há dois anos, tinha um saldo de alguns milhares de libras. A maior parte do dinheiro sumiu, em saques de 200 libras ao longo dos últimos dezoito meses. Só que nenhuma obra foi feita na sua igreja. Mandei um dos meus policiais até lá e ele conversou com o pastor. Nós sabemos que Alan não tinha uma situação financeira excepcional e parece que ele andou usando o dinheiro da igreja para financiar as suas atividades.

Helen foi em frente, abrandando o tom.

— Eu sei que você se sente completamente perdida nesse momento, mas a única forma de você e sua família sobreviverem a esse... pesadelo é encarando a realidade. Você não vai acreditar, mas eu sei pelo que está passando. Já passei por coisas horríveis, aguentei muita dor, e enterrar a cabeça na areia é a pior coisa que se pode fazer. Pelas suas filhas, pelos seus filhos, por si mesma, você precisa aceitar o que estou dizendo. Enxergue Alan pelo que ele era, bom e ruim, e lide com isso. É possível que sua igreja queira abrir uma investigação financeira por conta própria e eu estou certa de que vamos ter mais perguntas para você. Lutar contra a gente não é a melhor forma de vencer isso. Você precisa nos ajudar e nós te ajudaremos em troca.

Eileen, por fim, ergueu o olhar.

— Eu quero pegar a pessoa que matou Alan — continuou Helen. — Mais do que qualquer coisa, eu quero pegar a pessoa que matou Alan e dar a você as respostas que precisa. Mas eu não tenho como fazer isso se você estiver lutando contra mim, Eileen. Então, por favor, trabalhe comigo.

O apelo de Helen foi sincero e emocionado. Houve um longo momento de pausa, até Eileen finalmente olhar para ela.

— Eu sinto pena de você, inspetora.

— O quê?

— Eu sinto pena de você porque você não tem *fé*.

Ela deixou a sala, sem olhar para trás. Helen ficou observando-a sair. A raiva se dissipara e agora só sentia pena. Eileen havia acreditado completamente em Alan e jamais aceitaria que seu mentor, que sua rocha, era, na verdade, uma farsa.

39

A detetive Rebecca McAndrew tinha começado sua caçada havia poucas horas, mas já estava se sentindo suja e desanimada. Ela e a equipe haviam começado pelos bordéis de alto nível. Andavam muito mais movimentados do que ela se lembrava. A recessão empurrara mais e mais mulheres para a indústria do sexo, e a súbita invasão de prostitutas da Polônia e da Bulgária havia inundado o mercado ainda mais. A concorrência aumentara, o que significava que os preços tinham caído. A competição no ramo se tornava cada vez mais desenfreada.

Depois passaram para os *campi* universitários e, infelizmente, a situação neles era parecida. Cada garota com quem haviam conversado sabia de pelo menos uma colega que recorrera à prostituição para custear os estudos. Isso estava se tornando cada vez mais comum, conforme bolsas de estudo eram cortadas e estudantes precisavam se virar para se sustentar durante os muitos anos de estudo. Os depoimentos sobre alcoolismo e lesões autoinfligidas sugeriam que esse novo fenômeno não vinha ocorrendo sem um alto custo.

Agora, McAndrew e sua equipe estavam no ambulatório de Claymore, um serviço de atendimento médico gratuito tocado por uma combinação de funcionários do serviço nacional de saúde e voluntários de bom coração. Qualquer pessoa que aparecesse por lá receberia tratamento gratuito, mas a instituição ficava numa parte imunda da cidade, as filas eram enormes e era preciso ficar de olho nos próprios pertences o tempo todo, por isso costumava atrair bêbados e desesperados. Muitos dos clientes do centro eram jovens prostitutas: garotas com infecções; garotas que haviam apanhado e por isso precisavam levar pontos; garotas com bebês pequenos que simplesmente não estavam conseguindo aguentar. Era difícil não se deixar comover com as péssimas situações em que se encontravam.

Rebecca McAndrew com frequência reclamava das longas horas que precisava dedicar ao seu trabalho — estava solteira havia mais de dois anos em parte por causa do trabalho noturno —, embora percebesse que os sacrifícios que fazia não eram nada se comparados aos das mulheres que trabalhavam em Claymore. Mesmo exaustas e administrando uma falta de recursos de dar pena, trabalhavam incansavelmente para ajudar a manter aquelas garotas, sem nunca julgá-las ou perder a calma. Eram santas modernas — não que jamais viessem a ser reconhecidas como tal.

Enquanto a equipe fazia interrogatórios, Rebecca se deparou com um paradoxo. Ao mesmo tempo que parecia cada vez mais difícil encontrar ligações significativas entre as pessoas — elos amorosos, casamento, família —, nunca foi tão fácil encontrar companheiros pagos. O mundo vivia um período de estagnação, o país continuava dominado pela recessão, mas uma coisa estava clara:

Southampton estava inundada de sexo.

40

As ruas estavam sombrias, assim como o ânimo de Charlie. Depois da reprimenda que tinha levado de Helen, seu instinto fora de devolver o distintivo e correr para casa. No entanto, alguma coisa a impedira de fazê-lo, e agora ela se sentia aliviada mas envergonhada por ser tão sensível. O que estava esperando? Helen não queria que ela voltasse, e Charlie havia entrado nesse jogo, permitindo que seu entusiasmo comprometesse a investigação e a fizesse suspeitar de Sandra McEwan.

Estava transtornada de vergonha — o que havia acontecido com a policial talentosa que fora um dia? —, e era essa vergonha que agora a impulsionava adiante. Depois de fracassar na primeira tentativa de desmascarar o assassino de Alexia, Charlie agora retornava à essência do trabalho investigativo, percorrendo as ruas em busca de informações. Talvez, se conversasse com as prostitutas que trabalhavam na rua, que pareciam estar no centro da guerra entre McEwan e a família Campbell, ela conseguisse desenterrar alguma pista. Crianças em idade escolar voltavam para casa. Eram pouco mais de quatro da tarde, mas a escuridão já começava a cair sobre a cidade com aquela melancolia furtiva e sufocante que o inverno sabia produzir tão bem. O estado de espírito de Charlie se agravou mais um pouco.

As prostitutas que faziam ponto no porto ficaram satisfeitas em olhar a foto que Charlie lhes mostrou assim que se deram conta de que ela não iria levá-las em cana. Suas lembranças eram vagas, mas uma garota que trabalhava na rua havia muito tempo colocou Charlie no rumo do hotel Liberty, um lugar imundo e caindo aos pedaços que alugava quartos por hora em vez de cobrar diárias.

Charlie já estivera lá antes e sentiu um aperto no peito por ter que voltar. Era um lugar repleto de solidão e desespero.

Tocou a campainha. Uma, duas, três vezes antes de, por fim, abrirem uma fresta da porta. Enfiou o distintivo na cara do brutamontes polonês, que a "cumprimentou". Rosnando, deixou que ela entrasse e lhe deu as costas enquanto subia as escadas. Charlie sabia que ele seria de pouca utilidade — sua função era ver tudo e não dizer nada —, por isso concentrou os esforços nas prostitutas que apareciam com impressionante regularidade de trás das muitas portas fechadas. O hotel era uma casa geminada alta de quatro andares. Era assustador pensar no número de relações sexuais que ocorriam ali a cada noite. Camisinhas usadas pontilhavam o chão.

Charlie conversava com uma garota chamada Denise, que devia ter uns 17 anos, na melhor das hipóteses. Ela e o namorado eram viciados e claramente ficava a cargo de Denise ganhar dinheiro para os dois poderem curtir o seu barato. Por que essas garotas achavam que valiam tão pouco? O que faziam era o extremo mais baixo do mercado; as garotas mais caras exerciam seu ofício na parte norte da cidade. Perto do porto, esperava-se que se fizesse de tudo por pouquíssimas libras, por mais doloroso ou desagradável que fosse.

Muitos policiais tratavam as prostitutas como lixo, mas Charlie sempre se pegava querendo ajudá-las. Já estava tentando fazer Denise se afastar do namorado parasita, indicando para ela um abrigo que conhecia, quando, de repente, começou uma confusão dos infernos.

Um grito. Longo, alto e desesperado. Em seguida, passos pesados descendo a escada, portas batendo, um pandemônio. Charlie se levantou e saiu correndo escada acima. Ao dobrar uma curva, deu de cara com uma prostituta aterrorizada. Ficou sem fôlego, mas os gritos não cessavam, então Charlie se obrigou a seguir em frente, passando por mais rostos apreensivos, esforçando-se para respirar enquanto subia a escada. Quando chegou ao andar superior, ficou surpresa ao constatar que tinha sangue na blusa.

Os gritos vinham da última porta à direita. Pegou o cassetete do coldre e o estendeu, pronta para o confronto. Mas, assim que entrou no quarto, soube que não ia precisar dele. Já havia ocorrido uma batalha e ela fora perdida. No canto do quarto, uma prostituta adolescente gritava sem parar, paralisada pelo choque. Perto dela, em cima da cama banhada de sangue, havia um homem. Seu peito fora aberto ao meio, expondo o coração, que ainda pulsava.

De repente, tudo fez sentido. Charlie estava com sangue na blusa porque se chocara com a assassina enquanto ela fugia da cena do mais recente crime. Atordoada, Charlie se virou para correr atrás da mulher, mas parou. O homem ainda estava vivo.

Tinha um centésimo de segundo para tomar uma decisão. Correu até o homem, arrancando o próprio casaco para ajudar a fazer pressão no peito dele, na tentativa de conter a perda de sangue. Segurando a cabeça do sujeito, implorou para que ele mantivesse os olhos abertos, para que conversasse com ela. Charlie sabia que a assassina abrira uma vantagem tão grande sobre ela que provavelmente já havia escapado e sua melhor chance para identificá-la era arrancando alguma informação da vítima antes que ela morresse.

— Chama uma ambulância — gritou para a garota, que continuava berrando, antes de voltar a atenção para o homem. Ele cuspiu uma bola de sangue, respingando no rosto de Charlie.

— Você pode me dizer o seu nome, querido?

O sujeito gorgolejou, mas não conseguiu dizer nada.

— A ambulância está a caminho, você vai ficar bem.

Os olhos dele começavam a se fechar.

— Você consegue me dizer quem fez isso com você?

O homem abriu a boca. Charlie se inclinou para a frente, aproximando o ouvido da boca do sujeito para ouvir o que ele tinha a dizer.

— Quem te atacou? Você consegue me dizer o nome dela?

Ele precisava se esforçar para respirar, mas estava decidido a dizer alguma coisa.

— O nome dela? Por favor, me diz o nome dela.

Mas o homem não disse nada. A única coisa que Charlie ouviu foi o último suspiro deixando o corpo dele. A assassina havia escapado, e Charlie estava segurando sua vítima mais recente nos braços.

41

Helen percorreu a rua próxima ao hotel Liberty, os olhos vasculhando as paredes do terraço em ruínas atrás de câmeras de segurança. Tiveram um golpe de sorte — Charlie havia literalmente esbarrado com a assassina — e, com seu testemunho e o mínimo de informação arrancados da profissional do sexo polonesa que atrapalhara o ataque, tinham a melhor descrição da suspeita até o momento. Era caucasiana, tinha uns 20 e poucos anos e era alta, com pernas longas e fortes. Usava roupas escuras, provavelmente de couro, tinha o rosto pálido e cabelos pretos e longos com uma franja. Só que ninguém tinha conseguido ver seu rosto bem o suficiente para proporcionar mais do que descrições genéricas. O sujeito que recolhia o dinheiro das meninas claramente nunca desviava a atenção da TV tempo suficiente para realmente olhar para quem entrava e saía do prédio. As outras garotas contaram que ela não era frequentadora do lugar — algumas haviam passado pela mulher quando ela estava subindo com o cliente, mas ela mantivera a cabeça baixa, não cruzara o olhar com ninguém e, além disso, elas tinham os próprios clientes com que se preocupar. Era exasperador estar tão perto e conseguir tão pouco. No entanto, se ela tivesse sido capturada pela câmera de algum circuito interno, tudo podia mudar, então Helen saiu vasculhando as paredes. Crimes eram comuns naquela região, por isso as pessoas costumavam usar medidas extras de segurança. Mas sua investigação descobriu uma única câmera, posicionada acima da entrada de uma velha loja de bebidas. Ela pendia no alto, apontada para a parede, claramente vítima de um ato de vandalismo. Isso era obra de crianças ou a assassina a teria danificado? Seria de pouca utilidade, de qualquer forma.

Ao retornar à entrada do hotel, Helen viu Charlie, agora usando um macacão de papel e enrolada num cobertor. Suas roupas tinham sido levadas para exame pericial e uma jovem policial cuidava dela.

— Quer que eu ligue para Steve?

Charlie ergueu o olhar e deu com Helen pairando sobre ela.

— Lloyd... o detetive Fortune já ligou.

— Que bom! Vá para casa, Charlie. Você sofreu um grande choque e fez tudo o que podia. A gente se fala depois.

Charlie assentiu com a cabeça, ainda taciturna por causa do choque. Helen pousou a mão no ombro dela, num gesto tranquilizador, então seguiu em frente, ansiosa para ver o que a cena do crime poderia lhes oferecer. Subindo a escadaria até o andar de cima, Helen parou para interrogar um grupo de peritos reunidos em torno de vestígios de uma pegada. Os contornos de um salto e do bico de um sapato estavam impressos a sangue na tábua do assoalho.

— São dela? — quis saber Helen.

— Bem, não são de Charlie, então...

— Dá para saber o tamanho?

O agente da perícia fez que sim, então Helen seguiu em frente. Esses pequenos detalhes podiam ser surpreendentemente significativos. Ela ficou animada por um momento, mas seu bom humor se evaporou assim que se viu diante da cena do crime. Estava encharcada de sangue. A vítima encontrava-se deitada na cama, as mãos e as pernas ainda amarradas à estrutura, o peito aberto como se fosse uma lata. O coração, que apenas meia hora atrás batia forte, agora tinha parado. Helen se inclinou por cima dele, com todo o cuidado para não tocá-lo. Concentrando-se no ferimento, podia ver que o tecido ao redor do órgão estava intocado. A assassina claramente tinha sido interrompida antes de poder levar seu prêmio. Helen observou o rosto da vítima — não o reconheceu —, então logo desviou o olhar. Estava contorcido por causa do sofrimento.

Afastou-se para observar o trabalho dos peritos. Além das evidências recolhidas do corpo da vítima, também iriam analisar o pote de plástico de tamanho médio que fora abandonado no chão. Então era nisso que a assassina colocava os corações? Num Tupperware. Era tão lugar-comum, tão caseiro que chegava a ser engraçado. O pote podia ter sido comprado numa centena de lojas de Southampton, por isso teriam que torcer para que a assassina tivesse deixado algum resíduo que indicasse sua identidade. Helen sabia que não podia apostar nisso — a assassina ainda não tinha dado um passo em falso até então.

Assimilando a cena do crime, a mente de Helen se encheu de perguntas. Por que a súbita mudança de *modus operandi*? A assassina fora muito cuidadosa até aqui — por que trazer sua vítima mais recente para um lugar no qual poderia ser incomodada ou, pior, identificada? Estava ficando descuidada? Ou será que estava ficando cada vez mais difícil isolar os clientes? Será que o boato sobre o perigo já havia se espalhado? Os clientes estavam buscando segurança em locais mais públicos? Ela o levara até aquele local durante o dia, quando sabia que haveria outras pessoas por perto. Seria ele, de alguma forma, especial? Será que ela só conseguia encontrá-lo nesse horário? Era uma reviravolta estranha.

Uma coisa da qual Helen tinha certeza era de que a assassina agora devia estar abalada. Fora interrompida no ato e fugira sem ter concluído seu trabalho. Pior, tinha dado de cara com uma policial exibindo o distintivo e só conseguira escapar por pura sorte. Devia estar com medo de que a polícia agora tivesse uma boa descrição dela e, possivelmente, evidências periciais. A experiência havia ensinado a Helen que um susto desse podia levar um assassino a reagir de duas formas: ou ela sumiria de vez ou intensificaria a onda de assassinatos. Qual opção escolheria?

Isso, só o tempo diria.

42

Era hora de se despedir. Tony vinha protelando ultimamente, mas agora estava ficando tarde. Hesitou no vão da porta do quarto de Nicola, então entrou.

— Você pode nos dar um instante, Anna?

Anna parou de ler em voz alta e olhou duas vezes para Tony antes de se recompor.

— É claro.

Ela desapareceu discretamente. Tony parou por um instante, olhando para a esposa. A pálpebra direita dela estremeceu — era a forma de Nicola cumprimentar o marido.

— Eu tenho que ir agora, meu amor. Anna vai passar o resto do dia com você e vai ficar para dormir. Eu venho te ver de manhã, ok? A gente pode ler um pouco de Dickens se você quiser. Anna me contou que vocês estão quase terminando.

Nenhuma reação de Nicola. Havia compreendido o que ele estava dizendo? Ou estava aborrecida e se recusando a se comunicar? Mais uma vez, Tony se sentiu tomado pela culpa.

— Vou dizer a Anna que ela pode ler até tarde da noite se você quiser. Você pode dormir até mais tarde amanhã. Eu coloco a cama dobrável ao lado da sua e a gente pode dormir juntinho, como nos velhos tempos.

A voz de Tony ficou embargada. Por que estava alongando aquele momento quando sabia que o melhor a fazer era simplesmente partir?

Inclinando-se, deu um beijo na testa da mulher. Parou por um instante e deu outro beijo, dessa vez nos lábios. Pareceram-lhe secos, até mesmo um pouco rachados, então ele pegou o protetor labial de cima da mesinha de cabeceira e passou nela com todo o cuidado.

— Eu te amo.

Tony se virou e saiu do quarto, e trinta segundos depois a porta da frente se fechou silenciosamente.

Tony dobrou a esquina, onde havia estacionado a viatura descaracterizada. Era um Vauxhall sedã, o carro preferido dos vendedores que atravessavam todo o país. Destrancou as portas do carro com o controle remoto. Quando se abaixou para abrir a porta do motorista, vislumbrou o próprio reflexo e parou. Usava um terno amarrotado, tinha pintado os cabelos, deixando-o grisalho, e seus óculos pareciam os de um executivo. Era ele, mas não era ele. Via a imagem de um homem solitário, cansado e triste. Havia mais do que uma sugestão de verdade naquela imagem, mas Tony se recusou a pensar demais no assunto. Tinha um trabalho a fazer.

Entrou no carro, ligou o motor e saiu. Era hora de dançar com o diabo.

43

PROSTITUTA ROUBA CORAÇÕES.

Emilia Garanita analisava a manchete com indisfarçado prazer. Estava bastante satisfeita com sua escolha de palavras, assim como o editor — que a havia estampado na primeira página. Será que essa seria a edição mais vendida da história do *Evening News*? Ela sinceramente esperava que sim. Com um pouco de sorte, poderia até ser seu passaporte para fora do jornalismo regional.

O jornal tinha saído havia umas duas horas. A notícia claramente estava se espalhando — o celular não parava de tocar e sua conta do Twitter tinha virado uma loucura. Nada vende tão bem jornais quanto um serial killer, e Emilia tinha a intenção de aproveitar isso tudo ao máximo. Os artigos que havia escrito no ano anterior sobre a fúria assassina de Marianne fizera sua reputação localmente, mas, por causa da obstrução de Grace no caso, ela chegara à história tarde demais. Não repetiria esse erro.

Emilia suprimiu sua esperança aliada à culpa de que o assassino não fosse pego tão cedo. Sabia que era errado pensar assim, mas tinha que ser sincera: divertia-se com o fato de Grace estar correndo atrás do próprio rabo, de o assassino parecer atacar quando bem entendesse sem deixar pistas e, além do mais, quem sinceramente sentia compaixão pelas vítimas? Eram homens típicos: desonestos, mentirosos, guiados por desejos básicos. Já havia indícios nas mensagens postadas na página do jornal e no Twitter de que o público em geral achava que aqueles homens tinham recebido o que mereciam. Por séculos, prostitutas foram as vítimas desconhecidas da violência masculina; seria tão ruim assim que os papéis se invertessem agora? "É isso aí!", disse Emilia baixinho, enquanto continha um sorriso.

Havia apenas uma nuvem no seu horizonte: o fato de não **ter** conseguido entrevistar a viúva de Christopher Reid, Jessica. Tinha ligado e feito visitas com frequência, mas a agente de relacionamento com a família conhecia bem suas táticas e a mandara passear. Por fim, ela havia voltado, enfiado uma oferta financeira por debaixo da porta com um bilhete explicando como o dinheiro poderia ter uma boa finalidade nos meses difíceis que estavam por vir e oferecendo uma cobertura solidária por parte do jornal, mas, até então, não tivera resposta e Emilia duvidava que haveria uma. Grace a manteria longe dos olhos do público enquanto o assassino estivesse à solta. Ainda assim, Emilia havia superado obstáculos maiores do que esse antes, ela só precisava ser criativa. Havia mais de um caminho a seguir.

A redação começava a esvaziar. Não havia motivo para Emilia ficar por lá — os elogios e as adulações que tinha recebido mais cedo diminuíram quando os colegas foram embora. Então pegou a bolsa e o casaco e se dirigiu ao elevador. Tinha um bar novo de frente para o mar que ela queria conhecer havia algum tempo e esse parecia ser o momento perfeito para fazer isso.

Tinha acabado de deixar o escritório quando o celular tocou. Era um dos seus policiais de estimação — ele vinha lhe fornecendo informações valiosas já havia vários meses. Enquanto ouvia o relatório esbaforido que ele lhe dava, um sorriso largo começou a se espalhar pelo rosto de Emilia. Mais um assassinato, e dessa vez havia um rosto familiar na cena do crime: a detetive Charlie Brooks. Emilia deu meia-volta e retornou para a redação.

Essa história ficava cada vez mais interessante.

44

— Ela está dormindo. Ela não pode falar com você.

Steve não sabia mentir, mas Helen não o contradisse. Havia uma raiva real nos olhos dele, e Helen tomou cuidado para não provocá-lo.

— É importante. Você pode pedir a ela que me ligue assim que acordar?

— Você não desiste, não é? — devolveu Steve, quase rindo de amargura.

— Eu tenho um trabalho a fazer, Steve. Não estou tentando te irritar nem incomodar Charlie, mas eu tenho um trabalho a fazer e não vou permitir que amizades pessoais atrapalhem isso.

— Amizades? Mas que piada! Não acho que você seja capaz de fazer amizades.

— Eu não vim aqui discutir com você...

— Você não se importa com ninguém a não ser com você mesma, não é? Desde que consiga o que quer...

— CHEGA.

Os dois se viraram e viram Charlie se aproximando. Ela não estava na cama e, sim, na sala de estar, escutando a conversa, como Helen havia desconfiado desde o começo. Um lampejo de raiva atravessou o rosto de Steve, que ficou envergonhado por ter sido desmascarado como mentiroso, mas ele logo se recuperou, correndo para ficar com Charlie. Ela, no entanto, olhava para além do namorado, diretamente para Helen.

— É melhor você entrar.

— Pensa, Charlie. Você se lembra de mais alguma coisa? Do rosto dela? Do cheiro dela? Da expressão?

— Não, eu já te disse.

— Ela disse alguma coisa quando esbarrou em você? Você notou algum sotaque?

Charlie fechou os olhos, enviando a mente de volta àquele momento, mesmo que a contragosto.

— Não. Ela só meio que grunhiu.

— Grunhiu?

— É, o esbarrão fez com que ela ficasse ofegante, então...

Charlie foi parando de falar, sentindo a irritação e a decepção de Helen. A prostituta polonesa que entrara no quarto errado e interrompera o ataque mal falava inglês e tinha uma enorme desconfiança da polícia. A descrição que ela dera da assassina tinha sido básica, por isso Helen agora pressionava tanto Charlie para que tirasse algum coelho da cartola. Qualquer detalhe, por menor que fosse, poderia ser o golpe de sorte do qual precisavam tão desesperadamente.

— Tudo bem, vamos deixar isso para amanhã. Você está cansada — comentou Helen, se levantando. — Talvez as coisas fiquem mais claras amanhã, depois que você dormir um pouco.

Já estava quase na porta quando Charlie disse:

— Toma isso.

Helen se virou e viu que Charlie lhe estendia o distintivo.

— Você estava certa.

— Como assim?

— Eu não consigo fazer isso. Achei que iria conseguir, mas não consigo.

— Charlie, você não precisa se precipitar...

— Uma pessoa morreu nos meus braços hoje — gritou Charlie, a voz tremendo até mesmo enquanto falava. — Morreu, bem na minha frente, e eu tive que lavar o sangue dele do meu rosto, dos cabelos. Eu tive que lavar o sangue dele da...

Ela desatou a soluçar, soluços profundos, de tirar o fôlego. Recusando-se a olhar para Helen, ela enfiou o rosto nas mãos. O distintivo permaneceu em cima da mesa de centro, onde ela o largara.

Então esse era o fim. A única coisa que Helen precisava fazer era pegá-lo. Charlie seria indenizada e tudo acabaria ali. Helen tinha conseguido o que queria.

Mas Helen logo soube que não o pegaria. Tinha desejado se livrar de Charlie, mas agora, tão perto da vitória, sentiu vergonha de seu egoísmo e de sua covardia. Que direito tinha de expulsar Charlie, de relegá-la a um vazio de amargura e arrependimento? Ela devia ajudar as pessoas. Devia salvá-las, não condená-las.

— Sinto muito, Charlie.

Os soluços de Charlie cessaram momentaneamente, antes de continuarem de forma mais branda. Helen se sentou ao lado dela.

— Eu tenho sido uma idiota. E sinto muito. É... a fraqueza é minha, não sua... Marianne ainda me assombra. Não consigo me livrar dela. Nem de Mark. Nem de você. Nem daquele dia. Eu venho berrando, gritando, fugindo, na esperança de conseguir apagar as lembranças se conseguir afastar tudo e todos de mim. Eu quis te afastar para bem longe de mim. E isso foi cruel e egoísta. Sinto muito, Charlie.

Charlie ergueu o olhar, os cílios molhados de lágrimas.

— Eu sabia o que você estava sentindo, mas não te ajudei. Eu só piorei as coisas quando você já estava para baixo e isso é imperdoável. Mas eu queria que você me perdoasse, se conseguir. Nunca teve nada a ver com você.

Helen parou de falar por um instante antes de continuar:

— Mas, se você quiser cair fora, começar uma família, fazer coisas normais, eu não vou me colocar no seu caminho. Vou fazer de tudo para você ter o que precisa para começar de novo. Mas, se mudar de ideia, eu quero você de volta... Eu preciso de você de volta.

A essa altura, Charlie tinha parado de chorar, mas ainda se recusava a erguer o olhar.

— Nós estamos caçando uma serial killer, Charlie. Eu ainda não disse isso em voz alta porque não queria aceitar a verdade. Não queria acreditar que podia acontecer de novo. Mas está acontecendo e agora eu... eu não consigo impedi-la.

A voz de Helen falhou antes de ela recuperar a compostura. Quando voltou a falar, a voz saiu firme, mas baixa.

— Eu não consigo impedi-la.

Helen saiu pouco depois disso, tendo falado demais e, ainda assim, não o suficiente. Havia fracassado como boa líder, policial e amiga. Era tarde demais para salvar alguma coisa de um desastre desses? Tinha perdido Mark e seria tola de perder Charlie também. Mas talvez fosse um pouco demais. Talvez agora fosse sua sina enfrentar essa assassina sozinha. Não era uma batalha que Helen se considerava capaz vencer, mas lutaria mesmo assim.

45

Por que não o havia escondido dela? Era sua função lidar com toda a merda que o mundo vinha atirando em cima de Jessica e mantê-la a salvo. Em vez disso, como estivera ocupada brincando com Sally, não tinha ouvido o jornal ser deixado no capacho da entrada. Então, coubera a Jessica pegá-lo.

PROSTITUTA ROUBA CORAÇÕES. Jessica soltou o jornal como se ele estivesse pegando fogo e saiu correndo escadaria acima. Sentiu a cabeça rodar quando chegou ao patamar, o súbito horror de tudo aquilo mais uma vez forçando passagem goela abaixo. Sentiu ânsia de vômito e engasgou. Foi cambaleando até o banheiro, sentindo o vômito subir. Irrompeu porta adentro e vomitou na banheira, de repente sentindo um embrulho no estômago. Então, parou de vomitar, mas toda a sua força havia sido sugada, e Jessica ficou em posição fetal no tapete do banheiro, apoiando a cabeça entre as mãos.

Queria morrer. Era horrível demais. Já havia desistido de odiar Christopher pela traição e pela estupidez. Agora sentia falta dele, queria desesperadamente que ele voltasse. Essa era a parte fácil, eram as outras coisas que não conseguia deixar de lado. A violência da morte dele, o fato de que ainda não podiam enterrá-lo, de que o coração dele... de que seu pobre coração... estava num saco para coleta de provas em algum lugar...

Jessica voltou a sentir ânsia de vômito, mas não tinha mais nada para vomitar, então continuou onde estava, imóvel no chão.

Por que o mundo era tão cruel? Ela havia esperado raiva e incompreensão por parte da família — e, caramba, como havia tido —, mas e do restante do mundo? A polícia a aconselhara a não olhar seus e-mails ou o Twitter, mas como alguém consegue viver uma vida assim? Agora ela queria ter escutado o conselho. Minutos depois da divulgação da história, os trolls entraram em ação. Eles enviaram e-mails para ela, postaram comentários em sites, encheram o mundo com seu ódio. Christopher merecia ser morto. Jessica era uma puta frígida que tinha levado o marido à morte. Christopher era um tarado aidético que queimaria no inferno. A filha deles tinha sífilis e ficaria cega.

A polícia tinha dito a ela que estaria ao seu lado, que a protegeria, mas a quem eles queriam enganar? Não havia mais piedade no mundo, não havia bondade. Só restavam agora urubus bicando entranhas expostas, se alimentando de tristeza e dor.

Jessica sempre havia sido otimista, mas agora percebia como fora ingênua.

Um som estridente veio lá debaixo. Era Sally tocando xilofone. Em seguida, o gorgolejo de risinhos infantis antes de ela voltar a tocar. Era como se a filha habitasse um universo paralelo — um lugar onde a felicidade e a inocência ainda existiam. Jessica ficou tentada a fechar a porta e enfiar os dedos nos ouvidos, mas não fez isso. Esse universo paralelo era a única coisa que havia sobrado para ela e talvez ele a salvasse. Durante as horas solitárias da noite, Jessica desejava morrer, mas agora sabia que precisava viver. Precisava sufocar a dor e criar Sally, para que confiasse e aproveitasse o mundo.

Sua vida tinha chegado ao fim, mas a de Sally estava apenas começando. E isso, por enquanto, teria que ser o bastante para sustentá-la.

46

Christopher Reid estava na mesa do necrotério, os olhos vidrados fitavam as placas manchadas que revestiam o teto. Nenhuma das vítimas da assassina merecia a sina que havia tido, mas Helen não podia deixar de sentir que Christopher a merecia ainda menos que Matthews, que era um hipócrita nojento que gostava de dominar mulheres. Mas Reid era um sujeito que sentia falta de sexo. Por que não havia conversado com a esposa? Por que não tinha encontrado uma forma de os dois redescobrirem sua intimidade em vez de passar a pagar por sexo? Será que ele via a mulher como pudica ou inocente? Pela experiência de Helen, quando tinham a oportunidade de se expressar sobre sexo, as mulheres tinham tanta imaginação quanto os homens. Uma simples falha de comunicação teria condenado Christopher a uma morte repugnante como aquela?

— Esse cara é igual à primeira vítima, mas diferente — anunciou Jim Grieves, aproximando-se da mesa. — Ele foi dopado com clorofórmio, aplicado com um pano embebido no líquido. É possível que a perícia consiga dar mais detalhes. Não existem indícios de que ele tenha sido amarrado nem encapuzado como o outro.

— Então ele deve ter se sentido à vontade na presença dela.

— Isso é você quem decide — continuou Grieves, dando de ombros. — A única coisa que eu diria é que a "cirurgia" foi mais hábil dessa vez, então talvez a sua garota esteja se aperfeiçoando nessa técnica e não precise usar tanta força nem no ataque inicial nem na mutilação.

Helen assentiu com a cabeça.

— Causa da morte?

— Bem, ele foi dopado no carro, mas foi morto na vala. Havia sangue demais lá para ele ter sido assassinado em qualquer outro lugar. Ele foi morto com um único ferimento à faca desferido na garganta, que rompeu a carótida.

— Só um ferimento?

— É. Ela só gastou o tempo necessário com esse cara. A retirada do coração foi relativamente limpa, embora ela provavelmente tenha iniciado o procedimento enquanto ele estava morrendo.

Helen fechou os olhos — a imagem tenebrosa se instalou na sua mente e se recusou a sair. Ela esperou que Jim continuasse, mas ele não disse nada. Ela abriu os olhos e logo viu por que ele havia parado.

A detetive-superintendente Ceri Harwood havia se juntado a eles.

Grieves pediu licença e saiu — ele não gostava de mulheres mal-humoradas. Harwood estava morrendo de raiva e Helen se preparou para o massacre.

— Você já viu o jornal? — perguntou Harwood, batendo com o jornal com a manchete PROSTITUTA ROUBA CORAÇÕES na mesa.

— Vi — respondeu Helen, simplesmente. — Comprei no caminho para cá.

— Eu tive que pedir mais apoio para a polícia de West Sussex. Nossa assessoria de imprensa não está dando conta do grau de interesse da mídia que essa maldita manchete gerou. E não se trata só da imprensa britânica, não. Fomos contatados pela França, pela Holanda e até mesmo pelo maldito Brasil. Quem estava vigiando Angie? Como Garanita chegou a ela?

— O departamento de relacionamento com a família conversou com ela, mas, como Angie não foi vítima de crime nenhum, eu não tinha como justificar um policial para ficar de babá para ela, não com tanta coisa acontecendo...

— O que foi que você disse a Garanita? Ela citou você diretamente.

— Nada de mais. Eu dei a ela os fatos básicos e prometi a nossa cooperação, como a senhora pediu.

— Você disse a ela que a gente estava à caça de uma serial killer? Você usou essas palavras?

— Não.

— Bem, Garanita usou, droga. Agora é só disso que as pessoas querem falar. De uma prostituta que mata os próprios clientes. De uma vingança contra Jack, o Estripador. E assim por diante.

— Não é o ideal. Mas é a verdade, senhora.

Harwood fuzilou Helen com o olhar.

— Você já descartou Sandra McEwan como suspeita?

— Já.

— Então, o que podemos oferecer a esse pessoal?

— Oferecer a quem?

— Não seja obtusa, Helen. À imprensa. O que a gente pode oferecer à maldita imprensa?

— Bem, temos uma descrição parcial que podemos divulgar. E eu acho que podemos fazer um apelo direto a possíveis clientes para que fiquem longe das ruas. Eu ficaria satisfeita em...

— E correr o risco de ela desaparecer?

— O importante é salvar vidas, a gente não tem escolha. Três homens já foram mortos.

— Então não temos nada para a imprensa?

A raiva de Harwood estava mais do que aparente a essa altura.

— Bem, nós temos diversas linhas de investigação, mas eu não acho que nos abrirmos dessa forma para a imprensa vai ajudar e, com todo o respeito — continuou Helen, passando por cima da tentativa de interrupção de Harwood —, não acho que a nossa agenda deva ser ditada pelo que a imprensa anda dizendo.

— Não seja infantil, Helen — foi a resposta aniquiladora de Harwood. — E nunca mais ouse dizer "com todo o respeito" para mim. Eu consigo tirar você desse caso num segundo.

— Mas isso não ficaria muito bem perante a mídia, não é? — devolveu Helen. — Eu sou policial, senhora, não relações-públicas. Eu sigo pistas e caço assassinos. Eu *prendo* assassinos. Não dá para fazer isso com protocolos, contatos ou politicagem. Isso se faz com inteligência, correndo riscos, e com muito suor.

— E essa conversa é um desperdício do seu precioso tempo? — replicou Harwood, desafiando Helen a concordar.

— Eu gostaria de voltar às minhas atribuições agora — limitou-se a dizer em resposta.

Helen partiu logo depois, pilotando a moto em alta velocidade de volta à Central de Southampton. Ela se amaldiçoou por ter aberto mais uma frente naquela guerra, mas não tinha muita escolha. Era difícil dizer o que aconteceria em seguida. Só estava claro que Harwood não era mais sua amiga, tornara-se sua inimiga.

47

Finalmente, alguém mordeu a isca. Tony dirigia pelas ruas havia horas, incorporando lentamente a nova identidade de homem de negócios atrás de sexo. Tinha subido e descido o Bevois, mas as ruas estavam estranhamente tranquilas. Era terça à noite — ainda longe do dia do pagamento —, mas, mesmo assim, ele imaginara que veria mais movimento.

Foi até a Empress Road apenas para encontrá-la deserta. Tinha havido atividade policial demais na área ultimamente para que houvesse muito movimento noturno. Por isso, desviara um pouco mais para o norte, para Portswood. Era uma região mais promissora, porém as garotas que enfiavam a cabeça na janela do carro não se encaixavam na descrição que tinha. Eram multirraciais, polonesas, baixas demais, gordas demais, velhas demais, transgênero demais. A descrição da assassina não era muito detalhada, mas excluía a maior parte daquelas garotas. Quando interrompia as negociações e se afastava rapidamente, ele era alvo de uma boa dose de impropérios verbais.

Frustrado, seguira para o sul, em direção ao cais. Estava ao mesmo tempo irritado e aliviado com a falta de progresso. Queria encontrar a tal garota, colocar um ponto final naquilo tudo, mas, ainda assim, seu coração batia forte, pulsando com o medo e a ansiedade. Ele partia do princípio de que seria capaz de se defender dela, mas como podia ter certeza disso? Ela era organizada, impiedosa e violenta. E se ela se visse em posição de vantagem?

Tony balançou a cabeça para afastar tal pensamento. Precisava se manter concentrado na tarefa que tinha à frente. Dirigindo pelas ruas secundárias próximas às Western Docks, seus olhos perscrutavam de um lado para o outro, em busca de movimento. As garotas que trabalhavam ali eram as mais ocupadas, servindo a um fluxo interminável de clientes dos cruzeiros e dos estaleiros. As prostitutas surgiam em seu campo de visão de maneira intermitente, mas ele percebia, mesmo a distância, que nenhuma delas se enquadrava na descrição que tinha.

Mas então lá estava ela. Caminhava de um lado para o outro pela rua deserta. Quando parou ao seu lado, Tony percebeu que estava agitada, aflita. O instinto o mandou manter o pé no acelerador, algo lhe dizia que se afastasse daquela garota, mas logo o cérebro entrou em ação e ele colocou o carro em ponto morto.

— Você está trabalhando? — perguntou ele, mantendo a voz neutra.

A garota deu um pulo como se tivesse se assustado, como se de alguma forma não tivesse ouvido o carro se aproximar. Estava usando uma legging preta, o que realçava suas pernas longas e musculosas. Vestia um casaco com estampa militar que parecia ser grande demais para ela e destoando do restante da roupa: será que o havia roubado? Mas o rosto dela era impressionante: olhos castanho-escuros, um nariz acentuado e lábios carnudos. Recuperando a pose, ela olhou para ele e fez algum tipo de cálculo mental, para então se aproximar de forma lenta e cuidadosa.

— Você está atrás do quê? — perguntou ela.

— De companhia.

— Que tipo de companhia?

— Nada fora do comum.

— Pela hora ou pela noite?

— Só uma hora, por favor.

Tony se xingou em silêncio. Que tipo de cliente diz "por favor"?

A garota estreitou os olhos, talvez tentando decidir se ele seria mesmo tão inexperiente quanto parecia.

— Cinquenta libras.

Tony fez que sim, então, sem que ele pedisse, a garota abriu a porta e entrou. Tony colocou o carro na primeira marcha e saiu.

— Meu nome é Samantha — disse ela, de repente.

— Peter — retribuiu Tony.

— Esse é o seu nome verdadeiro, Peter? — retrucou ela.

— Não.

A garota riu.

— Casado, é?

— Sim.

— Foi o que pensei.

A conversa parou por aí. Ela disse a ele aonde ir e o carro seguiu noite adentro.

48

A sala de inquérito estava abarrotada quando Helen chegou. Eram apenas seis e meia da manhã, mas ela exigira que começassem logo cedo e a equipe não a desapontara. Enquanto ainda estavam entrando na sala, Helen se surpreendeu ao ver Charlie entre os presentes. As duas mulheres se entreolharam: uma troca rápida e silenciosa. Charlie havia tomado sua decisão. O que teria custado a ela?, perguntou-se Helen.

— Uma coisa está clara — começou Helen. — Isso tem a ver com exposição. A assassina quer *envergonhar* as vítimas, quer que elas sejam objeto de escárnio público, quer expressar o nojo que sente delas. Arrancar os corações delas e mandar para casa, como foi o caso de Alan Matthews, ou para o trabalho, como foi o de Christopher Reid, sem dúvida causa *barulho*. Considerando a manchete da última edição do *Evening News*, podemos pressupor que a assassina conseguiu o que queria. A vida privada de suas vítimas agora vai ser esmiuçada nos mínimos detalhes. Já fizeram a festa com Alan Matthews, que é um presbítero da igreja batista local com hábitos sexuais reprováveis, e estão fazendo o mesmo com Christopher Reid: os segredos ocultos do pai de família certinho etc. etc. Isso tudo é sobre exposição. É algo *pessoal*.

— Então estamos supondo que ela conhecia esses homens? — interveio o detetive Fortune.

— É possível, embora não exista nenhuma evidência de que eles tenham usado os serviços dela antes. E, por falar nisso, o detetive Grounds e a equipe dele descobriram uma coisa interessante. Andrew?

— Nós encontramos um elo concreto entre as duas vítimas — anunciou o detetive Grounds. — Os dois participavam de um fórum na internet chamado Bitchfest.

Ele se encolheu ligeiramente ao pronunciar o nome, mas logo continuou.

— É basicamente um grupo de discussão em que homens locais que já usaram o serviço de prostitutas compartilham suas experiências. Eles falam sobre onde encontrar determinadas garotas, dão o nome delas e quanto cobram. Avaliam o tamanho dos peitos, o desempenho sexual, quão apertadas são as suas... vaginas, e a lista continua.

O detetive Grounds pareceu aliviado por ter passado por essa primeira parte. Era casado e pai de três filhos, e não se sentia muito confortável em repassar esses detalhes a colegas mais jovens e mulheres.

— Matthews contribuía com o nome de usuário "BigMan". Enquanto Reid não, embora tenha conversado com outros homens do grupo usando o nome "BadBoy". O fórum tem um longo histórico e ainda estamos desbravando tudo, mas parece que outros usuários recentemente avaliaram uma garota nova que deixa o sujeito fazer "qualquer coisa" com ela.

Grounds olhou ao redor, para aquele mar de rostos desanimados. Era uma boa pista, mas uma triste acusação contra a humanidade. Sentindo uma queda nos ânimos, Helen entrou na conversa.

— Também tivemos retorno dos peritos da cena do crime. O sangue que extraímos das roupas de Charlie — as cabeças se viraram para Charlie — pertencia à terceira vítima. A identidade que encontramos na carteira dela sugere que ele se chamava Gareth Hill. Estamos verificando essa informação antes de entrar em contato com a família e confirmo isso com vocês assim que puder. Então, o sangue não ajudou, mas os peritos recolheram na cena do crime amostras do que acreditamos ser o DNA da assassina. Foram encontradas tarde da noite de ontem.

Um burburinho percorreu a sala.

— Não encontramos correspondência em nenhum dos nossos registros, mas é a primeira pista concreta que temos e poderá ser essencial para assegurarmos uma condenação. Isso nos diz alguma coisa sobre a nossa moça. O DNA foi encontrado em saliva, no rosto da vítima. Havia várias camadas finas, espalhadas umas sobre as outras. Isso quer dizer que ela não cuspiu nele de propósito ou que foi uma excreção ocasional enquanto ela lidava com o corpo. O fluxo sugere que isso aconteceu enquanto ela falava com ele ou, o mais provável, enquanto gritava com ele, em virtude da quantidade de saliva e da forma como se espalhou. Talvez ela tenha humilhado a vítima enquanto a matava, deixando bem claro como se sentia a seu respeito. Essa é uma possibilidade. Nenhuma saliva foi encontrada nas duas primeiras vítimas. O que isso sugere?

— Que as outras mortes foram mais apressadas? Que ela teve menos tempo para se divertir? — interveio Charlie.

— Isso. Ou que ela limpou as outras vítimas. Existem indícios de que uma solução de limpeza à base de álcool foi usada nos rostos dos outros homens, só não temos certeza ainda se era algo que eles usavam como parte da rotina ou algo que ela usou para destruir evidências. Caso a última hipótese se confirme, isso sugere astúcia por parte da nossa assassina, além de uma raiva profunda e real com relação às vítimas.

Um sentimento de determinação pareceu crescer entre a equipe: enfim, pareciam estar chegando a algum lugar. Helen aproveitou essa energia toda.

— Vamos seguir em frente com todas essas linhas de investigação, mas eu também quero que pensemos de forma indireta e criativa. Se ela odeia esses homens e deseja desmascará-los, então é de se presumir que vá querer desfrutar do seu triunfo. Eu já pedi reforço de pessoal para que a gente possa vigiar as famílias das vítimas, caso ela dê as caras. Quero que vocês monitorem os velórios, as casas das famílias e os lugares em que trabalhavam. Pedi ao detetive Fortune que coordene essa parte. Mais uma coisa: sem dúvida, vocês devem ter notado a ausência do detetive Bridges. Ele está fazendo um trabalho infiltrado nesse caso sob a minha supervisão e, por enquanto, seus progressos só vão ser repassados caso seja absolutamente necessário. Se isso se tornar relevante para suas investigações, vocês vão ser informados. Mas por enquanto finjam que ele não existe. A detetive Brooks o substituirá por enquanto.

Mais uma vez, todos os olhares se voltaram para Charlie, que Helen havia promovido de repente, mesmo que temporariamente. Será que as pessoas apoiariam essa decisão ou se ressentiriam dela? Charlie manteve os olhos voltados para a frente.

— Uma última coisa: vamos dar uma sacudida na nossa assassina. Ela já deve estar abalada depois de quase ter sido pega, então quero aumentar a pressão. Vou divulgar para a imprensa que temos o DNA dela e que é só uma questão de tempo até que seja identificada. Quero que ela fique com raiva, quero que ela se descuide.

Helen parou um instante antes de concluir:

— Chegou a hora de levarmos a batalha ao inimigo.

49

O Caffè Nero estava abarrotado de gente, motivo pelo qual Helen o escolhera. Ficava na rua principal do elegante bairro de Shirley, a um milhão de quilômetros dos bordéis encardidos e das ruas mal iluminadas patrulhadas pelas profissionais do sexo de Southampton.

Helen ficou satisfeita ao ver que Tony já havia chegado e que a aguardava, enfurnado num reservado lá nos fundos, como o combinado.

— Como você está, Tony?

Ele pareceu abatido, mas estranhamente animado.

— Estou bem. Na verdade... estou bem.

— Que bom! Então esse vai ser o nosso ponto de encontro para trocarmos ideias. Marcamos nossas reuniões por mensagem e só nos encontramos aqui. Eu devia dizer logo de cara que, se a qualquer momento você sentir que isso não está dando certo ou que perseguir essa via de investigação está colocando sua vida em risco, basta me ligar e se afastar do caso imediatamente. A sua segurança é a minha prioridade.

— Eu conheço bem o procedimento, chefe, não tem por que ficar tão séria. Está tudo bem, de verdade. Eu estava me borrando de medo ontem à noite, mas acabou ficando tudo bem. Na verdade, acho que talvez tenha descoberto alguma coisa.

— Me conte.

— Bem, eu não tive muita sorte no começo. Vasculhei Bevois, Portswood e Merry Oak sem conseguir nada, então fui para o sul, até o cais, e peguei uma garota por lá. Samantha. Tem 20 e poucos anos, mas já trabalha nas ruas há muito tempo.

Ele agora tinha toda a atenção de Helen.

— A gente foi para um hotel que ela conhece. Eu disse a ela que gostava de observar, então deixei que ela fizesse o que tinha que fazer e, depois, a gente bateu um papo enquanto eu a levava para casa. Ela foi meio cautelosa no começo, mas é claro que tinha ouvido boatos sobre uma garota que vinha matando clientes. Ela não sabe nada de útil, mas tem outra garota que trabalha no porto de vez em quando que tem falado à beça. Dizendo que já viu a tal garota. Pelo que parece, existe um mandado expedido para a prisão dela por algumas coisas aí, então ela não vai se apresentar, mas, se eu puder chegar até ela, aí...

O coração de Helen batia mais rápido, porém ela controlou a animação.

— Ok, dê prosseguimento a isso. Mas tenha cuidado, Tony. Pode ser uma armação. A gente não tem como saber como as pessoas vão explorar essa situação. Mas... me parece promissor.

Helen não conseguiu segurar um leve sorriso, que foi retribuído por Tony.

— De qualquer forma, vai para casa e dorme um pouco. Você merece.

— Obrigado, chefe.

— E como vai Nicola, aliás?

— Ela está bem. A gente vai levando um dia de cada vez.

Helen assentiu. Respeitava e gostava de Tony por causa do cuidado e da paciência que tinha com a esposa. Deve ser difícil levar uma vida que nunca se quis depois de a vida inicialmente planejada ser brutalmente alterada. Tony era um homem bom, e ela esperava que ele ficasse bem.

Enquanto se afastava do café, Helen parecia caminhar com mais confiança. O caminho que vinham perseguindo era repleto de perigos, mas Helen tinha a sensação de que estavam se aproximando da assassina.

50

Pegando uma viatura descaracterizada, Charlie saiu em velocidade pelos fundos, ansiosa para terminar logo com aquilo. Jennifer Lees, a agente de relacionamento com a família designada para acompanhá--la, lideraria a conversa, mas era Charlie quem faria as perguntas desconfortáveis. Normalmente, seria Helen quem interrogaria a família em primeira instância, mas ela havia desaparecido para resolver assuntos confidenciais, deixando Charlie para lidar com essa situação.

Pararam do lado de fora de uma casa geminada num estado precário, em Swaythling. Era onde Gareth Hill morava com a mãe — morava, no passado, pois seu corpo mutilado agora jazia numa mesa do necrotério de Jim Grieves. Não podiam identificá-lo formalmente como sua terceira vítima até seu parente mais próximo reconhecer o corpo, mas sabiam que se tratava do homem certo. Ele fora condenado por pequenos delitos, como furto, embriaguez e até mesmo uma tentativa patética de atentado ao pudor, então tinham sua foto em arquivo. Uma vez que as formalidades tivessem sido finalizadas, esse prontuário receberia o carimbo de "Falecido" e seria enviado lá para cima, à sala de inquérito, onde, então, seria avaliado.

Uma mulher enorme de mais de 70 anos abriu a porta. Seus tornozelos manchados estavam inchados, a barriga se projetava generosamente e a papada pendia do rosto gorducho. Escondidos no meio daquela gordura toda, havia dois olhos desproporcionais que lembravam os de um rato e que agora fitavam Charlie com fúria.

— Se estiver vendendo alguma coisa, você pode ir se...

Charlie sacou o distintivo.

— É a respeito de Gareth. Podemos entrar?

A casa inteira fedia a gatos. Eles pareciam estar por todo lado e, como se farejassem algum perigo, rodearam a dona, exigindo sua atenção. Ela acariciou o maior deles — um macho ruivo chamado Harvey —, enquanto Charlie e Jennifer lhe davam a notícia.

— Garotinho imundo.

Jennifer se virou para Charlie depois que a reação inesperada a deixou temporariamente sem palavras.

— A senhora compreendeu o que nós dissemos, sra. Hill? — perguntou Charlie.

— Srta. Hill. Nunca fui senhora.

Charlie assentiu, solidária.

— Gareth foi assassinado e eu...

— Você já disse isso. O que foi que ele fez? Tentou se mandar sem pagar?

O tom dela era difícil de decifrar. Parecia irritada, mas aquilo seria a angústia se revelando? A armadura daquela mulher era resistente, reforçada por anos de decepções, e não era fácil decifrá-la.

— Ainda estamos investigando as circunstâncias, mas suspeitamos que tenha sido um ataque sem provocação.

— Eu duvido que não tenha sido provocado. Quando uma pessoa chafurda na lama...

— Gareth disse que ia aonde ontem à noite? — interrompeu Charlie.

— Ele disse que ia para o cinema. Tinha acabado de receber o dinheiro do governo, então... Eu achei que ele tinha voltado para casa depois que fui dormir. Achei que aquele idiota preguiçoso ainda estava na cama...

Finalmente, a voz dela falhou como se a realidade da morte do filho a tivesse atingido em cheio. Quando sua guarda enfim baixasse, ficaria vulnerável, então Charlie ficou conversando mais um pouco, até pedir licença e seguir até o segundo andar da casa. Já havia descoberto tudo o que podia descobrir e queria estar longe da angústia brutal daquela mulher. Charlie sabia que era fraqueza sua permitir que a aflição de outra pessoa se misturasse de forma tão incisiva com o seu próprio sentimento de perda, mas não conseguia evitar.

Depois de entrar no quarto de Gareth, tentou colocar as ideias em ordem. O cômodo era impressionante de se contemplar: o chão estava coberto de embalagens de fast-food, além de lenços de papel usados, revistas velhas e roupas sujas. O lugar como um todo tinha aparência e cheiro de imundície, como se alguém tivesse existido ali, em vez de vivido. Era um ambiente pesado. Pesado e vazio.

Gareth não era um homem atraente e, dificilmente, teria conseguido levar alguma garota para ali, de qualquer maneira. A bagunça já era ruim, mas será que ele teria tido coragem de desfilar com outra mulher na frente da mãe, presumindo-se que conseguisse persuadir alguma a vir para casa com ele? Charlie achava que não. Os relatórios dos agentes de condicional sugeriam que ele tinha dificuldade de aprendizagem e uma autoestima paralisante de tão baixa. As evidências de sua vida doméstica pareciam confirmar isso. Aquela era uma casa que encurralava as pessoas em vez de protegê-las.

Olhando para a sujeira ao redor, o único artigo de valor era o computador. Empoleirado num glorioso isolamento em cima da escrivaninha barata, exibia-se orgulhosamente. O gabinete de alumínio e a famosa logo pareciam novos, como se aquele artigo totêmico tivesse sido mantido limpo e a salvo enquanto a todo o resto tivesse sido permitido se deteriorar. Não havia dúvida de que aquele estimado objeto era o passaporte de Gareth para a vida, e Charlie tinha certeza de que a chave da sua morte estava em seu interior.

51

O Bull and Last fazia o melhor sanduíche de filé de Southampton. Além disso, ficava fora do radar da maioria dos policiais, um point da classe média, o estabelecimento preferido de mamães gostosas e com maridos ricos e executivos, e por isso era um dos refúgios preferidos de Helen quando ela precisava de um pouco de tempo para si própria. Depois de se encontrar com Tony, ela se dera conta de quanto estava com fome. Não comia quase nada havia dias, sobrevivendo à base de café e cigarros, e agora precisava desesperadamente de algum combustível. Cravando os dentes no enorme sanduíche, Helen se sentiu imediatamente melhor, como se a carga de proteína e carboidrato tivesse acertado o alvo em cheio.

Ela precisava parar de pensar no caso por alguns minutos. Quando se mergulha muito fundo numa investigação dessa magnitude, fica-se completamente obcecado. Então, passa-se a perseguir os pensamentos, dia e noite. E, quanto mais o caso se estende, mais fácil fica nos tornarmos cegos, perdermos a perspectiva e a clareza. Era saudável ir até ali e ficar observando as pessoas por um tempo, especulando sobre a vida emocional das mulheres ricas que gostavam de flertar com os garçons bonitões.

Havia um jornal gratuito local abandonado na mesa. Ela evitara pegá-lo e, mesmo ao fazê-lo agora, enfim vencida pela curiosidade, passou rapidamente pelas primeiras páginas. Estavam repletas de notícias sobre assassinatos recentes, alardeando o fato de que a polícia agora tinha o DNA da assassina, mas Helen não se demorou nelas. Gostava de se embrenhar por aqueles jornalecos locais: esquadrinhando pequenos anúncios, os pequenos delitos, o horóscopo — e qualquer outra bobagem usada para preencher espaço naquele tipo de jornal.

Flap, flap, flap e, de repente, Helen ficou imóvel. Desviou o olhar, então olhou outra vez, torcendo para ter imaginado aquilo. Mas lá estava. A foto de uma casa. A mesma casa que Helen tinha visto Robert e seu amigo Davey arrombarem dois dias atrás.

Acima dela, a manchete condenatória: APOSENTADO LUTA PELA VIDA APÓS SURPREENDER LADRÕES.

Ela chegou a Aldershot em tempo recorde, levada pelo instinto e pela ansiedade. Os detalhes fornecidos pela matéria do jornal proporcionaram uma leitura sombria: um ex-professor de 79 anos surpreendera intrusos e fora brutalmente espancado. Com uma fratura no crânio, agora estava em coma induzido no hospital geral de Southampton, entre a vida e a morte.

Ela arriscara realizar uma abordagem direta à casa dele, já munida de uma história de fachada sobre um ataque sofrido por um dos colegas de Robert do supermercado, mas não havia ninguém lá. Assim, visitara o Red Lion, a Railway Tavern e alguns outros bares locais. Errando todos os palpites, ela visitara as lojas de bebida preferidas do grupo antes de dar sorte na casa de jogos. Jogavam caça-níqueis, sem dúvida gastando o dinheiro do último crime.

Depois de um tempo, eles perderam o interesse e foram embora, cada um tomando um rumo diferente após um excesso de cumprimentos feitos com os punhos. Helen seguiu Robert cautelosamente, esperando o momento certo para abordá-lo. As ruas estavam movimentadas com gente fazendo compras, mas, quando Robert desviou para dentro do parque, Helen aproveitou a oportunidade.

— Robert Stonehill?

Ele se virou imediatamente, a desconfiança evidente em seu rosto.

— Eu sou policial — continuou ela, mostrando o distintivo. — A gente pode conversar?

Mas ele já havia se virado para ir embora.

— É a respeito de Peter Thomas. O homem que você e Davey espancaram quase até a morte.

Agora, sim, ele parou.

— E nem pense em sair correndo. Eu já peguei caras mais rápidos que você, pode acreditar.

— Eu não estou aqui para te prender, mas quero que você me conte a verdade.

Os dois estavam sentados num banco do parque.

— Eu quero que você me conte o que aconteceu.

Houve uma longa pausa enquanto Robert se questionava o que dizer, então começou:

— Foi ideia do Davey. Essas merdas dessas ideias são sempre do Davey.

Ele soou amargo e deprimido.

— O velho foi professor dele. Dizem que o cara é cheio da grana.

— E Davey achou que seria uma presa fácil?

Robert deu de ombros.

— Davey falou que ele ia estar fora. Ele sempre sai nas noites de quinta. Joga cartas no Green Man. Disse que a gente ia entrar e sair em vinte minutos.

— Mas...

— O velho entrou. Ele estava com a porra de um espeto enorme na mão.

— E aí?

Robert hesitou.

— E aí que a gente se mandou. A gente voltou correndo para a janela, mas o velho veio atrás. Ele me deu um porradão na perna.

Robert baixou o cós da calça para exibir um hematoma enorme no quadril.

— Depois disso, Davey partiu pra cima dele. Chutando, dando soco, qualquer coisa.

— E você ficou olhando? — devolveu Helen, incrédula.

— Eu dei um chute nele e mais uma porradinha ou outra, mas foi o Davey que... Ele sapateou na cabeça do velho, caralho. Eu tive que arrancar o Davey de cima do velho. Ele teria matado o cara.

— Pode ser que ele tenha matado. Peter Thomas está em coma, Robert.

— Eu sei. Eu sei ler, tá bom?

A réplica saiu cheia de rebeldia, mas Helen percebeu que o rapaz estava assustado e abalado.

— A polícia já falou com você? Ou com Davey?

— Não — respondeu ele, virando-se para ela, confuso. — Você vai me prender?

A pergunta de um milhão de dólares. É claro que tinha que prendê-lo, tanto ele quanto Davey.

— Não sei, Robert. Eu estou pensando nisso, mas... vamos ver o que acontece com o sr. Thomas. Pode ser que ele se recupere por completo...

Isso soou fraco, e Helen percebeu.

— E eu sei que existem circunstâncias atenuantes no seu caso, então... então eu vou te dar uma segunda chance.

Robert pareceu perplexo, o que só fez com que Helen se sentisse ainda mais patética e equivocada.

— Você é um sujeito decente, Robert. É inteligente e, caso se dedicasse a alguma coisa que valesse a pena, poderia ter uma vida bacana. Só que no momento você está no caminho errado, convivendo com os caras errados, e *vai* acabar na cadeia se continuar assim. Então o negócio é o seguinte: você vai parar de ver Davey e os amigos dele. Vai se dedicar ao trabalho e procurar oportunidades de melhorar. Você vai tentar levar uma vida decente. Se fizer essas coisas, eu deixo isso passar. Mas, se fizer merda, eu te jogo na cadeia, está certo?

Robert fez que sim, aliviado, mas confuso.

— Eu vou ficar de olho em você. E quero que você retribua a minha fé. Se você sentir que está difícil ou que vai se enfiar em alguma confusão, quero que me ligue.

Helen rabiscou o número do celular no verso de um dos seus cartões de visita.

— É uma grande chance para você. Tenta não estragar tudo, Robert.

Ele pegou o cartão e o observou. Quando ergueu os olhos outra vez, Helen viu gratidão e alívio em seu rosto.

— Por quê? Por que você está fazendo isso por mim?

Helen hesitou antes de responder por fim:

— Porque todo mundo precisa de alguém que tome conta da gente.

Helen saiu do parque a passos rápidos. Agora que tinha cometido o ato, só queria estar longe. Tinha corrido um grande risco vindo até ali e, ao entrar em contato com Robert, fizera algo que havia prometido não fazer. Ultrapassara um limite. No entanto, apesar disso, apesar de todos os perigos que se estendiam à sua frente, ela não se arrependia. Enquanto houvesse uma chance de salvar Robert, valeria a pena.

52

Jessica Reid caminhou rua acima, as lágrimas queimando nos olhos. Engoliu em seco para impedir que os soluços escapulissem — não daria àquelas mulheres a satisfação de desabar diante delas.

Ela havia se questionado quanto a deixar ou não Sally na creche. Seu primeiro instinto fora de não voltar lá e se esconder do mundo, mas Sally gostava do lugar, então Jessica se enchera de coragem e a levara. Sally precisava de alguma estabilidade — o melhor a fazer era manter a rotina da família.

Assim que havia chegado, dera-se conta de que cometera um erro. Sally saiu correndo para brincar, mas ninguém prestou atenção nela. Todos os olhares estavam grudados em Jessica. Houve alguns sorrisos tímidos de apoio, mas ninguém se aproximou dela. Estava claro que ninguém sabia o que dizer à esposa burra e enganada.

Enquanto se afastava, ouvia as conversas sendo sussurradas. Só podia imaginar o que estavam dizendo. A lascívia, a especulação. Será que ela sabia? Será que permitia? Será que ele levava doenças para casa?

Era tudo muito injusto. Ela não havia feito *nada* de errado. Sally não havia feito *nada* de errado. Mas foram elas que ficaram marcadas como acessórios do comportamento de Christopher. Como ele podia ter sido tão idiota? Ela lhe dera seu coração, ela o confiara a Christopher mesmo depois da primeira briga que tiveram por ele estar vendo pornografia. Acreditou que ele tinha virado a página, mas se enganou. Em vez disso, Christopher havia mentido, mentido e mentido mais um pouco. Por que não tinha conversado com ela? Por que tinha sido tão egoísta?

Agora estava de volta em casa, embora não soubesse dizer como tinha chegado até lá. Sem hesitar, correu escada acima. Escancarou a cômoda, agarrou vários objetos pessoais de Christopher e os atirou pela janela, na pista de acesso à garagem, lá embaixo. Então fez a mesma coisa de novo e de novo, livrando a casa da presença dele.

Pegou fluido de isqueiro e fósforos debaixo da pia da cozinha e foi até a porta da frente, que havia deixado aberta. Encharcando bem a pilha de objetos, atirou um fósforo nela e ficou observando as roupas — roupas que ela comprara para ele — queimarem.

Clique, clique, clique. Da posição estratégica em que se encontravam, dentro de um furgão do outro lado da rua, os policiais à paisana registraram cada segundo do desespero de Jessica Reid antes de alertarem a central.

O detetive Fortune anotou o relato e desligou. O espetáculo estava prestes a começar e ele não queria perder nem um minuto. Tinha dado aos colegas o trabalho chato — ninguém esperava de verdade que a vigilância de Jessica Reid resultasse em alguma coisa. A missão interessante era o enterro de Matthews, que estava prestes a começar.

Lloyd Fortune se espreguiçou, bocejou e se colocou em posição. Vigiando e esperando. Era esse o procedimento nesse tipo de operação. Olhou para o outro lado da rua e viu a família Matthews sair de casa. Havia bastante gente para confortá-los: parentes, amigos da igreja — tanta gente que quatro carros fúnebres haviam sido alugados. Lloyd percorreu cada um dos rostos com os olhos para identificar a família Matthews em meio aos amigos. Viu a filha mais velha conduzindo uma das avós para dentro do primeiro carro. Como os demais, seu rosto estava inexpressivo, por causa do choque, mesmo depois de passados três dias.

Lloyd inspecionou a rua. A assassina estaria por ali? Observando? Desfrutando o próprio sucesso? *Clique, clique, clique* fez a máquina fotográfica, capturando cada pedestre, cada carro estacionado. Lloyd ficou inebriado com a perspectiva de ver a assassina em carne e osso, e sentiu o coração acelerar.

O primeiro carro se pôs em movimento. Então o segundo. Lloyd assentiu com a cabeça para que Jack desse a partida. O motor roncou baixinho. Esperaram pacientemente — Eileen e os gêmeos entraram no último carro —, então chegou a vez deles. Afastando-se do meio-fio, seguiram a pequena carreata de sofrimento até o destino final: a Igreja Batista de Santo Estêvão.

53

Ele hesitou antes de digitar. Como se começava esse tipo de coisa?

- *Olá, Melissa. Um amigo em comum...*

Não, isso não parecia certo.

- *Olá, Melissa. Meu nome é Paul e eu queria me encontrar com você.*

Assim parecia melhor. Tony se recostou na cadeira, achando graça do trabalho que aquilo tinha dado. E de quanto ficara nervoso. Satisfeito com o fato de a coisa estar em andamento agora, fez menção de desligar o computador. Mas, antes de fazê-lo, uma resposta surgiu.

- *Olá, Paul. Quando você vai querer se encontrar comigo?*

Tony hesitou, então digitou:

- *Hoje à noite?*
- *Que horas?*

Tony não esperava marcar nada assim tão rápido. Mas o dever o chamava.

- *Às dez?*
- *Me pega na esquina da Drayton com a Fenner. Vou estar usando um casaco verde. Qual é o seu carro?*
- *Vauxhall.*
- *Cor?*

- *Prata.*
- *Está procurando companhia? Ou algo especial?*
- *Companhia.*
- *Quanto tempo?*
- *Umas duas horas?*
- *£150 por duas horas.*
- *Ok.*
- *Dinheiro.*
- *Claro.*
- *Até mais, Paul.*
- *Até mais, Melissa.*
- *Bjs*

Fim da conversa. Tony se pegou sorrindo. Estava na cozinha da própria casa. Trocando mensagens com prostitutas. Por outro lado, não era o tipo de coisa que dava para fazer numa lanchonete, então...

Tony desligou o computador. A mãe de Nicola chegaria logo e ela não precisava de mais munição. Era melhor descansar um pouco.

Tony tinha uma noite importante à sua frente.

54

Charlie estava bem no meio do relato quando Helen entrou na sala de inquérito. A equipe havia deixado suas tarefas de lado para ouvir os últimos avanços.

— Nós fizemos uma busca no disco rígido de Gareth Hill. O computador parece ter sido a única janela que ele tinha para o mundo e ele o usava *muito*. Um dos sites preferidos dele era o fórum Bitchfest.

Agora ela havia capturado a atenção de todos.

— Esse site de avaliação de prostitutas também foi visitado por Alan Matthews e Christopher Reid, que usavam os pseudônimos "BadBoy" e "BigMan". O apelido de Gareth Hill era "Blade". Eles tiveram conversas extremamente explícitas com outros homens sobre as garotas de Southampton. Tinham interesse especial por garotas que topavam ser humilhadas e por sexo violento, e receberam várias dicas de outros usuários, especificamente de "Dangerman", "HappyGoLucky", "Hammer", "PussyKing", "fillyerboots" e "BlackArrow". Falaram de várias garotas, mas a que apareceu repetidamente foi uma prostituta que se autodenomina "Angel".

Helen sentiu o corpo estremecer. Seria essa a assassina?

— O interessante — continuou Charlie — é que Angel não faz propaganda e não tem site. Ela existe completamente off-line. Angel consegue novos clientes na base do boca a boca, são os clientes atuais que indicam aos outros homens onde ela pode estar. É uma mulher difícil de se achar e, devo dizer, é cara, mas claramente se dispõe a fazer qualquer coisa se o dinheiro for bom.

— Então ela é um segredo bem guardado difícil de encontrar? — interveio Helen.

— Exato.

— Bom trabalho, Charlie. Então a nossa prioridade é encontrar esses outros usuários do fórum. Vamos nos concentrar nos que já usaram os serviços de Angel e que talvez tenham trocado ideias com Matthews, Reid e Hill. Esses homens vão poder nos levar a Angel, por isso vamos logo atrás deles. Eu vou seguir para os pontos de vigilância, mas quero que me mantenham informada sobre os progressos de vocês. A detetive-sargento Brooks vai administrar os trabalhos na minha ausência.

Enquanto Helen saía, Charlie se pôs a organizar a equipe. Havia lhe custado um bocado voltar à ativa, mas talvez tivesse feito a escolha certa no fim das contas. "DS Brooks": gostava de como isso soava e soube, nesse momento, que queria estar de volta.

55

Helen parou onde estava assim que a viu. Sentiu a raiva queimando por dentro ao se deparar com Emilia Garanita encostada displicentemente na sua Kawasaki, no estacionamento de motos que ficava perto da delegacia.

— Você está numa área restrita e, nesse instante, atrapalhando o trabalho da polícia, Emilia, então, se não se importa...

Isso foi dito com educação, embora sem cordialidade. Emilia sorriu — sempre aquele mesmo sorriso do gato de Cheshire — e se desencostou lentamente da moto.

— Eu tentei te ligar, Helen, mas você não atende. Falei com um monte dos meus amigos de farda e tive até mesmo uma conversinha olho no olho com a sua chefe, mas ninguém parece saber o que está acontecendo. Você voltou a me ocultar informação?

— Eu não sei do que você está falando. Eu te dei a dica sobre o DNA e várias outras coisas.

— Mas essa não é a história toda, é, Helen? Harwood está com a mesma sensação. Tem alguma coisa rolando com essa sua equipe e eu quero saber o que é.

— Você quer saber o que é? — devolveu Helen, falando lentamente e com o máximo de sarcasmo.

— Não vai me dizer que você já se esqueceu do nosso pequeno acordo? Eu disse que queria acesso exclusivo a essa história e estava falando sério.

— Você está ficando paranoica, Emilia. Assim que eu tiver qualquer novidade, eu te aviso, ok?

Ela fez menção de subir na moto, mas Emilia agarrou seu braço.

— Não, não está ok.

Helen olhou para Emilia como se ela fosse louca — por acaso queria ser presa por agredir uma policial?

— Eu não gosto que mintam para mim. Não gosto de ser tratada como um ser inferior. Especialmente por uma degenerada como você.

Helen a afastou com raiva, mas o comentário a deixou apreensiva. Havia veneno de verdade e confiança renovada no tom de Emilia.

— Eu quero saber, Helen. Eu quero saber de tudo. E você vai me contar.

— Senão?

— Senão eu conto para o mundo o seu segredinho.

— Eu acho que o mundo já sabe tudo a meu respeito. Não acho que vá vender mais jornais requentando informações velhas outra vez.

— Mas ninguém sabe sobre Jake, sabe?

Helen ficou paralisada.

— Estou vendo que você não nega que o conhece. Bem, eu tive uma longa conversa com ele e, depois de um pouco de persuasão, ele me contou tudo. Sobre como ele bate em você por dinheiro. Por que algumas mulheres simplesmente têm que passar o controle da situação para os homens?!

Helen não disse nada — como ela sabia disso, merda? Jake realmente teria conversado com ela?

— O negócio é o seguinte, Helen. Você vai me contar tudo, vai me dar acesso exclusivo. Quero ficar à frente dos noticiários nacionais a cada passo desse caso e, se eu não estiver... aí o mundo todo vai ficar sabendo que a heroica Helen Grace na verdade não passa de uma taradinha nojenta. O que você acha que Harwood vai pensar disso?

As palavras de Emilia ficaram pairando no ar enquanto ela se afastava. Helen soube, instintivamente, que não se tratava de um blefe e que, pela primeira vez, estava sob seu jugo. Emilia havia pendurado a espada de Dâmocles acima da cabeça de Helen e teria enorme prazer em deixá-la cair.

56

A Igreja Batista de Santo Estêvão surgiu diante dela cinzenta e austera sob a chuva leve. Igrejas deviam ser locais de refúgio, calorosos e acolhedores, mas Helen as considerava frias e desalentadoras. Sempre sentia que, de alguma forma, estava sendo julgada por elas e de ficar aquém do que se esperava dela.

Sua cabeça ainda rodava depois da discussão com Emilia, mas Helen se esforçou para retornar à tarefa que tinha pela frente. Havia remoído a conversa por tempo demais e, como resultado, estava quase atrasada — mal tivera cinco minutos com o detetive Fortune antes de correr para a igreja. Já conseguia ouvir a música do órgão começar a tocar lá dentro. Ela entrou discretamente e se acomodou num banco dos fundos. De lá, teria uma boa visão de todos que comparecessem. Era surpreendentemente comum assassinos irem ao enterro das vítimas — serial killers em especial pareciam desfrutar da sensação de poder que sentiam ao observar o corpo ser enterrado, o entoar do vigário e o cortejo de enlutados, vestidos de preto, amparando-se uns nos outros. Helen ficou estudando o rosto das mulheres — a assassina estaria sentada em algum lugar daquela igreja?

O culto foi se arrastando, mas Helen mal assimilava o que era dito. Sempre apreciara o estilo grandioso da Bíblia; gostava de deixar que a fraseologia ornada a conduzisse como uma onda, mas, no que dizia respeito ao conteúdo, as palavras podiam igualmente estar no grego original. As lições pareciam evocar um mundo que lhe era completamente estranho: um universo ordenado e divino no qual tudo acontecia por algum motivo e o Bem vencia. Havia algo de reconfortante nisso que Helen jamais tinha conseguido engolir — a loucura aleatória e a violência do mundo que ela habitava pareciam se opor às generalizações cômodas da religião.

Ainda assim, não tinha como negar que, para muitos, a igreja e seus ensinamentos serviam como um alento. Isso estava evidente agora. Na frente da igreja, Eileen Matthews se encontrava cercada de devotos iguais a ela, que era literalmente apoiada pela família e pelos amigos. A imposição de mãos tem o objetivo de criar o arrebatamento religioso em quem a recebe mas também tem o propósito prático de manter os fracos e os vulneráveis de pé — como se podia observar naquele momento. Enquanto a cantoria aumentava e o fervor crescia, Eileen passou a balbuciar. Baixinho, no começo, depois mais alto, não palavras estranhas lançadas boca afora, o sotaque mudando do litoral sul para algo estrangeiro. Ela soava como alguém do Oriente Médio, com um toque de hebraico, talvez, e nitidamente medieval — uma torrente de frases guturais sem sentido foram lançadas pela sua boca enquanto ela era possuída pelo Espírito Santo. Helen já vira gente falar em línguas na TV, mas nunca ao vivo. Era estranho testemunhar: para ela, parecia mais uma possessão do que um arrebatamento.

Por fim, o frenesi diminuiu e os homens da congregação a conduziram de volta ao assento, permitindo que Helen examinasse os rostos femininos de frente enquanto retornavam aos bancos. Ela se deu conta, com certa surpresa, de que era a única mulher solteira ali. Todas as outras presentes estavam com os maridos, e cada uma delas parecia claramente sob o jugo deles. Quando o culto chegou ao fim, a congregação se levantou, dividindo-se por gênero. Os homens conversavam entre si demonstrando grande confiança, enquanto as mulheres escutavam. Além de ser um presbítero, Alan Matthews era integrante da Ordem Doméstica Cristã, um grupo que promovia o patriarcado da Bíblia, defendendo o marido como líder em tudo e condenando as esposas ao papel de ajudantes. As mulheres eram subservientes de todas as formas e eram recomendadas surras caso elas fracassassem em seus deveres. Eileen Matthews provavelmente havia sofrido castigos na mão do marido, que, estava evidente, adorava dominar as mulheres. Helen suspeitava que outras mulheres da congregação tinham passado pela mesma situação. O fato de muitas delas se submeterem a isso por vontade própria não melhorava a situação aos olhos de Helen. Olhando ao redor, pela igreja, Helen via mulheres passivas e inertes a quem faltavam confiança e bravura para fazer qualquer coisa por si mesmas. A não ser que alguma delas fosse uma excelente atriz, não havia ninguém ali que tivesse a iniciativa, a determinação e os colhões de realizar aquela tenebrosa série de assassinatos. Estaria a assassina em outro lugar, então, observando das sombras? Deslizando para fora do banco, Helen percorreu o perímetro rapidamente, os olhos perscrutando, em busca de possíveis pontos estratégicos ocultos, mas não encontrou nada.

O detetive Fortune não se saíra muito melhor. Havia tirado fotos de todos que entraram e saíram da igreja, e fora meticuloso em clicar cada membro do público que passara por ali. Agentes menos graduados disfarçados de jardineiros cobriam os fundos da igreja, mas eles não viram nada além de um homem com o cachorro.

— Continue de olho enquanto as pessoas deixam a igreja e tire fotos dos motoristas também. Acompanhe o cortejo até a casa da família, mas peça a um dos seus rapazes que permaneça aqui. Quero aquela sepultura vigiada dia e noite. O mais provável é que, se a nossa assassina der as caras, seja na calada da noite.

— Sim, senhora.

— Ótimo. Arquive o que você já tirou até aqui e siga em frente, Lloyd. Nunca se sabe quando ela pode aparecer.

Será que Helen acreditava mesmo nisso? Caminhando de volta para a moto, teve a sensação de que a assassina, mais uma vez, escapulia de suas mãos. A vigilância fora uma boa ideia, mas, até então, não tinha conseguido nada. A assassina teria suspeitado dessa manobra? Ela sabia o que a polícia estava pensando?

Helen, mais uma vez, sentiu que se encontrava em desvantagem, como se estivesse em uma dança que era conduzida não só pela assassina como agora também por Emilia Garanita. Será que Jake realmente tinha aberto a boca? Isso lhe pareceu pouco provável. Não, na verdade lhe pareceu impossível, mas de que outra forma Emilia teria descoberto sobre os dois?

Tinha marcado de vê-lo naquela noite, mas, sacando o telefone do bolso, Helen enviou uma mensagem cancelando. Ainda não estava pronta para falar com ele. Uma pequena parte dela se perguntava se algum dia voltaria a fazê-lo.

57

Existe uma fantasia que serve de consolo quando se está em serviço ativo. É o sonho que sustenta todo soldado quando ele está preso em algum canto esquecido do deserto, servindo de alvo para tiros e gritos. É a fantasia de que existe algo melhor à espera em casa. Nessa fantasia, sua garota mantém viva a chama da paixão, ansiando pelo seu retorno. Ela vai receber você de volta de braços abertos, vai preparar comidas deliciosas para você, vai levar você para a cama e vai ser uma esposa dedicada e angelical. Isso é o mínimo do mínimo que se merece pelos meses de medo, solidão e raiva. Só que a vida raramente funciona assim.

Simon Booker se tornara um cidadão comum. Seu melhor amigo tinha sido morto numa explosão dois dias antes de eles serem mandados para casa. No avião de volta, Simon dissera ao seu superior que deixaria as Forças Armadas. Costumava adorar o Exército, mas agora queria deixá-lo. Ele não havia lhe trazido nada além de desilusão e desespero.

Estava convencido de que Ellie saíra com outros homens durante sua ausência. Não tinha nenhuma comprovação disso, era só um palpite. Ainda assim, essa sensação o corroía por dentro e ele se perguntava quais dos seus supostos amigos estavam rindo pelas suas costas, compartilhando histórias de como a sua patroa era na cama. Ele os evitava, da mesma forma que agora evitava Ellie. Não conseguia conversar com ela sobre como a vida tinha sido por lá, sobre como tinha sido ver Andy ser despedaçado, e certamente não queria falar sobre o que ela havia aprontado enquanto ele estava fora. Então ia para o Doncaster e para o White Hart. E, quando voltava para casa, com dificuldades para enfiar a chave na fechadura enquanto a mão tremia e o cérebro nadava em cerveja barata, ele se arrastava até o quartinho onde ficava o computador, passando pela porta aberta do quarto.

Sempre trancava a porta. Apesar da raiva que andava sentindo de Ellie, não queria que ela o flagrasse. Seria por vergonha ou por algum desejo oculto de não magoá-la? Não tinha certeza, mas, ainda assim, trancava a porta.

A pornografia tinha sido um bom começo, mas recentemente havia se cansado dela. Agora o seu site favorito era o Bitchfest, um mundo completamente novo para ele. Era a nova fronteira do sexo, e ele encontrou no fórum uma camaradagem que achava ter perdido para sempre. Nele, homens podiam conversar com franqueza sobre o que queriam. E dar dicas uns aos outros de como conseguir.

Havia muito tempo vinha adiando fazer algo a respeito dos seus impulsos, mas HappyGoLucky tinha feito uma avaliação tão maravilhosa de "Angel" que Simon havia decidido que não conseguiria resistir. Muitos homens haviam desistido das prostitutas depois do que tinha saído nos jornais e em outros fóruns. Histórias de caras sendo mortos enquanto transavam. Ele não era burro, sabia que tinha que prestar atenção. O mundo estava repleto de assassinos, mentirosos e ladrões. Então estava tomando precauções. Dissera a Ellie que ia se encontrar com velhos amigos do Exército, mas o conteúdo da bolsa de viagem sugeria outra coisa. Dentro dela, havia uma caixa de camisinhas e uma muda de roupas. E, aninhada debaixo de tudo, escondida, uma barra de ferro.

58

— O que sabemos a respeito dele?

Helen e Charlie estavam num carro da corporação seguindo rumo a Woolston.

— Nome verdadeiro: Jason Robins — respondeu Charlie, folheando as anotações. — Mas o pseudônimo dele no Bitchfest era "Hammer". Ele não participava com tanta frequência, eu acho que esse troféu vai para o "PussyKing", mas ele postava a cada dois dias e, quando postava, fazia a festa. Adorava se vangloriar do que Angel tinha feito com ele, como ele tinha feito a garota gozar, a mesma merda de sempre.

— Como você encontrou Jason?

— A maior parte dos usuários é bem discreta, e para isso eles usam pseudônimos e postam do computador do trabalho ou de cybercafés. É difícil rastreá-los até mesmo quando se tem o IP deles. Jason não é dos mais espertos. Ele usa o pseudônimo "Hammer" em outros sites, e um deles é um pay-per-view pornô. Ele usou o cartão de crédito para pagar uns conteúdos...

— E você conseguiu o endereço da casa dele por esse caminho.

— Exato.

No mesmo instante, elas pararam em frente a um conjunto de prédios na Critchard. Era um pouco velho, um pouco malconservado; os pequenos apartamentos alugados por gente que ia se virando até surgir coisa melhor. Helen e Charlie saltaram do carro, olhando de um lado para o outro da rua. A noite caía e, à exceção de um ou outro trabalhador voltando para casa apressado, tudo era silêncio. Uma luz brilhava na janela da sala de estar da casa diante delas: "Hammer" estava em casa.

Estavam sentados a uma mesa da IKEA — um trio desconfortável com xícaras de chá intocadas à frente. Jason Robins tinha imaginado o pior ao abrir a porta para duas policiais e perguntara, gaguejando, se Samantha e Emily haviam sofrido algum acidente. Quando Helen lhe assegurou que aquela visita não tinha relação alguma com sua família, ele se acalmou, e a desconfiança lentamente substituiu o medo.

— Talvez você tenha lido sobre uma série de assassinatos ocorridos em Southampton recentemente — começou Helen. — Homicídios ligados ao mercado do sexo.

Jason fez que sim, mas não disse nada.

— Duas das vítimas eram participantes de um fórum de avaliação de prostitutas on-line.

Helen deixou as palavras pairarem no ar, fingindo consultar o caderno antes de seguir em frente:

— O nome do site é Bitchfest.

Ela ergueu o olhar ao dizer isso, ansiosa para ver como Jason reagiria. Ele não teve reação alguma: nem um sinal com a cabeça, nem um sorriso, nada. Aos olhos de Helen, isso era tão condenatório quanto uma admissão. Jason permanecia imóvel, claramente com medo de que a menor reação pudesse entregá-lo. Helen o encarou.

— Esse fórum é do seu conhecimento, Jason?

— Não.

— Alguma vez você já visitou esse site?

— Não é a minha praia.

Helen assentiu com a cabeça e fingiu anotar alguma coisa no caderno.

— Você costuma usar o apelido "Hammer" quando está on-line? — perguntou Charlie.

— "Hammer"?

— É, "Hammer". Alguma vez você usou esse apelido enquanto visitava outros fóruns ou sites que ofereciam conteúdo adulto?

Jason pareceu refletir sobre a pergunta, ansioso por parecer levá-la a sério.

— Não. Não, não usei.

— Eu pergunto porque alguém usando esse pseudônimo tem um cartão de crédito registrado nesse endereço em nome de Jason Robins.

— Meu cartão deve ter sido clonado.

— Você deu parte de alguma atividade fraudulenta no seu cartão?

— Não, eu não estava ciente disso, mas, agora, que você me alertou, vou ligar para a administradora do cartão imediatamente. Vou mandar cancelar.

Um breve silêncio reinou. Jason estava tenso como a corda de um violão e exibia uma camada de suor na testa.

— Você está separado da sua esposa?

Jason pareceu relaxar quando as perguntas tomaram um novo rumo.

— Sim, estou. Não que seja da sua conta.

— Mas vocês não são divorciados?

— Ainda não. Mas vamos ser.

— Então é de se presumir que você esteja envolvido em negociações relacionadas à guarda da sua filha, Emily?

— Essa é uma forma de ver a situação.

— E como você vê a situação?

Jason deu de ombros e tomou um gole de chá.

— Eu compreendo por que está sendo cauteloso, Jason. Você está passando por um momento complicado, e a última coisa que precisa é que a polícia revele que você é o tipo de pessoa que visita sites de conteúdo adulto e usa os serviços de profissionais do sexo. Não ia soar muito bem no tribunal, eu entendo. Mas me ouve com atenção. Pessoas estão morrendo e, a não ser que caras como você tenham coragem de enfrentar o desafio, mais gente vai morrer. Eu podia te acusar de desperdiçar o tempo da polícia, de obstruir uma investigação e de mais coisas, mas sei que você é um sujeito decente, Jason. Por isso estou te pedindo que nos ajude.

— Nós precisamos de informações a respeito de Angel — continuou Charlie. — Onde você se encontra com ela, sua aparência física, quem mais talvez conheça a garota. Se você puder nos falar tudo o que sabe, nós vamos te proteger. A gente vai manter o seu nome fora dos jornais e causar o mínimo de transtorno possível na sua vida. Não temos nenhum interesse em dificultar a sua vida ainda mais, só queremos pegar essa assassina. E você pode nos ajudar a fazer isso.

Um longo silêncio se seguiu, interrompido apenas pelo tique--taque do relógio da cozinha. Jason terminou o chá.

— Como eu disse, nunca ouvi falar desse tal de "Hammer". Sendo assim, se vocês me dão licença, eu gostaria de ligar para a administradora do meu cartão de crédito.

Helen e Charlie não disseram nada enquanto se afastavam da casa, ambas irritadas demais para se arriscar a falar qualquer coisa. Quando já estavam na segurança do carro, Helen finalmente disse:

— Aquele merdinha mentiroso.

Charlie assentiu com a cabeça.

— Fica em cima dele, Charlie. Liga para ele, manda e-mails quase todo dia com outras perguntas, com mais alguns detalhes. Pode ser que ele só esteja envergonhado ou talvez saiba de alguma coisa. Pressiona o cara até você descobrir qual das duas opções é a verdadeira.

— Vai ser um prazer.

— Enquanto isso, a gente tem que se empenhar mais para encontrar os outros. "HappyGoLucky", "Dangerman", "fillyerboots", "BlackArrow": eu quero que todos sejam caçados. Algum deles sabe onde podemos encontrar Angel.

— Claro. Você vai querer que eu assuma a dianteira...

— Isso. Encontra esses caras e a gente se vê na delegacia. Mas me deixa no centro da cidade primeiro.

Charlie olhou para ela, intrigada.

— Eu tenho um compromisso que não posso perder.

59

Atravessaram o corredor solitário, as botas de plástico de salto alto rangendo a cada passo que ela dava. Logo atrás, Tony a observava. "Melissa" era muito mais atraente do que ele havia esperado. Pernas longas e esguias enfiadas em botas pretas reluzentes, um bumbum durinho, um rosto sensual com lábios carnudos emoldurado por cabelos pretos num corte Chanel. Tony sabia que nem todas as prostitutas eram viciadas com dentes amarelos, mas, ainda assim, ficou surpreso com a beleza dela.

Ele a pegara em Hoglands Park, um point de skatistas ao norte da cidade que ficava praticamente deserto à noite. Passara um rádio ao se aproximar do local e, mais tarde, localizara o carro de apoio no retrovisor enquanto eles seguiam para o sul, em direção ao porto, mas ainda assim sentia uma pontada de medo agora que estava a sós com ela. Os dois haviam permanecido em silêncio enquanto seguiam para o hotel Belview, uma pensãozinha em péssimo estado que não exigia muita coisa da clientela. Tony pagara adiantado pela noite e eles foram para o primeiro andar. No caminho, passaram por um homem de meia-idade que descia acompanhado de uma polonesa que mal estava vestida. Ele havia olhado para Tony, que baixara os olhos, relutante em ser tragado por aquele companheirismo desagradável.

Logo estavam no quarto 12. Melissa atirou a bolsa e o casaco em cima da única cadeira disponível no quarto, então se sentou na cama.

— O que eu posso fazer por você, Paul?

Ela colocou ênfase na última palavra, como se soubesse que era mentira.

— Eu sou toda sua.

Ela abriu um grande sorriso sexy e cheio de malícia. Tony ficou surpreso ao sentir uma pontada de desejo por aquele brinquedinho subserviente e se sentou na cadeira para esconder o início de uma ereção.

— Eu gosto de olhar — respondeu ele com toda a calma que lhe foi possível. — Por que você não faz o que quiser sozinha por um tempo e a gente continua depois?

Melissa lançou um olhar de curiosidade para ele, depois disse:

— A grana é sua, meu bem — disse, dando de ombros.

Entendendo a indireta, Tony pegou a carteira e sacou 150 libras. Enfiando o dinheiro no bolso, Melissa se deitou na cama.

— Quer que eu fique de botas enquanto...

— Quero.

— Ótimo. Eu prefiro assim.

Melissa deixou as mãos vagarem pelo corpo. Tinha um porte musculoso e vigoroso, certamente adequado ao fim que se destinava. Quanto mais ela se envolvia com o que estava fazendo, maior era o desespero de Tony de olhar pela janela. Era absurdo, na verdade. Ele sabia que devia desempenhar o papel e manter os olhos grudados nela. Sabia que, apesar da ereção, isso fazia parte do trabalho, uma armação projetada para lhes render informações valiosas. Ainda assim, ele se sentia extremamente desconfortável, ficando cada vez mais surpreso e assustado com quanto estava excitado.

Quando Melissa foi se aproximando do orgasmo, simulado, ela o incitou a entrar na brincadeira, a tratá-la como merecia ser tratada. Tony precisou pensar rápido para evitar contato físico com ela, recorrendo a uma enxurrada de obscenidades para levá-la ao seu "orgasmo". Era uma boa atriz: qualquer um que a estivesse escutando teria achado que ela havia acabado de ter a melhor experiência sexual de sua vida. Em seguida, ela se vestiu, olhando de relance para o relógio rachado pendurado na parede.

— Você ainda tem dez minutos, gato. Quer que eu te chupe?

— Eu estou bem. A gente pode conversar?

— Claro. Sobre o que você quer conversar?

— Eu queria perguntar se a gente pode fazer isso de novo.

— Claro. Eu estou sempre a fim de me divertir.

— Você faz isso há muito tempo?

— Tempo o bastante.

— Você gosta?

— É claro — respondeu ela. Tony sabia que ela só estava lhe falando a mentira que achava que ele queria ouvir.

— Você já teve algum problema?

— De vez em quando — respondeu ela, sem olhá-lo nos olhos.

— E como você lida com a situação?

— Eu dou o meu jeito. Mas normalmente tem outras meninas por perto.

— Para ficarem de olho em você?

— É. Você se importa se eu for ao banheiro, querido? Daqui a pouco eu vou ter que sair de novo.

Ela foi para o banheiro. Pouco depois, deu a descarga e reapareceu, indo direto pegar o casaco e a bolsa.

— Posso pagar por mais um pouco do seu tempo?

Melissa parou.

— Você quer que eu faça tudo de novo?

— Não, não, eu só quero conversar. Eu... estou sozinho na cidade. Não vou ver a minha família até o fim de semana e... bem, eu gosto de conversar, é só isso.

— Ok — concordou ela, sentando-se na cama.

Tony tirou mais 50 libras da carteira e entregou a ela.

— De onde você é?

— De muitos lugares. Mas eu nasci em Manchester, se é isso que você quer dizer.

— Ainda tem família por lá?

— Ninguém que valha a pena.

— Certo.

— E você, Paul? Você é daqui?

— Nascido e criado.

— Que bom! É legal ter um lar.

— Você mora perto daqui?

— Estou hospedada na casa de uma amiga. Enquanto eu conseguir trabalho, vou ficando por aqui.

— Você ganha direito?

— Bastante. Eu sou mais mente aberta que a maioria.

— Você costuma trabalhar com outras garotas?

— Às vezes.

— Faz *ménage*?

— Claro.

— Tem uma garota que me deixou interessado. Angel. Você a conhece?

Melissa fez uma pausa, então ergueu o olhar.

— Não sei bem se você ia gostar de conhecer a Angel, querido.

— Por que não?

— Confia em mim, não ia. Além do mais, não tem nada que ela possa fazer por você que eu não possa.

— Mas se eu quisesse fazer um *ménage à tr*...

— Eu posso encontrar outra garota para você.

— Mas eu quero a Angel.

Mais uma longa pausa.

— Por quê?

— Porque ouvi boas coisas a respeito dela.

— Quem disse?

— Outros caras.

— Até parece.

— Como assim?

— Essa foi a sua primeira vez, não foi? Você é novato nessas coisas.

— E daí?

— E daí que você não parece o tipo que sai por aí discutindo o que gente como eu apronta.

Tony ficou surpreso em se sentir ofendido, mas se recompôs.

— Ok, talvez eu seja novo nisso, mas eu sei o que quero. Fico satisfeito em te dar dinheiro se puder arrumar isso.

— O que foi que você ouviu a respeito dela, então?

— Só que ela gosta de apanhar, de ser humi... abusada, sabe? Ela deixa fazer coisas com ela que outras garotas não deixam.

— E quem foi que te falou dela?

— Uns caras.

— Uns caras?

— Ah, você sabe, outros ca...

— Quem?

— Gente com quem eu conversei...

— Me fala o nome deles.

— Eu não sei direito...

— Me fala o nome deles.

— É... eu acho que o nome de um deles era Jeremy. E...

— Onde foi que você conheceu eles?

— Na internet.

— Como?

— Num fórum.

— Qual era o nome do fórum?

— Eu não lembro o nome...

— E você quer conhecer a Angel?

— É!

— Porque quer interrogar ela? Do mesmo jeito que está me interrogando?

— Não, não — replicou Tony, embora tivesse hesitado um milésimo de segundo para responder e soubesse disso.

Melissa já estava de pé.

— Um merda de um policial. Eu sabia.

— Melissa, espera.

— Valeu pela conversa e pela grana, mas eu tenho que ir.

Tony colocou a mão em seu braço para detê-la.

— Eu só quero conversar com você.

— Se você tocar mais um dedo em mim, eu grito até esse prédio vir abaixo. Aí toda puta num raio de quilômetros vai saber que você é policial, está bem?

— Eu só preciso encontrar a Angel. É muito importante que eu encontre...

— Vai se foder.

Ela saiu, deixando a porta aberta ao passar. O instinto de Tony o mandou ir atrás dela, mas com que objetivo? Derrotado, se deixou cair em cima da cama. Melissa era a melhor pista de que dispunham e ele havia estragado tudo. Desempenhar aquele papel lhe fora bastante embaraçoso — havia trazido à tona perguntas que não queria se fazer —, e ele tinha acabado de mãos abanando.

No quarto ao lado, os sons de uma cópula frenética aumentavam, sublinhando o ritmo do seu fracasso. Então pegou o casaco e saiu apressado. Queria estar longe daquele lugar. Longe de sexo. E longe daquela derrota esmagadora.

60

A carroça estava sozinha no terreno amplo e deserto. Emoldurada pelas fogueiras ciganas que queimavam por perto, compunha uma imagem quase bela. Dentro, era menos agradável: mofada e apodrecida, com o material descartado do uso de drogas espalhados pelo chão. Ainda assim, serviria por aquela noite — um colchão havia sido atirado no chão, pronto para a ação.

— Então você é um soldado? — perguntou ela.

— Era. Afeganistão.

— Eu adoro soldados. Matou algum terrorista?

— Alguns.

— Meu herói. Eu devia te dar umazinha por conta da casa.

Simon Booker afastou a sugestão dando de ombros. Não queria a piedade dela. Nem caridade. Não era para isso que estava ali. Pegou algumas notas da carteira e as colocou em cima da bancada de fórmica manchada. Quando fez isso, notou a aliança no dedo e começou a cutucá-la.

— Não se preocupe com isso, meu amor. Eu não conto se você não contar. São 30 libras por sexo oral, 50 por sexo convencional, 100 por qualquer outra coisa. E vou precisar que você use camisinha, meu bem. Eu não quero pegar nenhuma das doenças que você pegou das putas estrangeiras, certo?

Simon Booker fez que sim e se virou, abaixando-se para pegar as camisinhas dentro da bolsa. Não conseguiu encontrá-las logo de cara, então teve que revirar a bolsa até achá-las. Ao se levantar, ficou surpreso ao ver Angel de pé ao lado da porta.

— Fica longe de mim! — vociferou ela.

— O quê? Eu só estava pegando as...

— Essa barra de ferro é pra quê?

Merda. É claro que ela a vira enquanto ele vasculhava a bolsa de viagem.

— Não é nada. É só para proteção. Mas eu coloco lá fora se você quiser.

Ele foi na direção da bolsa.

— Nem pensa em tocar nela. Se você tocar nessa barra, eu grito. Tenho amigos logo aqui perto. Gente que fica de olho em mim. Você tem ideia do que os ciganos fazem com gente que nem você?

— Está bem. Fica calma.

Simon estava irritado agora. Queria fazer sexo, não bater boca.

— Coloca isso lá fora você mesma, então. Eu não quero problema — avisou ele.

Ela parecia assustada, mas se aproximou da bolsa lentamente, com os olhos grudados nele o tempo todo. Então ergueu a bolsa e a jogou lá fora, e ela aterrissou com um baque seco. Ela soltou o ar, se recompondo.

— Certo, vamos recomeçar? — sugeriu ela, abrindo um sorriso largo, porém forçado.

— Claro.

— Então vem aqui e me dá um beijo. E, depois que eu te conhecer um pouco melhor, coloco esse seu pau enorme na minha boca.

É assim que se fala. Simon foi até ela. Hesitante no começo, enlaçou a cintura dela, que retribuiu envolvendo o pescoço dele com os braços e trazendo sua boca à dela.

— Vamos logo com isso.

Enquanto Simon Booker fechava os olhos, Angel deu uma joelhada forte no meio das pernas dele. Simon ficou imóvel, aturdido, e ela deu uma joelhada de novo e de novo. Encolhendo-se no chão, ele ofegava. Queria vomitar. Meu Deus, a dor era horrível.

Simon olhou para o alto e viu Angel de pé acima dele. O sorriso havia sumido e ela empunhava a barra de ferro que ele tinha trazido. Sem aviso, ela a baixou na cabeça de Simon. Uma, duas, três vezes, só para ter certeza. Então parou e atravessou a carroça para fechar a porta. Depois de trancá-la por dentro, fez uma pausa para recuperar o fôlego. Observando sua vítima, sentiu a euforia aumentar.

Era hora de a diversão começar.

61

As cabeças foram se virando conforme ela atravessava a redação com passos enérgicos, indo para a sala de Emilia Garanita. Depois do grandioso trabalho sobre Marianne, que atraíra a atenção de todos, Emilia ganhara uma sala no canto de onde podia tramar sua próxima entrevista exclusiva. Não tinha ventilação e era minúscula, mas era um tapa na cara dos outros jornalistas, motivo pelo qual Emilia gostava tanto dela. Além de lhe proporcionar uma visão panorâmica da redação e de Helen Grace, que vinha em sua direção.

Helen Grace nunca tinha colocado os pés na redação do *Evening News*, então, o que quer que fosse, ia ser bom. Esse seria o primeiro contra-ataque na batalha entre as duas ou uma capitulação muito pública? Emilia esperava sinceramente que fosse a última opção. Ela *tentaria* ser agradável.

— Helen, que prazer em te ver — disse, enquanto Helen entrava na sala.

— O prazer é todo meu, Emilia — respondeu a visitante, fechando a porta.

— Café?

— Não, obrigada.

— Você tem razão — devolveu Emilia, abrindo o laptop com grande alarde. — A gente tem muita coisa para discutir. Já estamos atrasadas para a edição da noite, mas, se você me passar tudo o que tem agora, podemos preparar uma matéria de matar para amanhã. Com o perdão do trocadilho.

Helen a encarou confusa, então se inclinou para a frente e baixou a tampa do laptop, fechando-o.

— Não vamos precisar disso.

— Como?

— Eu não vim aqui para te dar informação nenhuma. Eu só vim te dar um aviso.

— Como assim?

— Eu não sei como você sabe o que acha que sabe a meu respeito e sinceramente não me interessa. O que me interessa é que uma jornalista de um jornal de respeito esteja tentando chantagear uma policial.

Emilia olhou para ela — a temperatura da salinha tinha acabado de despencar consideravelmente.

— Por isso eu estou aqui para te dar um aviso claro e simples: você pode publicar o que bem entender a meu respeito, mas, se *algum dia* tentar me subornar, chantagear ou intimidar outra vez, eu te vejo na cadeia. Estamos entendidas?

Emilia olhou fixamente para Helen outra vez, antes de responder:

— Bem, a escolha é sua, Helen, mas não diga que eu não avisei.

— Faça o que você precisar fazer — devolveu Helen, concisamente. — Mas esteja preparada para as consequências.

Ela se virou para sair, mas, ao chegar à porta, parou.

— A gente está no mesmo barco nesse caso, Emilia. Então pergunte a você mesma quanto me odeia. E quanto dá valor à sua liberdade.

Emilia ficou observando-a se afastar — raiva e adrenalina pulsando pelo corpo. Devia destruí-la de vez ou deixar para lá? De um jeito ou de outro, Emilia estava prestes a fazer a maior escolha da sua vida.

62

Tony bateu a porta do carro ao entrar e se encolheu no assento do motorista. Como podia ter vacilado tão feio? E o que iria dizer para Helen?

Esta era a sua grande chance de voltar ao topo, de provar que continuava em forma — e ele havia fodido com tudo. Podia tentar entrar em contato com Melissa outra vez, mas com que propósito? Agora que ela sabia que ele era policial, não tinha mais jogo. A única coisa a fazer era confessar tudo para Helen assim que possível e começar a bolar um novo plano. Algumas das outras meninas deviam ter visto Angel. Era inconcebível que ela conseguisse entrar e sair de puteiros e bordéis sem ser detectada. O que ele tinha que fazer era...

Ele deu um pulo quando a porta do carona foi aberta. Estivera tão perdido no seu próprio mundinho que não tinha ouvido ninguém se aproximar. Ele se virou para confrontar o intruso... e ficou surpreso ao se deparar com Melissa se acomodando no banco do carona. Ela não olhou para ele, apenas disse:

— Dirija.

Os dois seguiram em silêncio por dez minutos inteiros antes de Melissa indicar um beco ao lado de um restaurante abandonado. Estava calmo ali, nem uma alma por perto para incomodá-los. Ao se virar para olhar para Melissa, Tony ficou surpreso em constatar que ela tremia.

— Se eu te contar o que você quer saber, vou precisar de dinheiro. De muito dinheiro.

— Sem problema — disse Tony. Ele imaginara no caminho que só mesmo a perspectiva de receber um bom dinheiro poderia tê-la levado ao carro dele.

— Cinco mil antecipados. Mais depois.

— De acordo.

— E vou precisar de um lugar para ficar. Um lugar onde ela não consiga me encontrar.

— Podemos te oferecer um lugar seguro com proteção vinte e quatro horas por dia — devolveu Tony, sem hesitar.

— Vinte e quatro horas, você promete?

— Prometo.

— Selado com um aperto de mão — exigiu Melissa, e Tony fez o que ela pediu.

Melissa deixou escapar um longo suspiro — parecia exausta com os acontecimentos daquela noite. Então, sem olhar para Tony, ela sussurrou:

— A garota que você está procurando se chama Lyra. O nome de Angel é Lyra Campbell.

63

Frio. Gelado, muito gelado.

Os olhos de Simon Booker foram se abrindo bem devagar e se fecharam brevemente outra vez ao serem agredidos pela luz hostil da lâmpada. Sua cabeça estava tão enevoada, ele se sentia tão confuso... O que tinha acontecido com el...

Lá estava ela, observando Simon. Angel. Segurando a barra de ferro. Tudo começou a fazer sentido devagarinho, as imagens surgindo em espasmos enquanto as lembranças voltavam em flashes.

Estava fraco, com o rosto grudento de sangue e a boca terrivelmente seca. Ainda assim, tentou se levantar, apenas para descobrir que estava muito bem preso. Olhando ao redor, percebeu que tinha os braços amarrados um ao outro com um arame verde grosso e presos à parede, às suas costas. Ele estava nu e estendido sobre um colchão, não conseguia ver suas roupas. Tentou gritar com ela, mas então se deu conta da fita bem colada sobre a sua boca.

— Seu merdinha patético.

Simon Booker deu um salto quando o veneno proferido por ela rompeu o silêncio.

— Seu marginalzinho infeliz.

Ela caminhava em sua direção, ainda segurando a barra de ferro. Angel a jogou de uma mão para a outra.

— Você achou que podia me *enganar*?

Simon sacudiu a cabeça.

— Achou, sim, não foi?

Ele sacudiu a cabeça ainda mais energicamente.

— Me enganar e depois me atacar?

Ela bateu com a barra de ferro com toda a sua força no joelho dele. Simon gritou, a fita adesiva contendo sua aflição e dificultando a respiração. Então ela bateu no outro joelho, o osso estalando com o impacto. Simon uivou de novo, tentando se virar para se proteger dos golpes que recebia nas pernas, nas coxas, no peito. Repetidas vezes. Ela fez uma breve pausa, gritou algo ininteligível, então bateu com a barra de ferro bem no meio das suas pernas abertas.

Ele gritou, pronto para explodir, as lágrimas transbordando dos olhos.

— Que merda você achou que estava fazendo, hein? — gritou ela antes de cair na gargalhada. — Rapaz, você vai pagar por isso. Vou te mandar de volta para a sua esposa frígida em pedaços, certo?

Agora as lágrimas escorriam pelo rosto dele, mas pareciam não ter nenhum impacto sobre ela. Angel ergueu a barra para atingir o rosto dele, então parou de repente, controlando a tempestade de violência que ameaçava dominá-la. Respirando com dificuldade, ela se virou e enfiou a barra de ferro na mochila.

A trégua foi breve, no entanto, pois agora ela tirava uma longa faca da bolsa. Sentindo a lâmina com o dedo enluvado, ela se virou para sua vítima. Caminhou até ele e encostou a lâmina em sua garganta. Simon rezou para que ela fizesse isso logo, que desse um fim ao seu sofrimento imediatamente. Um pouco mais de pressão romperia a sua carótida e seria o fim.

Mas Angel tinha outros planos. Ela ergueu a lâmina e se agachou, balançando o corpo para trás e para a frente. Um sorriso dançou nos cantos de sua boca.

— Você pagou por uma hora inteira, então não vejo por que não nos divertirmos um pouco, não é mesmo?

E, com isso, deu-se início à carnificina.

64

Helen tinha acabado de retornar à Central de Southampton quando recebeu a ligação de Tony Bridges. Ela e Charlie vinham analisando as últimas pistas sobre os outros participantes do fórum — BlackArrow tinha diminuído o número de postagens, mas o obsessivo PussyKing continuava lhes fornecendo mais do que o suficiente com o que trabalhar —, mas agora Helen abandonara a busca sem pensar duas vezes. Meia hora depois, estava ao lado de Tony na sala de interrogatório, com Melissa sentada diante deles segurando uma caneca de chá.

— Me fale sobre Lyra Campbell.

— Primeiro, o dinheiro.

Helen deslizou o envelope pela mesa. Melissa contou as notas rapidamente, então enfiou o dinheiro na bolsa.

— Ela é de Londres, acho. Não tenho certeza de onde, exatamente, mas ela fala como alguém de Londres. Que nem você.

Apesar dos vários anos passados em Southampton, o sotaque do sul de Londres nunca havia abandonado Helen por completo.

— Ela trabalhou nas ruas de lá por um tempo, aí veio para Portsmouth com um namorado. Como isso não deu certo, ela se mudou para Southampton.

— Quando?

— Tem mais ou menos um ano. Acabou indo trabalhar para o mesmo cafetão que eu.

Melissa fungou e tomou um gole de chá. Não tinha olhado para os detetives nem uma vez sequer. Era como se resmungar para o chão pudesse impedir que Lyra ouvisse sua traição.

— Qual cafetão? — perguntou Tony.

— Anton Gardiner.

Tony olhou para Helen. O nome era familiar aos dois. Anton Gardiner era um traficante e cafetão violento que controlava as prostitutas do sul da cidade. Ele trabalhava sozinho e vivia nas sombras, atraindo a atenção da polícia de vez em quando, por causa da extrema violência com que tratava suas garotas ou seus rivais. Segundo boatos, Anton era rico, mas, como não confiava em bancos, isso era difícil de ser confirmado. O que, sem dúvida, era verdade era o fato de ele ser sádico, imprevisível e desequilibrado. Com frequência, pegava meninas de orfanatos e abrigos — o que significava que Helen nutria um ódio especial por ele.

— Por que ela escolheu Anton?

— Ela queria drogas, ele podia conseguir para ela.

— E como Lyra se dava com ele? — continuou Tony.

Melissa se limitou a sorrir, então balançou a cabeça: ninguém "se dava" com Anton.

— Onde Lyra está agora? — perguntou Helen.

— Não sei. Não vejo ela tem mais de um mês.

— Por quê?

— Ela se mandou. Teve uma briga com Anton, aí...

— Por que os dois brigaram?

— Porque ele é um sádico filho da puta.

Pela primeira vez, Melissa ergueu os olhos, que cintilavam de raiva.

— Continue — pediu Helen.

— Você sabe o que ele faz com as garotas novas que arruma?

Helen fez que não. Precisava perguntar, embora, na verdade, não quisesse saber.

— Ele manda as garotas tirarem a roupa, se inclinarem para a frente e agarrarem os tornozelos. Depois diz para elas que elas têm que passar *o dia todo* assim. Anton deixa a gente sozinha nas primeiras horas. Ele deixa a gente lá até as pernas ficarem com cãibra e as costas arderem de dor, aí, quando já não dá mais para aguentar, ele te come. Uma hora depois, come outra vez. E de novo, e de novo. E é assim que ele acaba com você.

Ficou claro que Melissa falava por experiência própria, a voz tremendo enquanto explicava.

— E, se você sair da linha ou não levar dinheiro suficiente para ele, ele faz tudo de novo com você. Anton não se importa com nada nem com ninguém. Ele só quer saber do dinheiro.

— E o que ele fez quando Lyra foi embora?

— Não faço ideia. Eu não vi ele.

— Você não vê Anton desde que ela saiu? — perguntou Helen, subitamente alerta.

— Não.

— Eu preciso que você seja clara com relação a isso, Melissa. Você viu Anton durante ou depois do confronto dele com Lyra?

— Não. Foi *ela* que me contou isso, não ele.

— Você foi atrás dele?

— No começo, não. Ninguém vai atrás de um cara como ele. Mas depois de alguns dias eu perguntei por aí. Estava precisando de uma dose. Só que eu não achei ele em nenhum lugar que costumava frequentar.

— Você sabe onde Lyra pode estar se escondendo?

— Provavelmente em algum lugar perto de Portswood. Ela sempre morou pela região. Nunca me disse onde dormia.

— E, quando trabalhava, ela dizia que se chamava Lyra?

— Não, isso era só entre a gente. Quando estava trabalhando, ela era sempre Angel. Um anjo enviado do céu, como costumava dizer aos clientes. Eles adoravam isso.

Helen pediu que fizessem um intervalo logo depois disso. Era tarde, e Melissa parecia exausta. Teriam tempo depois e, além do mais, a prioridade era fazerem um retrato falado para que fosse divulgado ao público. Helen mandou Tony e Melissa para uma sala de custódia com um papiloscopista da polícia e voltou para sua sala. Ela não ia conseguir dormir esta noite, então não tinha por que voltar para casa.

Será que tinham acabado de fazer a descoberta que colocaria um fim na tenebrosa onda de assassinatos? Durante todo esse tempo, eles vinham tentando compreender o que teria desencadeado a explosão de violência. Anton teria sido o gatilho, sem saber? Ele teria precipitado essa fúria sanguinolenta? Se fosse o caso, o mais provável era que ele estivesse morto em algum pulgueiro, em algum lugar. Helen não choraria sua perda, mas precisava encontrá-lo se quisesse que as peças do quebra-cabeça se encaixassem.

Seu telefone tocou, assustando-a. Jake outra vez. Ele já havia deixado vários recados, perguntando por que ela não fora vê-lo, querendo saber se ela estava bem. Seriam fruto de uma preocupação sincera ou de uma consciência pesada? Helen se surpreendeu ao constatar que não queria saber. Em geral, gostava de enfrentar qualquer coisa pessoalmente, mas não dessa vez. Dessa vez, não queria encarar isso caso a resposta a magoasse. Então, passou a pensar em Emilia. O que ela estaria aprontando nesse momento? Estaria pensando em perdoar Helen ou estaria ocupada planejando sua execução? Se ela publicasse sua história, Helen seria afastada do caso. Não podia permitir que isso acontecesse, não quando, enfim, começavam a fazer progressos; ainda assim, não havia recuado. Tinha visto outros policiais cederem à chantagem e se verem numa posição irremediavelmente comprometida em questão de meses, e com frequência se tornavam corruptos. Não havia nada a ser feito em circunstâncias como aquela a não ser resistir e esperar para ver quem continuava de pé no final.

Helen pegou um café e voltou para a sala de inquérito. Não havia tempo para medo ou introspecção agora — havia um trabalho a ser feito. Em algum lugar por aí, havia um anjo vingador com sede de sangue.

65

A casa estava silenciosa quando Charlie chegou. Steve havia comido e ido para a cama — a cozinha estava escrupulosamente limpa, como sempre ficava quando estava aos cuidados dele. Charlie beliscou algumas sobras de comida, então subiu ao segundo andar, para tomar um banho. Sentiu-se brevemente revigorada com o jato de água quente, mas estava exausta, então foi logo para a cama.

Steve não se mexeu quando ela entrou no quarto, então Charlie se enfiou na cama o mais silenciosamente que pôde. Não estavam dormindo em camas separadas, o que era uma pequena bênção, mas os dois quase não se comunicavam mais. Desde que ela havia resolvido atender ao apelo de Helen para retornar à investigação, Steve não fizera a menor questão de esconder a raiva e a decepção. Era insuportavelmente triste que, no momento em que Charlie por fim começava a se encontrar no trabalho, sua vida pessoal estivesse desmoronando. Por que as coisas não podiam dar certo pelo menos uma vez? O que precisava fazer para ser feliz?

Ficou acordada encarando o teto. Steve se mexeu, como fazia com frequência, e Charlie arriscou lançar um olhar de relance para ele. Ficou surpresa — e desconcertada — ao ver que Steve a encarava.

— Desculpe, meu amor, eu não quis te acordar — disse ela, baixinho.

— Eu não estava dormindo.

— Ah. — Charlie não tinha como interpretar a expressão dele à meia-luz. Steve não parecia irritado, mas também não parecia amigável.

— Eu fiquei aqui deitado, pensando.

— Sei. Sobre o quê?

— Sobre a gente.

Charlie não disse nada em resposta, sem saber direito que rumo a conversa estava tomando.

— Eu quero que a gente seja feliz, Charlie.

Os olhos de Charlie se encheram de lágrimas de repente. Eram lágrimas de felicidade, lágrimas de alívio.

— Eu também.

— Eu quero esquecer tudo o que aconteceu e ser como a gente era antes. Ter a vida que a gente sempre desejou.

— Eu também — disse Charlie, mal conseguindo pronunciar as palavras. Agarrou-se a Steve e ele a ela.

— E quero que a gente tente ter um bebê.

Os soluços de Charlie deram uma breve trégua, mas ela não disse nada.

— Nós sempre quisemos filhos. Não podemos ser dominados pelas coisas ruins que aconteceram, temos uma vida para viver. Eu quero ter um filho com você, Charlie. Quero que a gente comece a tentar de novo.

Charlie enterrou a cabeça no peito de Steve. A verdade era que ela também queria mais do que tudo, um bebê, queria desesperadamente que fossem uma família normal. Mas também estava ciente de que isso não era compatível com sua carreira e que Steve acabava de lhe lançar um desafio.

Steve jamais colocaria a questão de forma tão grosseira, mas tinha acabado de dizer a Charlie que estava na hora de ela escolher.

66

Os olhos. Estava tudo ali, nos olhos. Dispostos num rosto fino e emoldurados por cabelos longos e pretos, pareciam exigir atenção, encarando qualquer um com enorme intensidade. Outros traços poderiam ter sobressaído — os lábios carnudos, o nariz acentuado, o queixo levemente pontudo —, mas eram os olhos enormes e belos e a intensidade do olhar que capturavam a atenção.

— Qual é o grau de precisão disso aqui? — perguntou Ceri Harwood, erguendo os olhos do retrato falado que vinha analisando.

— Alto — respondeu Helen. — Melissa passou a noite toda acordada com o nosso melhor papiloscopista. Ela só foi liberada quando a gente estava cem por cento certo de que tinha acertado.

— E o que sabemos a respeito de Lyra Campbell?

— Não muita coisa, mas estamos correndo atrás. Temos gente na rua procurando Anton Gardiner e, agora, pela manhã, vamos percorrer a área de operações dele, falar com todas as garotas que já trabalharam para ele e ver se alguém pode nos dizer mais alguma coisa a respeito de Lyra.

— E com que teoria você está trabalhando?

— De certa forma, não é tão extraordinária assim. Lyra entra para a prostituição e toma mais uma decisão errada ao escolher Anton como cafetão. Ele é violento com ela. Isso, aliado ao trabalho em si, acaba exercendo grande pressão psicológica sobre ela. O excesso de drogas e de bebida, o estresse, as agressões sexuais, as doenças, aí um dia Anton vai longe demais. Faz alguma coisa que leva Lyra a surtar. Ela ataca Anton, talvez até o mate. De qualquer maneira, ela desconta os anos de infelicidade nele e isso desperta algo dentro dela. A gente sabe pela perícia que ela fala ou grita com as vítimas. Talvez ela humilhe os sujeitos, lance sua vingança sobre eles...

— Como se as comportas tivessem sido abertas e ela não tivesse mais como controlá-las? — interrompeu Harwood.

— Algo do tipo.

— Você soa quase... como se se compadecesse dela!

— E me compadeço. Ela não estaria fazendo nada disso se não tivesse sofrido tanto, mas a minha verdadeira solidariedade está com Eileen Matthews, com Jessica Reid e com as outras. Lyra é uma assassina violenta que não vai parar até que a gente a prenda.

— Eu penso exatamente o mesmo. Por isso, sugiro que eu assuma a coletiva de imprensa de hoje enquanto você vai para a rua e lidera a equipe. Não temos tempo a perder e eu quero que a imprensa e o público saibam que os nossos melhores policiais estão empenhados nesse caso.

Houve uma breve pausa carregada de significado antes de Helen falar:

— É praxe que o investigador sênior conduza a coletiva e provavelmente é melhor que eu faça isso. Eu conheço todos os jornalistas locais e...

— Acho que consigo lidar com alguns jornalistas. Tenho mais experiência com esse tipo de coisa do que você, e é imprescindível que corra tudo bem dessa vez. Vou pedir à detetive Brooks que esteja presente para informar qualquer pormenor se isso for necessário. Eu realmente acredito que você vai ser mais útil em campo.

Helen fez que sim com a cabeça, mas de novo se sentiu perdendo o chão.

— É você quem sabe.

— De fato. Me mantenha informada sobre qualquer descoberta.

— Sim, senhora.

Helen se virou e saiu. Enquanto caminhava pelo corredor de volta à sala de inquérito, seu sangue começou a ferver. Agora que finalmente estavam chegando a algum lugar, estava sendo forçada a sair de cena. Já havia visto esse filme antes: oficiais mais graduados que chegavam ao topo pegando carona no trabalho alheio — e ela sempre abominara esse tipo de procedimento. Mas precisava colocar a irritação de lado. Tinham uma assassina para pegar, porém, mesmo enquanto afastava para longe a ira, o sentimento reclamava e ardia.

Helen havia esperado conseguir trabalhar com Harwood, que ela se revelasse uma mudança agradável após Whittaker. Mas, na verdade, Helen não gostava nem um pouco de Harwood.

E ambas sabiam disso.

67

— Obrigada por ficar comigo, Tony. Eu teria enlouquecido sozinha.

Já eram quase dez da manhã, mas nem Tony nem Melissa haviam dormido. Assim que terminaram o retrato falado, foram levados às pressas numa viatura descaracterizada para um refúgio no centro de Southampton. Um policial à paisana ficou posicionado dentro de um carro em frente ao local para espantar qualquer possível visitante, enquanto Tony e Melissa ficavam escondidos lá dentro. Ela havia insistido para que Tony não fosse embora e ele ficara satisfeito em permanecer ao lado dela — agora, que estavam avançando, não queria dar nenhuma chance ao azar.

Apesar da exaustão que tomava conta dos dois, eles estavam tensos demais para relaxar. Tony sabia onde a garrafa de uísque de "emergência" ficava, então ele a pegou e os dois haviam tomado algumas doses para tentar afastar um pouco da tensão do dia. O efeito relaxante do álcool começou a cumprir seu papel, reduzindo a ansiedade e a adrenalina.

Melissa odiava o silêncio — odiava os próprios pensamentos —, por isso eles conversaram muito. Ela lhe fizera perguntas sobre o caso, sobre Angel, e ele lhe respondera da melhor forma possível e, em troca, tinha feito perguntas sobre ela. Melissa lhe contara que havia fugido de uma mãe alcoólatra em Manchester, mas que deixara para trás um irmão mais novo. Com frequência, perguntava-se o que havia acontecido com ele e se sentia culpada por tê-lo abandonado. Envolvera-se em inúmeras confusões enquanto fazia seu caminho até o sul, vivendo de forma completamente desregrada; mas, apesar disso, tinha sobrevivido. A bebida e as drogas não a mataram, nem o trabalho.

A escuridão da noite os envolvera num casulo, fazendo Melissa se sentir anônima e fora de perigo. Mas, enquanto o sol nascia e um novo dia começava, sua ansiedade foi aumentando. Ela andava de um lado para o outro da casa, espiando pelas cortinas, como se esperasse problemas.

— Não devia ter alguém nos fundos também? — perguntou ela.

— Está tudo bem, Melissa. Você está em segurança.

— Se Anton descobrir o que eu fiz. Ou Lyra...

— Eles só vão descobrir quando estiverem no banco dos réus e prestes a ir para a cadeia. Ninguém sabe que você está aqui, ninguém pode tocar em você.

Melissa deu de ombros, como se não acreditasse nele plenamente.

— Você só tem que pensar no que vai fazer em seguida. Quando isso tudo acabar.

— Como assim?

— Quero dizer... você não precisa voltar para as ruas. Existem programas que podem te ajudar a deixar essa vida para trás. Tratamentos para dependência química, terapia, capacitações...

— Você está tentando me salvar, Tony? — perguntou Melissa, zombando dele.

Tony se sentiu ruborizar.

— Não... Bem, mais ou menos. Eu sei que você já passou por muita coisa, mas essa pode ser a chance de que você precisava. Você fez uma coisa significativa, uma coisa boa, não deve desperdiçar a oportunidade.

— Você até parece o meu pai falando.

— Bem, ele tinha razão. Você é melhor que isso.

— Você realmente não sabe de nada, não é, Tony? — retrucou ela, embora seu tom não fosse indelicado. — Você já trabalhou na delegacia de costumes?

Tony sacudiu a cabeça.

— Achei mesmo que não — continuou Melissa. — Se tivesse, não estaria se dando ao trabalho.

— Acho que estaria, sim.

— Você seria um em um milhão — devolveu Melissa com uma risada triste. — Sabe o que garotas como eu fazem? Pelo que a gente já passou para acabar assim?

— Não, mas posso im...

— A gente já mentiu, enganou, roubou. Já espancaram a gente, cuspiram, estupraram. Já colocaram uma faca na nossa garganta e já quase mataram a gente enforcada. A gente já usou heroína, crack, anfetamina, calmantes, álcool. A gente já passou uma semana sem trocar de roupa, já vomitou dormindo. E aí a gente se levantou e fez tudo de novo.

Ela deixou as palavras pairarem no ar, então foi em frente:

— Por isso eu te agradeço por tentar, mas é tarde demais.

Tony ficou olhando para Melissa. Ele sabia que ela dizia a verdade, mas lhe parecia um desperdício enorme. Ela ainda era jovem e atraente — dava para ver que tinha um bom cérebro e um grande coração. Seria justo relegá-la a uma vida inteira de brutalidade?

— Nunca é tarde demais. Agarre essa oportunidade. Eu posso te ajudar a...

— Pelo amor de Deus, Tony. Você escutou alguma coisa do que eu disse? — vociferou ela, em resposta. — Eu estou ferrada. Não existe volta para mim. Anton garantiu isso.

— Anton já era.

— Aqui dentro, não — retrucou ela, batendo com violência na lateral da cabeça. — Você sabe o que ele fez comigo? O que ele fazia com a gente?

Tony balançou a cabeça, querendo saber, mas sem querer saber de verdade.

— Normalmente, ele usava o isqueiro ou um cigarro. Queimava os nossos braços, a nuca, as solas dos pés. Algum lugar que doesse pra cacete, mas que não fizesse os clientes sentirem nojo. Isso era para as coisas pequenas. Mas, se a gente fizesse alguma coisa muito ruim, ele levava para dar uma voltinha.

Tony não disse nada, observando Melissa com atenção. Era como se ela não estivesse mais falando com ele e, sim, habitando uma lembrança sombria em algum outro lugar.

— Ele levava a gente até o velho cinema da Upton Street. Era de um amigo dele. Um buraco sujo cheio de rato. No caminho todo até lá, a gente ia implorando para que ele perdoasse, para que soltasse a gente, mas isso só deixava Anton com mais raiva ainda. Aí, quando a gente chegava lá, ele...

Melissa hesitou antes de continuar.

— ... ele tinha uma corrente de bicicleta, um troço pesado com um cadeado na ponta, e batia na gente com aquilo. Batia e batia até a gente não conseguir mais levantar e sair correndo, mesmo que quisesse. Ele gritava e gritava enquanto espancava, xingando a gente de tudo que é palavrão, até cansar. Aí, quando a gente estava lá deitada... igual a uma boneca de pano na sujeira, no sangue, na imundície, querendo estar morta... ele mijava na gente.

A voz de Melissa tremia agora.

— Aí ele ia embora e deixava a gente lá a noite toda. Dizem que algumas meninas morriam de frio, mas quem não morria... se limpava no dia seguinte e voltava ao trabalho. Rezando para nunca mais deixar Anton com raiva.

Tony olhou para ela. O corpo todo de Melissa tremia.

— É assim que a gente é, Tony. Ele fez isso com a gente, então agora é só para isso que qualquer uma de nós presta. É só isso que eu sou agora. É só isso que eu posso ser. Você entende?

Tony fez que sim, embora quisesse dizer a ela que estava enganada, que podia ser salva.

— O máximo que eu posso esperar é que isso não me mate, que pelo menos por um tempinho eu possa ficar em segurança.

— Você está em segurança agora. Eu vou me certificar disso.

— Meu herói — disse ela, sorrindo em meio às lágrimas.

Melissa se permitiu ser abraçada. Ele devia continuar a interrogá-la, mas de repente não queria perguntar a ela sobre a escuridão, sobre a imundície e sobre a violência. Queria levá-la para bem longe daquilo tudo, levá-la para um lugar melhor. Queria salvá-la.

E sabia que arriscaria tudo para conseguir isso.

68

— Lyra Campbell é, agora, nossa suspeita número um nessa investigação. Trata-se de uma pessoa de alta periculosidade e encorajamos o público a *não* abordá-la. Se vocês a virem ou tiverem qualquer informação sobre o seu paradeiro, liguem imediatamente para a polícia.

A detetive-superintendente Ceri Harwood era o foco absoluto das atenções dos membros da imprensa reunidos. Charlie nunca vira a sala de imprensa tão cheia — havia jornalistas de mais de vinte países presentes, alguns deles obrigados a ficar de pé no corredor, do lado de fora da sala. Faziam anotações sem parar enquanto Harwood os atualizava, embora seus olhos jamais se desviassem do retrato falado ampliado que dominava a tela atrás deles. Aumentados, o rosto e os olhos pareciam ainda mais sedutores e hipnóticos. Quem era aquela mulher? Que poder especial ela exercia sobre as pessoas?

Charlie respondeu às perguntas operacionais. Inevitavelmente, Emilia Garanita perguntou por que a detetive Grace não estava presente na coletiva — a jornalista pareceu lamentar sua ausência —, e Charlie ficou satisfeita em rebater isso, reforçando as muitas virtudes da chefe. Nesse momento, Harwood interrompeu, conduzindo a sessão de perguntas e respostas em outra direção, e, vinte minutos depois, a coletiva chegou ao fim.

Depois que os últimos jornalistas saíram, Harwood se virou para Charlie e perguntou:

— Como nos saímos?

— Bem. A mensagem vai estar circulando em poucas horas e... bem, ninguém pode se esconder para sempre. Normalmente, uma vez que o retrato falado é divulgado, nós pegamos o criminoso em 48 horas. Junto com alguns infelizes que se parecem com ele.

Harwood sorriu.

— Ótimo. Preciso me lembrar de ligar para Tony Bridges. É graças a ele que chegamos até aqui.

Charlie assentiu com a cabeça, engolindo o instinto de lembrar à delegada que tinha sido ideia de Helen usar um agente infiltrado.

— Como você acha que a investigação correu até agora, Charlie? Você passou um tempo longe e provavelmente voltou com uma nova perspectiva...

— Tem corrido tão bem quanto é possível, dadas as circunstâncias.

— As diferentes partes da operação vêm cumprindo o seu papel? Já conseguimos alguma coisa da vigilância?

— Não, ainda não, mas...

— Você acha que devemos insistir nela? O custo é enorme e agora que temos uma pista concreta...

— Depende da detetive-inspetora Grace. E de você, é claro.

Era a resposta de uma covarde, mas Charlie se sentia profundamente desconfortável em discutir a forma de dar continuidade à investigação pelas costas de Helen. Harwood assentiu com a cabeça, como se Charlie tivesse dito algo realmente profundo, depois se sentou na beirada da mesa.

— E como tem sido a sua relação com a Helen?

— Boa, agora. A gente teve uma boa conversa e as coisas estão... bem.

— Fico contente porque, estritamente entre nós, Helen tinha umas opiniões muito fortes em relação ao seu retorno à Central de Southampton. Opiniões que eu considerei injustas. Fico satisfeita por você ter provado que ela estava errada e que a antiga equipe esteja reunida outra vez.

Charlie fez que sim, sem saber muito bem qual seria a reação apropriada.

— E eu soube que você foi temporariamente promovida a detetive-sargento enquanto Tony está ocupado. Como você está lidando com isso?

— Estou gostando, é claro.

— Você estaria interessada em tornar a promoção permanente?

A pergunta pegou Charlie de surpresa. Lembranças da conversa com Steve voltaram imediatamente à sua mente. Na verdade, vinham atormentando-a a manhã inteira.

— Estou dando um passo de cada vez. Tenho um marido e, quem sabe um dia...

— Filhos?

Charlie assentiu com a cabeça.

— Não precisa ser uma escolha, sabe, Charlie? Você pode fazer as duas coisas. Eu sei o que estou dizendo. Você só precisa ser franca com todo mundo, então... bem, para uma mulher policial talentosa como você, o céu é o limite.

— Obrigada, senhora.

— Venha conversar comigo sempre que precisar. Eu gosto de você, Charlie, e quero que tome as decisões certas. Prevejo um belo futuro para você.

Pouco depois disso, Harwood partiu. Tinha um almoço com o comissário de polícia e não convinha se atrasar. Charlie ficou observando-a se afastar, sentindo-se bastante inquieta. Qual era o jogo de Harwood? Qual era o papel dela nesse jogo?

E o que ele significava para Helen?

69

A equipe se espalhou por Southampton à procura de Lyra: norte, sul, leste e oeste, revirando todo canto. Policiais fardados e oficiais de apoio comunitário extras foram convocados e, liderados por detetives do Departamento de Investigação Criminal, visitaram bordéis, centros de acolhimento para mães e bebês, clínicas, repartições de bem-estar social, prontos-socorros — agarrados aos seus retratos falados e pedindo informações. Se Lyra estivesse escondida em Southampton, eles certamente a encontrariam.

Helen conduzia a caça ao norte da cidade, convicta de que a assassina agiria em algum lugar familiar e seguro. Mantinha o volume do rádio bem alto, na esperança de que, a qualquer momento, ele desse sinais de vida com notícias de algum avanço. Não queria saber quem pegaria Lyra, quem a deteria — só queria que isso terminasse logo.

Mas, ainda assim, ela se mostrou esquiva. Alguns afirmavam ter visto Lyra, outros achavam que talvez a tivessem conhecido por outro nome, mas até o momento ninguém confirmara ter falado com ela. Quem era essa mulher que conseguia viver dentro de uma bolha, tão desprovida de contato humano? Estavam trabalhando havia horas, tinham conversado com dezenas de pessoas e, mesmo assim, não tinham nada de concreto. Lyra era um fantasma que se recusava a ser encontrado.

Então, pouco depois do almoço, Helen enfim teve a chance pela qual vinha ansiando. Com o passar das horas, conforme cada prostituta afirmava desconhecer a existência de Lyra, ela havia começado a se questionar se tudo não passara de invenção de Melissa para ganhar um pouco de atenção e de dinheiro, mas, repentina e inesperadamente, alguém a identificou.

Helen começou a abrir caminho pelo lixo que cobria o chão do cortiço da Spire Street, completamente deprimida com o que via. Prostitutas e viciados moravam apinhados nos apartamentos em péssimas condições e cheios de infiltração que seriam totalmente reformados no ano seguinte. Muitos dos invasores tinham filhos, que corriam ao redor das pernas de Helen enquanto ela entrava no prédio, fingindo estar com medo dela para se esconder nos cantos sujos e perigosos daquele prédio caindo aos pedaços enquanto davam gritinhos. Se pudesse, Helen teria recolhido todas aquelas crianças nos braços e levado para algum lugar decente. Fez uma anotação mental para contatar o serviço social assim que tivesse um segundo livre. Não devia ser certo que crianças vivessem naquelas condições no século XXI, pensou ela.

Um grupo de mulheres estava sentado em torno de um aquecedor elétrico, amamentando, fofocando, recuperando-se do trabalho da noite anterior. Mostram-se hostis no começo, depois soturnas. Helen teve a nítida impressão de que estavam escondendo alguma coisa dela, mas, ainda assim, insistiu. Talvez essas garotas não tivessem mais jeito, mas todas, de certa forma, tinham família e não eram imunes à chantagem emocional. Helen usou isso agora, pintando um quadro sombrio das famílias em luto enterrando pais, maridos e filhos com seus corpos violados. Ainda assim, as mulheres não tinham nada a oferecer — se isso era por medo de Anton ou por medo da polícia, não sabia dizer. Mas, então, a mais quieta do grupo disse alguma coisa. Não era nenhuma beldade colírio para os olhos — uma viciada de cabeça raspada com uma bebê choramingando nos braços —, mas ela contou que havia se encontrado com Lyra brevemente. Tinham trabalhado juntas para Anton, antes de Lyra desaparecer.

— Onde ela morava? — perguntou Helen.

— Não sei.

— Por que não?

— Ela nunca me disse — protestou a menina.

— Então onde você via Lyra?

— A gente trabalhava nos mesmos lugares. Empress Road, Portswood, St. Mary's. Mas o lugar preferido dela era perto do velho cinema da Upton Street. Normalmente podia-se encontrar a Lyra por lá.

Helen a interrogou por mais um tempo, embora já tivesse o que precisava. Todos os lugares que a garota havia mencionado ficavam ao norte da cidade, o que se encaixava na sua teoria. Porém, mais do que isso, fora a menção ao velho cinema que havia feito o coração de Helen bater mais rápido. Tony a colocara a par do último interrogatório de Melissa, que também tinha apontado o cinema como um dos refúgios de Anton. Era coincidência demais para ser ignorada. Teria sido lá que Anton e Lyra haviam se enfrentado? Ele teria sido morto naquela área? Será que ela ainda rondava aquele lugar solitário e desolado?

Helen passou a ordem imediatamente, mandando agentes do Departamento de Investigação Criminal à paisana cercarem o velho cinema rápida e silenciosamente, para que a equipe de perícia pudesse entrar e fazer seu trabalho. Ao mesmo tempo, uma equipe de vigilância ficaria a postos na rua. Helen estava impaciente por resultados. Alguma coisa lhe dizia que o velho cinema provaria ser essencial para a solução do caso. Talvez finalmente estivessem se aproximando de Lyra. Talvez seu fantasma finalmente estivesse prestes a ganhar carne e osso.

70

O carro vinha silenciosamente pela rua, seguindo-a como uma sombra. Charlie estivera andando tão absorta nos próprios pensamentos que, de início, não o tinha notado. Mas não havia dúvida de que estava sendo seguida. O carro mantinha distância mas também acompanhava o ritmo dos seus passos — queriam saber aonde ela estava indo ou apenas aguardavam o momento certo para atacar?

De repente, o carro ganhou velocidade, o motor rocando antes de subir a calçada e frear abruptamente. A porta se escancarou. A mão de Charlie imediatamente buscou o cassetete.

— Sentiu a minha falta?

Era Sandra McEwan, também conhecida como Lady Macbeth. Um lembrete indesejado dos erros do passado.

— Vou entender isso como um "sim". Às vezes é tão difícil colocar o que a gente sente em palavras, não é mesmo? Ah, perdoe o dramalhão amador — continuou McEwan, indicando com a cabeça o carro atravessado na calçada. — Às vezes o rapaz se empolga além da conta.

— Tire o carro de cima da calçada e siga o seu caminho.

— Certamente — concordou McEwan, fazendo sinal com a cabeça para que o amante tirasse o carro dali. — Embora eu estivesse esperando que você nos acompanhasse.

— Ficar olhando os outros transarem não é bem a minha praia, Sandra. Vai ter que ficar para uma próxima.

— Muito engraçado, guarda. Ou seria sargento, hoje em dia?

Charlie não respondeu, recusando-se a lhe dar esse prazer.

— De qualquer forma, eu achei que estaria interessada em conhecer o marginal que matou Alexia Louszko.

Enquanto falava, abriu a porta traseira do carro e fez um gesto indicando o interior vazio.

— Fico feliz em te dar uma carona caso disponha de tempo.

Charlie concordou, e logo eles estavam deixando a cidade em alta velocidade. Não temia pela própria segurança — Sandra McEwan era inteligente demais para atacar policiais e certamente não os sequestraria numa rua movimentada, cheia de testemunhas —, mas, ainda assim, se perguntava que tipo de jogo era esse. Questionou Sandra no caminho, mas suas perguntas foram recebidas com o mais absoluto silêncio. Estava claro que hoje teriam que dançar conforme a música de Sandra.

O carro deu uma freada brusca num terreno baldio com vista para o Southampton Water. Era propriedade de uma incorporadora estrangeira que tivera problemas com o projeto e, dois anos depois da compra, as obras ainda não haviam começado. Desde então, tornara-se a meca para o despejo ilegal de lixo, e hoje estava generosamente decorado com entulho, carros incendiados e tambores de substâncias químicas.

Sandra abriu a porta e fez sinal para que Charlie saltasse. Irritada, Charlie obedeceu.

— Onde ele está?

— Ali.

Sandra apontou para um Vauxhall incendiado a menos de cinquenta metros de distância.

— Vamos?

Charlie foi até o veículo a passos rápidos. Sabia exatamente o que iria encontrar e queria acabar logo com isso. Como era de esperar, enfiado no porta-malas do carro, havia o corpo de um rapaz que fora torturado — certamente um dos capangas da família Campbell.

— Horrível, não é? — comentou Sandra, sem nenhum pesar na voz. — Uns moleques encontraram ele assim e me avisaram. A primeira coisa que me ocorreu foi avisar a polícia.

— Claro.

O sujeito estava na mesma posição de Alexia quando ela fora encontrada. O rosto dele tinha sido afundado, e as mãos e os pés, removidos de forma idêntica. Aquele assassinato era uma retribuição, um recado para a família Campbell de que seus atos de agressão seriam encarados diretamente. Olho por olho.

— Sua equipe de peritos vai encontrar um martelo no bolso do casaco dele. Dizem por aí que é o martelo que matou Alexia. Estou certa de que os seus peritos vão confirmar isso. É triste ver um homem nessas condições, mas talvez exista certa justiça natural nisso tudo, não é?

Charlie resfolegou e balançou a cabeça, incrédula. Não tinha a menor dúvida de que McEwan estivera presente quando o homem havia sido torturado e morto, regendo a operação com uma alegria perversa.

— Eu diria que o caso está solucionado, não?

Sorrindo, ela caminhou de volta para o carro, deixando Charlie sozinha com um cadáver sem rosto e sentindo um gosto bem amargo na boca.

71

Helen estava voltando para a Central de Southampton quando recebeu a ligação. Sentiu o telefone vibrar e desviou a moto para a pista de ônibus, para poder atendê-lo. Esperava que fosse Charlie com alguma novidade. Por um momento, chegou a pensar que poderia ser alguém avisando que tinha visto Lyra, mas era Robert.

Ela havia sido convocada para retornar à Central por Harwood, mas não hesitou em pegar o anel viário a toda a velocidade e rumar para o norte, em direção a Aldershot. Harwood que esperasse. Em menos de uma hora, estava atravessando o átrio da delegacia da Wellington Avenue. Havia conhecido alguns agentes do Departamento de Investigação Criminal de lá nas diversas conferências da polícia de Hampshire, e agora uma delas — a detetive-inspetora Amanda Hopkins — a recebia.

— Ele está recolhido na sala de interrogatório 1. Oferecemos a ele um advogado ou uma ligação para a mãe, mas... bem, ele não quer falar com ninguém a não ser com você.

Isso foi dito de maneira amigável, embora fosse uma solicitação de informações.

— Eu sou amiga da família.

— Da família Stonehill?

— Isso — mentiu Helen. — Como ele está?

— Abalado. Está com uns ferimentos leves, mas no geral parece bem. Coloquei os outros dois em celas. Eles já foram interrogados. Um está colocando a culpa no outro, então...

— Vou ver o que consigo arrancar dele. Obrigada, Amanda.

Robert estava encolhido numa cadeira de plástico. Parecia mal — como se tivesse desmoronado —, com vários arranhões no rosto. O braço direito estava apoiado numa tipoia. Ele se remexeu na cadeira ao ver Helen e endireitou o corpo.

— Eu comprei isso para você — disse Helen, colocando uma lata de Pepsi na mesa. — Quer que eu abra?

Ele fez que sim, então Helen a abriu. Pegando-a com a mão boa, Robert bebeu tudo de uma vez. A mão tremia enquanto o fazia.

— Então, vai me contar o que aconteceu?

Ele fez que sim, mas não disse nada.

— Eu posso tentar te ajudar — continuou Helen —, mas preciso saber...

— Eles me atacaram.

— Quem?

— Davey. E Mark.

— Por quê?

— Porque eu não queria mais andar com eles.

— Você disse para eles que não estava mais interessado.

— Eles falaram que eu tinha amarelado. Acharam que eu ia dedurar os dois.

— E ia?

— Não. Eu só queria distância.

— O que foi que aconteceu, então?

— Eu disse para eles se virarem sem mim, que eu queria que me deixassem em paz. Eles não gostaram. Foram embora, mas depois voltaram. Me ameaçando. Dizendo que iam me cortar todo.

— E o que você fez?

— Eu reagi. Não ia deixar que eles me tratassem daquele jeito.

— Com o quê?

Houve uma longa pausa e, em seguida, ele respondeu:

— Faca.

— Como?

— Com uma faca. Eu sempre carrego uma...

— Pelo amor de Deus, Robert. É assim que as pessoas acabam morrendo.

— Mas essa noite ela salvou a minha vida, não foi? — rebateu ele, sem nenhum arrependimento.

— Talvez.

Robert mergulhou no silêncio.

— Deixa eu ver se entendi direito. Eles te atacaram primeiro.

— Com certeza.

— E você reagiu?

Ele assentiu com a cabeça, confirmando.

— Você feriu os dois?

— Eu acertei o braço de Davey de raspão. Nada de mais.

— Ok. Bem, é provável que a gente consiga te livrar dessa acusação, mas você vai ter que confessar que anda por aí com essa faca. Não existe nada que possa ser feito com relação a isso. É provável que eu consiga te tirar daqui e te mandar de volta para casa se eu prometer que me responsabilizo por você.

Robert ergueu o olhar, surpreso.

— Mas vou precisar que você me prometa que não vai mais andar armado. Se você for pego com uma faca uma segunda vez, eu não vou conseguir te ajudar.

— Claro.

— Estamos combinados?

Ele fez que sim com a cabeça.

— Certo, deixa eu conversar com o pessoal da delegacia. Vamos deixar Davey esperando mais um pouquinho, o que você acha? — perguntou Helen, lentamente abrindo um sorriso. Para sua surpresa, Robert retribuiu. Era a primeira vez que o via sorrir.

Helen estava quase na porta quando ele perguntou:

— Por que você está fazendo isso?

Ela parou. Refletiu sobre o que responder.

— Porque eu quero te ajudar.

— Por quê?

— Porque você merece coisa melhor.

— Por quê? Você é uma policial e eu sou um ladrão. Você devia me ferrar.

Helen hesitou. Estava com a mão na maçaneta. Seria mais seguro girá-la e sair? Não dizer nada?

— Você é a minha mãe?

A pergunta a atingiu como uma marreta. Foi inesperada, dolorosa e a deixou sem palavras.

— Minha mãe de verdade, quero dizer.

Helen respirou fundo.

— Não, não sou, não. Mas eu a conheci.

Robert olhava para ela atentamente.

— Eu nunca conheci ninguém que tivesse conhecido minha mãe.

Helen ficou contente por não estar olhando para ele. Seus olhos se encheram de lágrimas de repente. Quanto tempo de sua vida Robert passara se perguntando a respeito da mãe biológica?

— Como você conheceu ela? Você era amiga dela ou...

Helen hesitou, então respondeu:

— Eu sou irmã dela.

Robert não falou nada por um instante, atordoado com a confissão de Helen.

— Você... Você é a minha tia?

— Sou, sim.

Mais um longo momento de silêncio enquanto Robert assimilava a informação.

— Por que você não me procurou antes?

A pergunta dele cortou como uma lâmina.

— Eu não podia. E eu não teria sido bem-vinda. Seus pais te deram uma vida boa, eles não iam querer que eu me metesse, que aparecesse para revirar coisas antigas.

— Eu não tenho nada da minha mãe. Sei que ela morreu quando eu era bebê, mas...

Ele deu de ombros. Não sabia praticamente nada a respeito de Marianne e o que sabia era mentira. Talvez fosse melhor deixar as coisas assim.

— Bem, talvez, se a gente se encontrar outra vez, eu possa te contar mais coisas sobre ela. Eu gostaria de fazer isso. A vida dela nem sempre foi feliz, mas você foi a melhor parte.

De repente, o garoto estava chorando. Depois de anos de perguntas, anos se sentindo incompleto, a realidade vinha ao seu encontro.

Helen também lutava contra as lágrimas, mas, por sorte, Robert baixara a cabeça, então a angústia dela passou despercebida.

— Eu gostaria de fazer isso — disse ele em meio às lágrimas.

— Ótimo — respondeu Helen, recuperando o controle. — Vamos manter isso entre nós dois por enquanto. Até a gente se conhecer um pouco melhor, o que acha?

Robert fez que sim, esfregando os olhos com as mãos.

— Isso não é o fim, Robert. É o começo.

Meia hora depois, Robert estava num táxi a caminho de casa. Helen ficou observando o táxi se afastar, então subiu na moto. Apesar dos muitos problemas que havia à sua frente, das muitas forças sombrias que davam voltas ao seu redor, Helen se sentia radiante. Finalmente começava a se redimir.

No período que se seguira à morte de Marianne, Helen tinha devorado cada aspecto da vida da irmã. Muitos teriam enterrado a experiência, mas Helen havia desejado se embrenhar pela mente, pelo coração e pela alma de Marianne. Quis preencher as lacunas, descobrir exatamente o que havia acontecido com a irmã na cadeia e além. Quis descobrir se havia alguma verdade na acusação de Marianne de que *ela* era culpada por todas aquelas mortes.

Por isso desenterrou todos os documentos que já haviam sido escritos para ou sobre a irmã, e, na terceira página da ficha da prisão de Marianne, tinha tropeçado na bomba que abalara seu mundo: um sinal de que a irmã ainda tinha o poder de machucá-la do além--túmulo. Helen tinha só 13 anos à época da prisão de Marianne e tinha sido levada para um orfanato logo depois do assassinato dos pais. Não comparecera ao julgamento da irmã — seu testemunho havia sido pré-gravado — e só fora comunicada do veredicto, nada mais. Não vira a barriga crescida da irmã e o serviço social de Hampshire não tinha tocado no assunto, então foi apenas enquanto folheava a avaliação médica da ficha de prisão, sem esperar encontrar nada além dos hematomas e das cicatrizes de sempre, que Helen descobriu que a irmã estava grávida ao ser presa. Com cinco meses de gravidez. Mais tarde, exames de DNA provariam que o pai de Marianne — o homem que ela havia assassinado a sangue-frio — era também o pai da criança.

O bebê havia sido tirado de Marianne minutos após o parto. Mesmo agora, depois de tudo o que acontecera, essa imagem fazia os olhos de Helen se encherem de lágrimas. A irmã algemada a uma cama de hospital, o bebê tirado dela à força depois de 18 horas de parto. Será que ela brigou? Será que teve forças para resistir? Helen sabia, instintivamente, que era o que a irmã teria feito. Apesar da brutalidade de sua concepção, Marianne teria cuidado daquele bebê. Ela o teria amado fervorosamente, teria se alimentado de sua inocência, exceto que, é claro, essa oportunidade não lhe havia sido dada. Ela era uma assassina e não tinha recebido a menor compaixão dos captores. Não havia nenhuma humanidade; apenas julgamento e castigo.

O bebê fora tragado pelo sistema de assistência social, em seguida pelo de adoção, mas Helen seguira o Bebê K com enorme dedicação por resmas de documentos e de burocracia até encontrá-lo. Ele havia sido adotado por um casal judeu que não tinha filhos em Aldershot, que dera a ele o nome de Robert Stonehill, e ele estava bem. Era rebelde, insolente, frustrante — com poucas qualificações que justificassem os anos passados na escola —, mas estava bem. Tinha um emprego, um lar estável e pais amorosos. Apesar da natureza sem amor de seu nascimento, ele fora bem-criado e amado.

Robert tinha se esquivado à sua herança, e Helen sabia que, assim, devia ter deixado que ele vivesse a vida em paz. Mas sua curiosidade não permitiu. Ela, assassina e única a chorar a perda de Marianne, havia comparecido ao enterro da irmã sozinha apenas para descobrir que não estava sozinha, afinal. Outra pessoa havia escapado dos escombros. Assim, tanto por Marianne quanto por si mesma, ela ficaria de olho em Robert. Se pudesse ajudá-lo de alguma forma, ela ajudaria.

Helen virou a chave na ignição da moto, acelerou e saiu com o motor roncando. Estava tão absorta no presente, tão aliviada, que não verificou os espelhos retrovisores, como sempre fazia. Se o tivesse feito, teria se dado conta de que o carro que a havia seguido o tempo todo desde Southampton agora a seguia no caminho de volta.

72

Desde que o pai tinha voltado, a vida havia melhorado para Alfie Booker. Eles tinham morado num apartamento enquanto o pai estava no Exército. Mas, depois da volta dele, haviam se mudado para uma casa de caseiro que ficava na beira do complexo esportivo da escola. O pai dele aparava o gramado e varria as folhas. Pintava as linhas dos campos de futebol. Era um bom emprego, pensava Alfie, e ele gostava de acompanhar o pai no trabalho.

Seu pai discutia muito com a sua mãe e ficava mais feliz quando estava trabalhando, por isso esses eram os melhores momentos para Alfie estar com ele. O pai nunca falava muito, mas parecia satisfeito em ter o filho ao lado. Formavam uma dupla engraçada, mas Alfie não teria mudado isso por nada nesse mundo.

Seu pai não tinha voltado para casa na noite passada. Sua mãe tinha dito que sim, mas Alfie sabia que não era verdade. As botas que ele usava para trabalhar estavam no mesmo lugar onde ele tinha deixado na tarde do dia anterior e ele não estava em lugar nenhum do terreno. Alfie havia percorrido cada folha de grama, prestando atenção para o caso de ouvir o zumbido do trator cortador de grama. Ele não sabia o que estava acontecendo, mas não estava gostando nada daquilo.

Dobrou uma esquina e viu um vulto alto caminhando para o pavilhão de esportes. Mais tarde ia começar o Dia dos Esportes, e a primeira coisa que lhe ocorreu foi que devia ser um dos organizadores, mas não o reconheceu. O vulto não era largo o bastante para ser o pai dele, então quem seria? A pessoa caminhava com determinação para o pavilhão, então era óbvio que tinha alguma coisa importante a fazer. O instinto atraiu Alfie para o vulto, a curiosidade tomando conta dele.

Quando se aproximou, diminuiu o passo. Era uma mulher. E ela estava colocando uma caixa ao lado da entrada do pavilhão. O que teria dentro da caixa? Um troféu? Um prêmio?

Ele a chamou enquanto corria até ela. A mulher se virou de súbito para olhar para ele, fazendo Alfie parar onde estava. Ela não estava sorrindo e tinha um rosto mau. Para a surpresa dele, ela deu meia-volta e foi embora sem dizer uma palavra.

Alfie a observou se afastar, confuso. Então voltou a atenção para a caixa. Tinha uma palavra que ele não conseguia entender escrita nela. Tentou soletrar. I. M. U. N. D. Í. C. I. E. Mas não fazia o menor sentido para ele. Por que estava escrita com tinta vermelha?

Olhou ao redor se perguntando o que fazer. Não havia ninguém por perto para dizer que ele não podia abrir a caixa.

Olhando mais uma vez para ter certeza de que o caminho estava livre, Alfie deu um passo à frente e a abriu.

73

Horas tinham se passado desde o ocorrido, mas a cabeça de Tony ainda girava. Seu coração batia descompassado, movido por um misto de medo, adrenalina e ansiedade.

Tinha tentado organizar as ideias, mas elas giraram e giraram e fugiram dele. Não se sentia assim havia séculos, mas uma vozinha gritava dentro dele, insultando-o, humilhando-o. Era o que merecia e, apesar disso, não ligava. Não ligava nem um pouco. Qual Tony estava pensando essas coisas? Ele não o reconhecia.

Como policial, sempre havia feito tudo conforme o regulamento. Alguns o consideravam apático. Outros, mais benevolentes, diziam que era profissional, exemplar. Helen com certeza o respeitava. Esse pensamento fez sua cabeça doer subitamente. O que ela pensaria se pudesse vê-lo agora? Não se tratava de algo incomum, mas isso não melhorava nada.

Melissa se mexeu ao seu lado, virando-se enquanto dormia. Ele analisou seu corpo nu. Em algumas partes, era marcado por tatuagens e cicatrizes antigas, mas ainda era forte e sedutor. Seus olhos mais uma vez se voltaram para as cortinas do quarto, verificando pela enésima vez se estavam bem fechadas. Na rua, lá fora, havia um colega seu sentado numa viatura descaracterizada. Será que tinha notado alguma coisa? A luz acendendo e apagando no quarto? Sem dúvida, teria imaginado que era Melissa indo enfim se deitar. Mas e se ele tivesse verificado o perímetro da casa e notado que Tony não estava no primeiro andar?

Quando acontecera, ele não havia parado para pensar no risco. Ele a abraçara com força, curtindo o calor do corpo dela contra o seu, então ela erguera o olhar para ele e o puxara para mais perto.

Os dois se beijaram. Depois se beijaram de novo. Apesar de ela ser, ao mesmo tempo, uma prostituta e a testemunha-chave do caso, Tony não havia hesitado, levado pelo desejo. Acabaram na cama minutos depois — Tony ficou perplexo com sua completa imprudência — sem que ele parasse uma única vez para recuperar o fôlego.

Era como um menino outra vez, a cabeça cheia de pensamentos tolos e fúteis. Queria rir, gritar e chorar. Mas o tempo todo aquela mesma vozinha o chamava. Metralhando suas perguntas com um vigor ensurdecedor. Aonde aquilo ia levar? E onde ia acabar?

74

Ela apertou a campainha com força e não soltou. Já havia tocado duas vezes e percorrido o perímetro da casa, mas o acesso continuava fechado a ela, embora, obviamente, houvesse gente lá dentro. As cortinas estavam fechadas e ela conseguia ouvir a TV ligada.

Por fim, ouviu passos acompanhados de uma torrente de palavrões. Emilia Garanita sorriu consigo mesma e manteve o dedo na campainha. Só quando a porta se abriu foi que ela então tirou o dedo, restabelecendo a paz.

— A gente não compra nada de ambulante — disse o homem, já fechando a porta.

— Por acaso eu tenho cara de quem vende uma merda de um espanador? — devolveu Emilia.

O homem hesitou, espantado com a resposta contundente e irredutível.

— Eu te conheço — disse ele por fim —, você é aquela tal de...

— Emilia Garanita.

— Isso. O que você quer?

Ele estava claramente ansioso para retornar para a frente da televisão. Emilia sorriu antes de prosseguir.

— Eu quero um arquivo.

— O quê?

— O senhor trabalha para o serviço de liberdade condicional, não trabalha, sr. Fielding?

— Trabalho e, considerando a minha posição, você devia saber que não existe a menor possibilidade de eu dar qualquer informação a uma jornalista. É tudo confidencial.

Ele pronunciou a palavra "jornalista" com verdadeira aversão, como se ele, de alguma forma, operasse de um plano superior. Emilia adorava momentos como esse.

— Até mesmo se ela fosse salvar a sua vida?

— Desculpe, não estou entendendo.

— A sua vida profissional, quero dizer.

Agora Fielding estava calado. Será que conseguia prever o que estava por vir?

— Eu tenho amigos policiais. Eles me contaram uma história interessante sobre um sujeito de meia-idade que foi pego na praça central praticando atos obscenos no banco de trás de um Ford Focus.

Ela deixou o olhar vagar até o Ford Focus estacionado na pista de acesso de Fielding.

— Segundo me contaram, ele pegou a garota num bar... mas que ela só tinha 15 anos. Ops! Parece que o sujeito implorou, suplicou e os policiais acabaram liberando, cada um com 100 libras no bolso. Ainda assim, eles guardaram um registro da placa e uma descrição do filho da mãe imundo. Estou com o bloquinho deles bem aqui.

Ela fingiu vasculhar a bolsa. Fielding saiu de casa, fechando a porta.

— Isso é chantagem — acusou ele, indignado.

— É, sim, não é mesmo? — respondeu Emilia, sorrindo. — Então, você vai me dar o que eu quero ou posso começar logo a escrever o meu artigo?

Era uma pergunta retórica. Emilia sabia, pela expressão dele, que o homem iria fazer exatamente o que ela queria.

75

— Olá, Alfie, meu nome é Helen e eu sou policial.

O menino ergueu o olhar do desenho.

— Tudo bem se eu me sentar com você?

O menino fez que sim, então Helen se agachou ao seu lado.

— O que você está desenhando?

— Piratas dinossauros.

— Que legal! Isso é um tiranossauro?

Alfie assentiu com a cabeça, então disse com enorme objetividade:

— Ele é o maior.

— Estou vendo. Ele parece assustador.

Alfie deu de ombros como se não fosse nada de mais. Helen se pegou sorrindo. O menino de 6 anos era uma criança simpática que havia lidado admiravelmente bem com os estranhos acontecimentos do dia. Ele parecia mais confuso que perturbado. O que era mais do que podia ser dito em relação à mãe. Ela ainda não havia recebido a confirmação da pior parte — e não receberia até que eles achassem o corpo —, mas já estava péssima. A agente de relacionamento com a família estava fazendo o melhor que podia, mas a mulher vinha expressando toda a sua aflição verbalmente, o que começava a afetar Alfie. Helen sabia que precisava de toda a atenção dele.

— Posso te mostrar uma coisa especial?

Alfie ergueu o olhar. Helen colocou o distintivo em cima da mesa.

— É o meu distintivo da polícia. Você sabe o que é um policial?

— Você pega ladrões.

— Isso mesmo — concordou Helen, reprimindo um sorriso. — E você sabe o que é isso?

Ela pôs o rádio em cima da mesa.

— Legal — comentou ele, apanhando-o imediatamente.

— Aperta esse botão aqui — sugeriu Helen.

Alfie fez o que ela disse e recebeu uma bela explosão de estática em resposta. Pareceu satisfeito. Enquanto brincava com o rádio, Helen foi em frente.

— Você se importa se eu fizer algumas perguntas para você?

O menino fez que não com a cabeça, sem olhar para ela.

— Eu quero que saiba que você não fez nada de errado. É só que a moça da caixa, a moça que você viu, bem, talvez ela tenha levado uma coisa que não era dela. Então eu preciso descobrir quem ela é. Ela falou com você?

Alfie fez que não com a cabeça.

— Ela disse alguma coisa?

Outra vez fez que não com a cabeça.

— Você viu o rosto dela?

Dessa vez um sim. Helen hesitou, então tirou uma xerox do retrato falado de dentro da bolsa.

— Foi essa a moça que você viu?

Helen lhe mostrou a imagem.

Alfie desviou os olhos do rádio, olhou para o desenho, então deu de ombros e voltou a atenção ao rádio. Helen colocou a mão sobre uma das mãos dele, detendo-o com toda a cautela. Alfie ergueu o olhar.

— É muito importante, Alfie. Será que você podia dar outra olhada no desenho, por favor?

Alfie demonstrou ter boa vontade em fazer o que ela pedia, como se estivesse ganhando uma segunda chance num jogo. Dessa vez, ele olhou para a imagem com mais atenção. Houve uma longa pausa, então ele fez um meio sim com a cabeça.

— Talvez.

— Talvez?

— Ela estava com um chapéu, que escondia o rosto dela um pouco.

— Tipo um boné de beisebol?

Alfie assentiu com a cabeça. Helen se agachou outra vez. Podiam lhe fazer mais algumas perguntas — sobre altura e constituição física —, mas seria difícil conseguir tirar dele uma confirmação da identidade. Afinal, ele só tinha 6 anos.

— O que foi que ela fez?

— Como?

— O que foi que ela levou embora?

Helen olhou de relance para a mãe de Alfie, então baixou a voz.

— Uma coisa muito especial.

Helen observou o rosto de Alfie, tão cheio de curiosidade. Não teve coragem de lhe contar que ele nunca mais veria o pai.

76

Helen estava tão envolvida na conversa com Charlie que não ouvira Harwood se aproximar. Uma Charlie cada vez mais frustrada havia passado dias tentando descobrir a verdadeira identidade de PussyKing — era o participante mais ativo do Bitchfest e devia ter sido fácil encontrá-lo. Mas, como ele nunca usava o computador de casa ou do escritório e era bom em criar endereços falsos com IPs criptografados, PussyKing continuava fora do alcance. Helen e Charlie estavam discutindo o próximo passo quando ouviram:

— Posso falar com você, Helen?

Isso foi dito com um sorriso, mas sem cordialidade. Era uma convocação pública feita diante da equipe e pensada para passar uma mensagem. Helen só não sabia qual seria o seu teor.

— Eu passei o dia todo atrás de você — continuou Harwood, assim que entraram na sala dela. — Eu sei que as coisas estão acontecendo muito rápido, mas não vou tolerar essa falta de comunicação. Estou sendo clara?

— Sim, senhora.

— Isso só funciona se todos os elos da corrente estiverem conectados, certo?

Helen fez que sim, mas, por dentro, queria mesmo era mandá-la à merda.

— Então, o que está acontecendo? — continuou Harwood.

Helen a atualizou dos progressos relacionados à procura de Lyra Campbell, o trabalho que estava sendo realizado no velho cinema e o assassinato mais recente.

— Ainda não temos o corpo, mas acreditamos que a vítima seja Simon Booker, ex-paraquedista e veterano da Guerra do Afeganistão.

— Um herói de guerra. Que inferno!

Helen teve a sensação de que eram as possíveis manchetes que perturbavam Harwood, e não a sina do homem. Concluindo seu relato, fez menção de pedir licença, mas Harwood a parou onde estava.

— Eu almocei hoje com o comissário de polícia.

Helen não disse nada. Haveria mais uma frente sendo aberta?

— Ele está bastante preocupado. A investigação já estourou o orçamento. O custo da vigilância, por si só, já é altíssimo e não resultou em nada. Ainda temos os policiais extras, as horas extras, a equipe auxiliar de peritos e os cães. Para quê? Que avanço concreto fizemos até agora?

— Essa é uma investigação difícil, senhora. Ela é uma assassina inteligente e engenh...

— E tudo o que conseguimos com o nosso dinheiro foi uma série de manchetes negativas, motivo pelo qual o comissário pediu uma revisão interna da investigação.

Então havia, *sim*, uma nova frente. Teria ele pedido isso ou será que Harwood o conduzira por esse caminho? O sangue de Helen ferveu, mas ela não disse nada.

— Eu sei que você tem experiência nessa área e que a equipe, em sua maioria, é leal a você, mas os seus métodos são irregulares e dispendiosos...

— Com todo o respeito, quatro pessoas estão mortas...

— Três.

— Isso é pura questão de semântica, cacete. Todos nós sabemos que Booker está morto.

— Pode até ser uma questão de semântica, inspetora, mas isso diz muito a seu respeito. Você julga rápido demais. Desde o começo, você quer que isso seja sobre Helen Grace estar à caça de mais um serial killer. É a única narrativa que você conhece, não é? Bem, eu acho isso equivocado, pouco profissional e perigoso. Nós temos orçamentos, protocolos e metas que não podem ser ignorados de forma impensada.

— E qual é a sua meta, Ceri? Chefe-superintendente? Chefe de polícia? Comissária?

— Cuidado com a língua, inspetora.

— Eu já conheci gente como você. Gente que nunca faz o trabalho, mas que está sempre disponível para ficar com os louros.

Harwood se recostou na cadeira. Estava lívida, mas se recusava a demonstrar isso.

— Proceda com cuidado, detetive-inspetora Grace. E considere isso uma advertência oficial. Você está muito perto de ser afastada dessa investigação. Prenda a assassina ou será afastada do caso. Está claro?

Helen saiu logo em seguida. Uma coisa estava perfeitamente clara: enquanto Harwood estivesse por perto, seus dias estavam contados.

77

Começava a escurecer, mas isso só acrescentaria mais ambiência à composição. A luz difusa e a imagem granulada ajudariam a criar o clima que Emilia buscava. O certo teria sido pedir a um dos fotógrafos regulares que a tivesse acompanhado, mas ela sabia operar uma câmera SLR digital tão bem quanto qualquer um e não havia a menor chance de deixar outra pessoa acompanhar aquela história até ela conseguir tudo.

Adrian Fielding havia sido extraordinariamente prestativo ao perceber que Emilia, de bom grado, destruiria sua carreira se não conseguisse o que queria. O arquivo sobre Robert Stonehill começava de forma pouco dramática, uma lista deplorável de contravenções recentes, porém ficou bem mais interessante quando Emilia descobriu que ele tinha sido adotado. Havia poucos detalhes sobre a mãe biológica no arquivo principal, mas ficou óbvio o suficiente que ele nascera num hospital penitenciário. Assim que descobriu isso, Emilia soube quem ele era — havia apenas uma pessoa no mundo de quem Helen Grace gostara de verdade —, mas, boa jornalista que era, fez uma referência cruzada da idade de Robert com a data da prisão de Marianne. Depois disso, foi só um pequeno passo até a ficha de prisão de Marianne e o quebra-cabeça estava completo.

Emilia mal conseguia manter a mão parada enquanto estava com a câmera erguida. Tinham mandado o menino comprar leite e ele esperava impacientemente na fila. *Clique, clique, clique.* Os detalhes das fotos não apareciam tão nítidos, mas elas pareciam ter sido tiradas escondidas e perigosas. Emilia esperou mais um pouco, observando Robert pagar. Ele estava prestes a deixar a loja. Emilia ergueu a câmera outra vez. Como se tivesse sido coreografado, Robert parou brevemente ao sair, erguendo os olhos para o céu enquanto começava a chuviscar. Seu rosto foi capturado pelo brilho de sódio da lâmpada do poste, deixando-o fantasmagórico e pouco natural. *Clique, clique, clique.* Então ele levantou o capuz e olhou quase na direção dela. Não tinha como vê-la, pois estava oculta pela escuridão, mas ela conseguia vê-lo. *Clique, clique, clique.* O rapaz nascido da violência, capturado nas ruas escuras usando um capuz — o uniforme preferido por marginais violentos e desiludidos de todo o país. Perfeito.

Agora, que tinha o que precisava, Emilia entraria em ação. Devia, é claro, ligar para o editor do *Evening News*, mas não havia a menor chance de ela fazer isso. Havia um contato que vinha cultivando no *Mail* justamente para uma ocasião como aquela. Tinha tudo do que precisava — se fosse rápida, conseguiria colocar a história na primeira página da edição do dia seguinte.

Aquele era o seu passaporte para fora dali. Tinha o preço. Tinha o pacote. E tinha a manchete.

O FILHO DE UM MONSTRO.

78

Helen ainda tentava digerir o confronto com Harwood quando chegou ao velho cinema da Upton Street. Mantendo-se oculta pelas sombras, entrou pela saída de emergência. O prédio seria posto à venda em breve, mas Helen não conseguia imaginar quem se interessaria em comprá-lo. Assim que entrou no prédio, foi atingida por um cheiro forte — o cheiro de anos de madeira apodrecendo e de vermes em decomposição. Sentiu ânsia de vômito e rapidamente colocou uma máscara no rosto. Recompondo-se, apoiou-se num corrimão que estava quase solto e desceu para o primeiro andar.

O Crown Cinema havia sido popular entre as famílias nos anos 1970. Era um cinema tradicional até no que dizia respeito aos assentos dispostos em galerias e às cortinas pesadas de veludo que escondiam a tela. Ao menos fora assim em seu auge. Seus proprietários haviam falido na recessão da década de 1980 e tentativas subsequentes de ressuscitá-lo sucumbiram aos multiplex e ao cinema de arte que ficava à beira-mar. Agora o auditório principal não passava de uma caricatura de sua antiga glória, uma desordem de poltronas rasgadas e entulho.

A equipe de perícia estava reunida num canto perto da tela. Os graus de atividade e empolgação significavam progresso. Helen se apressou até lá. A ligação que havia recebido logo após o confronto com Harwood fora a única boa notícia que tivera o dia todo. Queria ver com os próprios olhos antes de se animar demais.

A equipe de perícia abriu caminho quando ela se aproximou. Lá estava ele. Continuava em grande parte debaixo dos escombros, mas o corpo havia sido desenterrado o suficiente para revelar o alto da cabeça e um braço erguido. No braço exposto, os dedos apontavam para cima, num gesto acusador. A pele, apesar de coberta de poeira, era escura e sugeria que a vítima era multirracial. Mas não foi isso que despertou o interesse de Helen. Mais importante que essa informação era o fato de que ele tinha apenas quatro dedos — pela aparência da cicatriz, um deles fora arrancado havia alguns anos.

Não se sabia muita coisa a respeito de Anton Gardiner — filiação, primeiros anos de vida —, mas sabia-se que ele tivera o dedo anular decepado dez anos antes, num castigo "olho por olho". Seria ele o gatilho da onda de assassinatos cometidos por Lyra? Seria ele a causa daquilo tudo? Helen estremeceu ao olhar para o corpo mutilado, a euforia fluindo por ela. Será que a mão destruída de Anton finalmente apontava na direção correta?

79

Fazia frio, estava escuro e ela começava a perder a paciência. Ficava cada vez mais difícil encontrar espaço para respirar. Havia muitos policiais pela cidade e ela precisava ser extremamente cautelosa, caminhando pelas ruas de calça esportiva e casaco com capuz, como se tivesse saído para uma corrida noturna. Tão logo encontrou um local isolado perto das Western Docks, ela os tirara para revelar uma saia curta e meias finas. Uma blusa justa exibia suas formas generosas, com um casaco de pele curto coroando o conjunto. Apesar da frustração e do estresse da noite, ela se sentiu bem enquanto se despia. Agora, só precisava ficar ali de pé e esperar que os cães imundos viessem até ela.

Vinte minutos depois, uma figura solitária surgiu na paisagem. Cambaleava um pouco e murmurava uma canção em alguma língua estrangeira. Um marinheiro, provavelmente polonês, pensou ela. O coração de Angel começou a bater mais rápido. Marinheiros eram sujos, anti-higiênicos e grosseiros, mas sempre tinham dinheiro quando estavam de licença em terra e costumavam gozar razoavelmente rápido, depois de passarem tanto tempo privados de sexo.

O homem fez uma pausa quando a viu. Olhando ao redor para se certificar de que estava sozinho, ele começou a se aproximar. Era surpreendentemente bonito — tinha, no máximo, 25 anos, um rosto fino e lábios femininos. Podia ver que estava bêbado, mas não era desagradável. Angel ficou surpresa que ele tivesse que pagar por sexo.

— Quanto é? — O sotaque era pesado.

— O que você quer?

— Tudo — respondeu ele.

— Cem libras.

Ele fez que sim com a cabeça.

— Vamos.

E, dito isso, ele selou o seu destino.

Angel foi andando na frente, conduzindo-o por um labirinto de contêineres até um pequeno pátio de supervisão. Era ali, o local onde a carga devia ser verificada e registrada, mas na verdade era ali também que boa parte dos produtos importados desaparecia misteriosamente apenas para ressurgir no mercado negro. Estaria deserto naquela noite — não haviam recebido nenhuma entrega durante toda a semana.

Enquanto o conduzia para a morte, Angel se esforçou para controlar uma risada. Seu corpo todo vibrava com adrenalina e excitação. Será que algum dia se livraria desse vício? É claro que não, pois era uma sensação maravilhosa. Aquela era a melhor parte. A calmaria que precedia a tempestade. Ela adorava aquele grande engodo.

Estavam a sós no pátio escuro. Depois de respirar fundo, ela se virou.

— E então, vamos começar, meu bem?

O punho direito dele acertou sua mandíbula, fazendo-a bater no contêiner atrás dela. Atordoada, ergueu as mãos para se defender, mas os golpes continuaram a atingi-la. Ela o empurrou, mas o soco seguinte quase arrancou fora sua cabeça e ela caiu no chão com toda a força.

O que estava acontecendo? Tentou se levantar, mas ele já estava em cima dela. Instintivamente, ela o atacou. Já havia lidado com clientes violentos antes, mas sempre com a ajuda de um spray de pimenta — nunca havia se envolvido num embate corporal como aquele.

Ele a imobilizou, as mãos fortes envolvendo seu pescoço, apertando com uma força cada vez maior. Ela enfiou os dedos no globo ocular esquerdo dele, mas ele desviou a cabeça rápido, ficando fora do alcance dela. Ela percebeu o sangue pulsando na veia do pescoço dele, então voou sobre ela, rasgando-a com as unhas quebradas. É claro que ele perderia força se começasse a sangrar. Não era para ser assim. Não era para ela morrer naquele lugarzinho miserável.

Lutou com tudo o que tinha. Lutou pela sua vida. Mas era tarde demais, e, após poucos segundos, as luzes se apagaram.

80

Tony ficou aliviado ao ver que ela estava dormindo. Embora fosse tarde, com frequência Nicola tinha dificuldade para dormir. Tony sabia que, se ela estivesse acordada, se aqueles olhos azuis profundos olhassem para ele ao entrar, teria confessado tudo para ela. Não teria sido capaz de se conter, tamanha era a sensação de confusão, euforia e vergonha. Mas ele só teve que trocar algumas frases formais com Violet — fitando o chão e alegando cansaço — antes de ela ir embora e ele ficar a sós com a mulher.

Tony nunca havia sido infiel e ainda amava Nicola. Ele a amava ainda mais, se é que isso era possível, agora que tinha a vergonha de sua infidelidade pesando na consciência. Não queria magoá-la — jamais havia desejado isso — e eles sempre contaram tudo um ao outro. Mas o que diria a ela agora?

A verdade era que ainda estava agitado. Ele e Melissa tinham feito amor mais duas vezes antes de ele finalmente ir embora. O guarda da porta havia olhado para a pasta grossa que ele carregava debaixo do braço e pareceu acreditar que Tony estivera recolhendo o testemunho de Melissa aquele tempo todo com dedicação. Tony sentiu outra pontada de vergonha; não só havia traído Nicola como também traíra os colegas de trabalho. Sempre havia sido um bom policial; como podia ter caído em desgraça dessa maneira?

Ele sabia como. É claro que sabia. Fazia muito tempo que tentava se convencer de que a sua vida com Nicola era o padrão, de que estava tudo bem. Com frequência, dizia aos amigos mais curiosos que seu casamento seria para a vida inteira e que, se o destino lhes sorteara aquelas cartas, então, por ele, estava tudo bem. Só que isso não era verdade e nunca havia sido. Não porque quisesse mais, mas porque *Nicola* tinha sido muito mais.

Ela havia revelado um mundo inteiro para ele. Enquanto ele saíra de uma família de nômades sem ambição, Nicola tinha vindo de uma família bem-sucedida, culta e ambiciosa. Não importava o que ela fizesse — quer fosse trabalho ou diversão —, fazia-o com o mais completo empenho, com ânsia de ser bem-sucedida, com enorme entusiasmo. E ele sentia sua falta. Sentia realmente sua falta. Nas questões românticas, ela se mostrava impulsiva e surpreendente; sexualmente falando, tinha sido criativa e travessa; emocionalmente, sempre havia sido bastante generosa. Nicola não podia lhe dar nada disso agora, e, embora se repreendesse por pensar que ela estava se transformando numa amiga, essa era a mais amarga verdade. Nicola jamais seria um peso para ele, mas talvez, às vezes, significasse menos que uma esposa.

Ele sempre havia achado que nisso residia a verdadeira traição. Mas o que dizer de Melissa, então? Aquilo era algo novo, perigoso. Era loucura, mas ele já estava gostando dela. Amor não podia ser porque tinha acabado de conhecê-la, mas se assemelhava a algo do tipo. Depois de ter sido privado de amor e afeto por tanto tempo, agora tomava uma overdose dos dois.

E não queria que parasse.

81

Helen estava completamente imóvel, mal conseguia respirar.

Os primeiros sinais de que havia algo de errado vieram depois de receber repetidas ligações da assessoria de imprensa da Central de Southampton avisando que o *Mail* tentara entrar em contato com ela diversas vezes. Em seguida, o mesmo tinha começado a acontecer vindo do quartel-general da polícia de Hampshire, só que dessa vez as ligações eram do editor do *Mail*. A confusão foi generalizada: a assessoria de imprensa achou que isso estivesse relacionado à atual investigação dos assassinatos de Southampton quando, na verdade, o jornal queria falar com Helen sobre alguém chamado Robert Stonehill.

À primeira menção do nome dele, Helen havia desligado o telefone e correra de volta para a delegacia. Uma vez lá, pedira para ver as primeiras páginas dos jornais do dia seguinte. A maioria dava destaque à prolongada crise dos reféns na Argélia, mas o *Mail* escolhera algo diferente. Estampava O FILHO DE UM MONSTRO na primeira página e, embaixo, uma foto de Robert granulada e sinistra tirada de longe com uma teleobjetiva. Mais abaixo, vinha a foto de rosto de Marianne tirada de sua ficha policial com os detalhes dos crimes cometidos por ela requentados com óbvio deleite.

Deixando cair o jornal, Helen saiu apressada da sala de imprensa e correu escada abaixo em direção à moto. Enquanto corria rumo aos arredores da cidade, uma pergunta não parava de girar na sua cabeça. Como? Como tinham descoberto? Emilia tinha que estar envolvida de alguma forma, mas Helen não havia contado a ninguém a respeito de Robert, então, a não ser que ele tivesse... Não, isso não fazia o menor sentido. Quando fora que Emilia se tornara subitamente onisciente, capaz de penetrar as câmaras mais secretas da vida de Helen?

A única coisa que queria era encontrar Robert e reconfortá-lo, protegê-lo. No entanto, ao se aproximar da Cole Avenue, já conseguia ver a imprensa se aglomerando. Uma equipe de TV estava estacionando e uma multidão crescente de jornalistas tocava a campainha, exigindo uma entrevista. O primeiro instinto de Helen foi se atirar no meio deles para encontrar Robert, mas o bom senso prevaleceu e ela ficou onde estava. Sua presença só inflamaria a história, e a família Stonehill já tinha o suficiente para administrar.

Como podia ajudá-lo? O que fazer para colocar um ponto final na tempestade de merda que *ela* fizera despencar em cima daquele rapaz inocente? Aquilo era culpa dela e ela se amaldiçoou amargamente pela fraqueza de ter procurado Robert. Ele era feliz. Ele não sabia de nada. E agora isso.

Ao tentar salvá-lo, ela o havia condenado.

82

Estava estirada no chão, sem vida e sem forças, os braços estendidos como serpentes, em pose de rendição. Agora ele a dominava, e fez com ela o que quis. Nem se deu ao trabalho de usar camisinha. Em algumas horas, estaria a caminho de Angola a bordo do PZR *Slazak*. Até que alguém a encontrasse, ele já estaria bem longe. Ele sempre fazia bom uso de suas licenças em terra, e essa vez não tinha sido diferente.

Ele levara algum tempo para se recompor depois de estrangulá-la. Sempre levava. A adrenalina fluía pelo seu corpo — o coração batia como se fosse explodir e estrelas dançavam diante dos seus olhos. Estava sem fôlego e exausto, mesmo gozando do triunfo. Os arranhões no rosto ardiam e seus sentidos estavam aguçados: cada pingo d'água soava como um passo se aproximando, cada rajada de vento, como uma mulher gritando. Mas não havia mais ninguém ali. Apenas ele e sua presa.

Era igual a todas as outras. Pecadora, imunda e vagabunda. Quantas já havia matado até agora? Sete? Oito? E quantas tinham revidado? Quantas *realmente* tinham revidado? Nenhuma. Essa tinha resistido mais que a maioria, porém, como todas as outras, ela *sabia*. Sabia que havia sido corrompida — que tinha aberto mão de qualquer chance de salvação graças a sua própria depravação — e era por isso que ficavam contentes quando ele as aliviava do sofrimento. Será que sabiam ou que se importavam com o fato de estar indo direto para o inferno?

Ele estremeceu. Fechando os olhos, saboreou o momento. A tensão que viera crescendo dentro dele na última semana começava a se dissipar. Logo sentiria aquela calma onipresente que lhe era tão rara, mas tão preciosa.

Abriu os olhos esperando se deleitar com um último vislumbre do rosto descorado dela. Mas, assim que o fez, gelou.

Os olhos dela estavam abertos. E ela olhava diretamente para ele.

Ao seu lado, estava sua bolsa. E na mão direita havia uma faca muito grande.

— *Gówno!*

A faca atingiu o rosto dele com um som de revirar o estômago. Ele apagou e, em menos de um minuto, Wojciech Adamik estava morto.

83

Sentiu a presença dele num piscar de olhos. Quando colocou a chave na fechadura, sentiu-o se aproximar rapidamente por trás. Virou-se e agarrou o braço estendido, atirando o agressor com toda a força na parede ao mesmo tempo que erguia a chave que ainda segurava na altura do olho dele. Podia cegá-lo em um segundo se fosse preciso.

Era Jake. Sem ar, ofegante, Helen relaxou o braço ao lado do corpo.

— Que merda é essa?

Jake mal conseguia falar, completamente sem fôlego depois de bater na parede dura de tijolos, mas acabou dizendo:

— Te esperando.

— Não dava para você ligar como uma pessoa normal? Ou esperar lá embaixo?

— Eu tentei ligar, Helen. Você sabe disso. Deixei... quantos? Cinco, seis recados? Você não retornou nenhum.

Alterada, a voz dele ecoou pela escadaria do edifício. Lá embaixo, Jason tinha acabado de entrar com mais uma jovem enfermeira a tiracolo, então Helen enfiou a chave rapidamente na fechadura e empurrou Jake para dentro do apartamento.

— Eu estava preocupado. Achei que podia ter acontecido alguma coisa com você. Depois pensei que eu tinha feito alguma coisa de errado. O que está acontecendo?

Jake estava na sala dela, cercado por seus livros e revistas. Era bastante estranha a sensação de tê-lo em seu espaço; o contexto, de alguma forma, completamente errado.

— Emilia Garanita sabe a nosso respeito. Ela sabe para que eu procuro você e está ameaçando me expor para a imprensa.

Jake pareceu perplexo, mas, mesmo assim, Helen teve que fazer a pergunta.

— Você contou a ela?

— Não, é claro que não. De forma nenhuma.

— Você contou para mais alguém? Alguém que talvez conheça Emilia, que talvez seja linguarudo?

— Não, por que eu comentaria uma coisa dessas? O que acontece é entre a gente e mais ninguém, você sabe disso.

Helen olhou fixamente para o chão. De repente, o peso dos acontecimentos do dia a atingiu em cheio e ela começou a chorar. Furiosa consigo mesma, manteve a cabeça baixa, recusando-se a demonstrar fraqueza, mas os ombros começaram a estremecer. As coisas tinham dado muito errado e, em grande parte, por causa de sua própria fraqueza e estupidez. Será que estava destinada a ficar sempre do lado perdedor?

Jake atravessou a sala e a envolveu num abraço afetuoso. A sensação foi boa. Algumas pessoas a odiavam, outras a questionavam, outras mais a achavam estranha. Mas Jake nunca a havia julgado e sempre gostara dela, apesar da natureza incomum do relacionamento dos dois. Helen tinha sido privada de um amor incondicional durante a vida inteira, mas se deu conta, naquele momento, de que era isso que Jake queria lhe dar.

Ela sempre o mantivera distante, até mesmo quando ele havia demonstrado o desejo de se aproximar. Desse modo, ele ficou tão surpreso quanto Helen quando ela, por fim, ergueu os olhos e disse:

— Fique.

84

A luz do sol inundou o quarto através da cortina leve. Charlie sentiu o calor do novo dia no rosto e abriu os olhos lentamente. Lembranças, pensamentos e sensações giravam em sua cabeça confusa, então de repente ela se virou ansiosa para ver se havia sonhado com aquilo ou não. Mas Steve não estava lá — ele não tinha voltado para casa na noite anterior. Não fora um sonho.

Charlie tentara ligar para ele repetidas vezes, mas as ligações caíam direto na caixa postal. Ele estava bem? Alguma coisa havia acontecido com ele? Tinha certeza de que Steve não a teria deixado. Suas coisas estavam todas ali e, além do mais, ele não agiria assim. Jamais iria embora sem uma explicação.

Então onde estaria? E por que não voltara para casa? Depois que ele dera o seu ultimato, Charlie lhe pedira um tempo para pensar. Ela queria, desesperadamente, que os dois ficassem juntos, que constituíssem uma família feliz, mas abrir mão da carreira, abrir mão de tudo o que ela havia lutado para alcançar, era um enorme sacrifício. Mas será que algo disso valeria a pena sem Steve ao seu lado? Essa era uma questão que Charlie não conseguia equacionar.

Talvez nunca tivesse compreendido o grau da dor sentida por ele com a perda do bebê. Steve tivera um nome em mente caso fosse menino. Provocara Charlie com isso assim que ela havia ficado grávida, recusando-se a compartilhar o segredo. Mais tarde, não voltara a tocar no assunto, apesar da insistência de Charlie. Depois de um tempo, deixara de perguntar e, como ele era tão forte e independente, talvez ela tivesse subestimado o efeito que aquilo tivera sobre ele.

Steve vinha insistindo muito. Estava decidido de que ela devia fazer outra coisa. Algo seguro que permitisse que eles começassem uma família juntos. Ele havia sufocado uma quantidade suficiente de raiva, ansiedade e medo. Agora cabia a Charlie decidir que tipo de vida queria ter.

Mas Charlie não sabia. Ela não conseguia decidir. A única coisa que sabia com certeza era que odiava ficar sozinha naquela casa enorme.

85

Ele estava sitiado. Tiveram que desligar a campainha e os telefones, mas isso não cessou o dilúvio de perguntas. Jornalistas gritavam pela abertura para cartas e esmurravam portas e janelas pedindo comentários e fotos. Eles eram implacáveis, impiedosos.

Robert se refugiara com os pais, Monica e Adam, no quarto deles, no andar de cima. Ficaram sentados na cama juntos, tentando bloquear a barulheira que vinha lá de fora aumentando o som do rádio. Ninguém soubera o que dizer de início, estavam chocados demais para absorver os acontecimentos do dia, mas Robert por fim conseguiu falar.

— Vocês sabiam?

Sua primeira pergunta saiu com um tom de amargura e raiva. Monica fez que sim com a cabeça, mas chorava demais para conseguir falar. Então, hesitante, Adam contou a Robert o que ele precisava saber. Seus pais descobriram quem era a mãe quando o adotaram, mas nunca quiseram saber os detalhes dos crimes cometidos por ela com medo de que o relacionamento com o filho querido fosse afetado pela repulsa. Até onde eles sabiam, a criança não tinha culpa do que a mãe fizera. O passado era passado e, por sorte e pela graça de Deus, tanto ele quanto os dois haviam recebido uma oportunidade extraordinária. Sempre haviam se referido a ele como sua "pequena bênção".

Robert não se sentia como uma bênção naquele momento. Depois de algumas horas de uma discussão tensa e dolorosa, havia se recolhido em seu quarto, sentindo necessidade de ficar sozinho. Deitara-se na cama com o iPod no volume máximo, tentando abafar a histeria que era sua vida. Não conseguiu e tampouco dormiu, então simplesmente passou o tempo observando o relógio fazer seu lento progresso noite adentro.

Helen havia feito isso com ele? Tinha entendido quem ela era de fato antes mesmo de Emilia Garanita lhe contar. Dera um chega pra lá em Emilia quando ela o abordara na loja de conveniência, mas não antes de ela lhe apresentar o básico da história. Helen era sua tia, e sua mãe uma serial killer. Até onde ele percebia, Helen tentara protegê-lo... mas, ainda assim, era a única pessoa que conhecia sua verdadeira identidade. A única que tinha interesse pessoal nele. Ela era a responsável pelo mundo ter despencado na cabeça dele?

A essa altura, o iPod estava abandonado no chão e ele conseguia ouvir os pais discutindo. Os dois também não mereciam aquilo. O que isso significaria para a família deles de agora em diante? Eles sempre o amaram incondicionalmente, mas não estavam preparados para uma situação dessas. Os dois eram um casal normal e simpático que nunca tinha feito nada de errado em toda a vida.

Ele olhou de relance pela janela e sentiu um aperto no coração. Havia ainda mais jornalistas lá fora do que antes. Estavam sitiados, não teriam como fugir.

86

Helen deixou o apartamento às pressas, mas as ruas já estavam cheias e sua viagem até o necrotério da polícia levou o dobro do tempo normal. Amaldiçoou-se por não ter saído mais cedo, porém tinha ficado sem saber o que fazer ao acordar ao lado de Jake. Havia tanto tempo que aquilo não acontecia — era ela quem sempre ia à casa dele, e nunca o contrário —, que ficara insegura com relação à etiqueta correta. Acabou permitindo que ele tomasse um banho e o café da manhã, então pediu que fosse embora. Curiosamente, essa parte não pareceu esquisita, e eles se despediram de forma amigável, até mesmo carinhosa. Tinham conversado até tarde da noite, então Helen adormecera — acordando completamente vestida, porém descansada, muitas horas mais tarde. Não sabia o que pensar, mas sabia que não estava arrependida.

No percurso até o necrotério, seus pensamentos mais uma vez retornaram a Robert. Será que devia tentar entrar em contato com ele? Depois de parar a moto, pegou o telefone e digitou uma mensagem rápida. O dedo pairou sobre o botão — será que ele iria querer ter notícias dela? O que podia dizer a ele? E se a mensagem dela caísse em mãos erradas ou fosse hackeada? Emilia certamente se rebaixaria a um nível desses se achasse que conseguiria se dar bem.

Mas ela também não podia ficar sem dizer nada. Não podia deixar Robert sozinho para enfrentar tanta pressão. Assim, escreveu uma mensagem curta dizendo que sentia muito e pedindo que permanecesse onde estava até ela mandar a viatura local expulsar a imprensa e que lhe enviasse uma mensagem dizendo como se sentia. Era inadequada, bastante inadequada, em face das circunstâncias, mas o que mais ela podia dizer? Açoitada pelo vento frio que rasgava o estacionamento deserto do necrotério, Helen hesitou mais uma vez, então apertou ENVIAR. Esperou, de todo o coração, que a mensagem fizesse alguma diferença, por menor que fosse.

Jim Grieves estava excepcionalmente calado naquela manhã, o primeiro sinal de que sabia o caos em que a vida de Helen se encontrava. Ainda mais surpreendente foi ele dar um tapinha no braço dela enquanto caminhavam até a mesa. Helen nunca tinha ouvido falar de Jim oferecer qualquer demonstração física de afeto por quem quer que fosse; ficou comovida por ele sentir necessidade de que ela soubesse que a estava apoiando. Sorriu em sinal de agradecimento, então eles seguiram com a tarefa que tinham pela frente. Depois de colocar suas máscaras, aproximaram-se dos restos mortais já desidratados de Anton Gardiner.

— Ele está morto há uns seis meses — começou Jim Grieves. — É difícil precisar. Os vermes daquele lugar têm passado muito bem. Comeram a pele e a maioria dos órgãos internos dele, mas, datando-se o sangue seco das cavidades bucal e nasais... seis meses seria um palpite razoável.

— Ele foi assassinado?

— Sem dúvida. Seu homem *sofreu* antes de morrer. Os dois tornozelos foram quebrados, assim como as patelas e os cotovelos. E a traqueia levou um corte profundo; a ponta da lâmina rompeu a vértebra. Quem quer que tenha feito isso, praticamente o decapitou.

— Ele foi morto no local?

— Não parece. A ausência de sangue na cena, de roupas e o pequeno espaço no qual o corpo foi enfurnado sugerem que ele foi morto em algum outro lugar e escondido lá. Antes de o *rigor mortis* se instalar, seu assassino ou assassinos quebraram o sujeito por inteiro e o enterraram. Os ossos já estavam fraturados, então deve ter sido mais fácil manipular.

— E o coração dele?

Jim fez uma pausa, ciente da importância da pergunta.

— Continua no lugar. Ou, pelo menos, fragmentos dele. E o que sobrou continua preso. Foi comido por ratos; dá para ver marcas de dentes se você olhar com cuidado.

Helen olhou para baixo, para o interior do peito do homem morto.

— Como eu disse, encontramos sangue debaixo das unhas dele, na cavidade nasal e na boca. Dois tipos sanguíneos até agora, então, se você estiver com sorte, o sangue do seu assassino está lá. Devo conseguir DNA para você daqui a algumas horas.

Helen assentiu com a cabeça, mas sua atenção permaneceu fixa no que um dia fora o coração pulsante de Anton. Muito daquilo parecia se encaixar no *modus operandi* da assassina, exceto pelo fato de o coração não ter sido removido. Anton teria sido uma espécie de treinamento inicial para Lyra? Ela teria passado da tortura à mutilação com suas vítimas subsequentes? Será que Anton Gardiner fora a centelha que incendiara sua mente?

Era hora de descobrir mais sobre a vida do cafetão assassinado. Helen agradeceu a Jim e se dirigiu para a saída, deixando o legista inusitadamente taciturno, a sós com o homem que havia sido comido por ratos.

— Então, o que sabemos sobre esse cara?

Helen se dirigia à equipe, agora amontoada à sua volta na sala de inquérito.

— Anton Gardiner, cafetão e traficante de segunda categoria — começou o detetive Grounds. — Nasceu em 1988, filho de Shallene Gardiner, mãe solteira com inúmeras condenações por furtos em lojas. Sem pai identificado na certidão de nascimento, e é pouco provável que a gente faça algum progresso nessa direção. Não sabemos muita coisa a respeito de Shallene, mas sabemos que era generosa com seus favores.

Apesar do tema, algumas mulheres da equipe suprimiram sorrisos. Havia algo de encantadoramente antiquado no detetive Grounds.

— Anton estudou na St. Michaels, em Bevois, mas saiu sem se formar em nada. A ficha criminal dele começa quando tinha mais ou menos 15 anos. Porte de drogas, roubo, agressão física. Depois disso, vai ficando cada vez mais longa. Mas nunca conseguimos pegá-lo por nada muito importante, e os períodos que ele passou na cadeia foram breves e objetivos.

— E as garotas dele? — perguntou Helen. — O que sabemos a respeito delas?

— Ele explorou garotas de meados da década de 2000 em diante — respondeu Charlie. — Tinha um grupo razoavelmente grande. Pegava muitas garotas de orfanatos, fazia com que elas se viciassem em drogas e depois trabalhassem para ele. Eu já conversei com algumas meninas que tinham "negócios" com Anton e, segundo todos os relatos, o consideravam um sujeito asqueroso. Controlador. Violento. Sexualmente sádico. E muito paranoico. Vivia convencido de que estava sendo vigiado, que as garotas estavam confabulando para deixá-lo e, com frequência, dava surras horríveis nelas sem nenhum bom motivo. Ele nunca teve conta em banco, não confiava neles. Não carregava carteira de identidade e sempre tinha uma faca por perto, até mesmo quando estava dormindo. Era um sujeito em eterno estado de alerta.

Helen deixou a imagem se assentar, então perguntou:

— Ele era bem-sucedido?

— Ganhou bastante dinheiro — respondeu a detetive Sanderson.

— Inimigos conhecidos?

— Os suspeitos de sempre. Nenhum incidente específico na época da morte dele.

— Vou arriscar o palpite de que não era casado, certo?

Sanderson sorriu e balançou a cabeça.

— Então por que ele se tornou um alvo? — devolveu Helen, apagando o sorriso do rosto da detetive. — E por que estava escondido? Era um cafetão solteiro, chinfrim, então não tinha nada que valesse a pena expor. Não era um hipócrita com uma família amorosa à espera dele em casa. Era o que era e não fazia a menor tentativa de esconder isso.

— E o coração foi deixado intacto — acrescentou a detetive McAndrew.

— Exatamente: o coração não foi removido. Qual foi o objetivo, então? Por que ela o matou?

— Porque ele a atacou? — sugeriu o detetive Grounds. — Sabemos que ele usava o velho cinema para prender e torturar suas garotas.

— Só que ele não foi morto lá — interrompeu Helen. — Foi assassinado em outro lugar e enterrado no cinema. Não se encaixa.

— Talvez ela tenha esperado, depois que ele a atacou — sugeriu o detetive Fortune, pegando o fio da meada. — Esperou o momento certo, então o atacou em algum lugar no qual não seriam incomodados. Talvez ela tenha desovado o corpo no cinema como um recado para outros cafetões e para as outras meninas.

— Então por que enterrá-lo? — contrapôs Helen. — Por que escondê-lo se o objetivo é mandar um recado?

O silêncio recaiu sobre a equipe. Helen pensou um instante, então disse:

— Precisamos descobrir onde ele morreu. Temos algum endereço?

— Um monte — respondeu o detetive Grounds, erguendo as sobrancelhas. — Ele gostava de ficar circulando. Era como um caramujo, se deslocando por Southampton com todos os pertences nas costas. Sempre tentando ficar um passo à frente dos seus inimigos, reais ou imaginários.

— Descubra cada um deles. Se conseguirmos encontrar a cena do crime, talvez consigamos ligar a morte dele a Lyra com mais clareza. Precisamos compreender as circunstâncias da morte. O detetive Grounds vai assumir a dianteira nisso.

Helen terminou a reunião e puxou Charlie para um canto. Queria fazer perguntas a ela sobre os seus progressos em rastrear os outros usuários do fórum, mas jamais teve a oportunidade de fazê-lo. A recepção ligou com uma notícia que fez a equipe toda parar onde estava: Angel havia matado mais uma vez.

87

— Parece ter sido uma briga e tanto.

Charlie e Helen estavam juntas no pátio de cargas gelado, olhando para o morto que se encontrava à sua frente. Um jovem — na faixa dos 25 anos e com o corpo coberto de tatuagens — jazia no asfalto, com uma imensa poça de sangue rodeando sua cabeça. Um corte profundo no meio do rosto era fotografado pela equipe de perícia, mas o que chamou a atenção de Helen foi seu tronco. Ele fora fatiado no que parecia ter sido um frenético ataque com uma faca, mas os órgãos internos permaneciam intactos.

Helen desviou os olhos da cena aterradora por causa do comentário de Charlie. Ela estava certa. Havia sangue por todo lado: respingado em caixotes, onde alguém tinha sido jogado, esfregado pelo chão, onde a briga havia acontecido, e em gotas espalhadas na trilha por onde a parte sobrevivente tinha fugido. As pegadas eram pequenas e pareciam ter sido deixadas por botas de salto alto: Angel.

— Acho que dessa vez ela encontrou o sujeito errado — continuou Charlie.

Helen fez que sim, mas não disse nada. O que havia acontecido ali? Por que ela não o drogara como os outros? Aquilo parecia uma luta desesperada de vida ou morte. Talvez Charlie tivesse razão. Talvez a sorte de Angel finalmente tivesse se esgotado.

— Um marinheiro. Provavelmente estrangeiro. Provavelmente solteiro. Uma escolha estranha para ela. — Helen falava em voz alta enquanto analisava as estranhas tatuagens do cadáver.

— Talvez esteja ficando mais difícil encontrar as vítimas.

— Mas, ainda assim, ela não consegue parar — replicou Helen. Era uma ideia preocupante.

Charlie fez que sim, mas não disse nada. O corpo estava parcialmente vestido, e Helen agora o examinava mais de perto. Ao que parecia, Angel ficara perturbada com o encontro e fora incapaz de cometer as extravagâncias de costume com a vítima. O peito parecia ter sido retalhado — não havia nada da costumeira precisão dela ali. Só um frenesi de violência.

— O que vocês têm para mim? — perguntou Helen ao chefe da equipe de perícia.

— Uma laceração profunda no rosto. A facada praticamente atravessou o olho dele. A morte deve ter sido instantânea.

— Mais alguma coisa?

— Parece que ele esteve envolvido em algum tipo de atividade sexual essa noite. Tem vestígios de sêmen no pênis e os quadris apresentam hematomas. Isso sugere que o sexo foi violento, possivelmente um estupro.

Sem mais nem menos, Helen sentiu um lampejo de compaixão por Angel. Mesmo depois de tantos anos, nada afetava Helen tanto quanto crimes de natureza sexual, e ela sempre sentia pena das vítimas, por mais degeneradas que fossem. O momento posterior a um estupro é como uma morte lenta, um câncer que corrói a pessoa por dentro sem querer deixá-la, sem querer deixá-la viver. Angel era perturbada, louca até, mas um ataque como aquele a teria mergulhado ainda mais fundo no abismo.

Ela devia estar cheia de hematomas, além de, talvez, gravemente ferida. Será que agora se recolheria do mundo e seria perdida para sempre? Ou será que cometeria um derradeiro ato de glória?

88

A chuva caía, constante e forte. Atacava a cidade em vez de limpá-la, batendo na calçada com explosões furiosas. Poças profundas começavam a se formar, impedindo a sua passagem, mas ela não hesitou e foi marchando no meio delas. A água entrou nos seus tênis, encharcando os pés doloridos, mas ela não parou. Se hesitasse, perderia a coragem e daria meia-volta.

Estava morrendo de frio, a cabeça latejava e o corpo parecia gritar à medida que o choque ia passando. Tinha certeza de que chamava a atenção, então apertou o passo. Quanto mais rápido andava, menos mancava. Usava um casaco com capuz além de um boné de beisebol, mas, ainda assim, um transeunte mais observador notaria os hematomas ao redor dos olhos e no nariz. Tinha uma explicação na ponta da língua, mas não se sentia confiante o bastante para dá-la. Por isso, continuou em frente.

Por fim, o prédio surgiu bem diante dos seus olhos. Instintivamente, hesitou — seria por medo? Vergonha? Amor? —, mas logo foi até ele. Não tinha a menor ideia do que esperar, mas sabia que era o certo a fazer.

O lugar parecia triste, porém amigável. Ela esmurrou a porta e aguardou, olhando ao redor para ver se alguém a observava. Mas não havia ninguém. Estava sozinha.

Ninguém veio atender. Ela esmurrou a porta outra vez. Pelo amor de Deus, cada segundo tornava aquilo pior.

Dessa vez, ouviu passos. Afastou-se da porta, preparando-se para o que estava por vir.

A porta se abriu lentamente, e um vulto corpulento e de aparência maternal surgiu no vão. Olhou para a figura encapuzada e se deteve.

— Posso ajudar? — Seu tom foi cortês, porém cauteloso. — Meu nome é Wendy Jennings. Você veio visitar alguém?

Em resposta, a mulher baixou o capuz e tirou o boné. Wendy Jennings conteve um grito.

— Meu Deus! Entre, minha pobre menina. Alguém precisa dar uma olhada nisso.

— Eu estou bem.

— Ora, venha. Não tenha medo.

— Eu não quero nada para mim.

— O que você quer, então?

— Isso.

Ela abriu o zíper do casaco e mostrou o pacote macio que estava escondido ali dentro. Wendy baixou os olhos para a bebê adormecida, envolta em uma manta quentinha, e se deu conta de que a criança lhe estava sendo oferecida.

— Pegue, pelo amor de Deus — sibilou a mulher.

Mas, agora, Wendy Jennings começava a recuar.

— Ouça, minha querida, vejo que você está em apuros, mas não podemos ficar com a sua bebê assim, sem mais nem menos.

— Por que não? Isso aqui é um orfanato, não é?

— Sim, claro, mas...

— Por favor, não me faça implorar.

Wendy Jennings se encolheu diante daquele tom. Havia nele uma angústia palpável mas também raiva.

— Eu não consigo mais cuidar dela — continuou a mulher.

— Estou vendo isso e compreendo, de verdade, mas existem outras formas de fazermos isso. Procedimentos que precisamos seguir. A primeira coisa que temos que fazer é ligar para o serviço social.

— Nada de serviço social.

— Deixa eu chamar uma ambulância, então. Alguém dá uma olhada em você, aí a gente pode conversar sobre a sua bebê.

Era uma armadilha. Tinha que ser. Ela tivera esperança de encontrar uma pessoa boa ali, alguém em quem pudesse confiar, mas não havia nada para ela ali. Virou-se.

— Aonde você vai? — gritou Wendy. — Fique, por favor, e vamos conversar sobre isso.

Mas ela não respondeu.

— Eu não quero te fazer mal.

— Não quer, o cacete.

Ela hesitou, então se virou, deu um passo largo e cuspiu no rosto de Wendy Jennings.

— Você devia ter vergonha.

Ela saiu andando pela rua sem olhar para trás, com a bebê agarrada ao peito. As lágrimas escorriam pelo seu rosto: lágrimas grandes e desesperançadas, de impotência e de raiva.

Sua última chance lhe escapara, sua última chance de redenção.

Agora, só lhe restava a morte.

89

Era inútil. A polícia havia forçado a imprensa a se afastar, lembrara-
-lhe de suas responsabilidades, mas, assim que foi embora, tudo
recomeçou: as batidas na porta, as perguntas feitas pela abertura
para cartas. Alguns tentaram a sorte pelos fundos da casa, escalan-
do a cerca do jardim e chacoalhando a porta de trás. Espiando pela
janela da varanda envidraçada como fantasmas.

Robert e os pais agora viviam em eterna escuridão no primeiro
andar. De início, acharam que ninguém os veria lá em cima, mas
então perceberam um fotógrafo pendurado numa janela de primeiro andar do outro lado da rua e fecharam a cortina. Agora se
comportavam como criaturas notívagas, agrupados na escuridão,
alimentando-se de comida enlatada — existindo, em vez de vivendo.

No começo, Robert se mantivera bem longe da internet, sem
querer nenhum contato. Mas, quando essa é a única janela que se
tem para o mundo, é difícil não sucumbir. E, uma vez on-line, não
conseguiu resistir. Os jornais de circulação nacional fizeram a festa,
ressuscitando Marianne — a mulher monstro — em toda a sua glória.
Ele não queria que seus pais vissem, sabia que aquilo os magoaria,
então, trancado no quarto, leu até não mais poder. Virou a mãe
pelo avesso. Ficou surpreso em sentir um pouco de compaixão por
ela — Marianne claramente havia sofrido abusos tenebrosos e fora
abandonada —, embora seus crimes proporcionassem um material
de leitura macabro. Ela obviamente fora inteligente — mais inteligente do que ele? —, porém não inteligente o bastante para se salvar
da queda. Sua vida terminara de forma revoltante e deprimente.
Segundo o site do *National Enquirer*, a bala penetrara seu coração e
ela sangrara até a morte nos braços da irmã. No período posterior a

isso, a vida de Helen havia sido exposta, e agora chegara a vez dele. Cada reprovação na escola, cada pequeno deslize, cada esbarrão com a lei, tudo fora explorado pela imprensa. Queriam retratá-lo como um fracassado, como um vagabundo, violento, igualzinho à mãe. Um mau elemento. Tinha ficado com tanta raiva de como acabaram com a reputação dele e dos pais que, quando Helen Grace lhe enviara uma mensagem de apoio, ele lhe respondera de forma breve e desagradável. Talvez os jornalistas interceptassem as mensagens deles, talvez não. Ele não queria saber.

Alguma coisa tinha que ser feita. Isso estava claro. Seus pais estavam sofrendo de forma absurda, impossibilitados de ver ou de falar com os amigos, contaminados por estarem associados a ele. Robert sabia que precisava afastar a imprensa, oferecer aos jornalistas alguma outra coisa para pensar. Devia isso ao casal que o havia criado desde bebê.

Ele brincou com a atadura que envolvera o braço machucado até pouco tempo atrás, enrolando-a repetidas vezes nas mãos. Um plano foi se formando na sua cabeça. Era desesperado e significava o fim de tudo, mas o que mais ele podia fazer? Estava encostado na parede e não tinha para onde correr.

90

Tony ficou impressionado com a transformação. Ele sabia que Melissa havia pedido roupas limpas e maquiagem, mas, mesmo assim, não tinha esperado que ela ficasse tão diferente. Até agora, ele só a vira vestida a caráter, com o uniforme típico das profissionais do sexo: botas, saia curta e blusa decotada. Usando jeans e suéter, com os cabelos presos num rabo de cavalo, ela parecia feliz e relaxada.

Cumprimentou-o hesitante, como se não soubesse ao certo o que esperar, agora que haviam passado um tempo separados. Para dizer a verdade, nem ele próprio soubera direito como iria lidar com aquilo, mas, agora que estava ali, pareceu-lhe a coisa mais natural do mundo envolvê-la nos braços. Temendo serem vistos, correram para o segundo andar, embora a paixão já não estivesse em suas mentes — eles apenas se deitaram lado a lado na cama, de mãos dadas, os olhares voltados para o teto.

— Me desculpe se eu te causei algum problema — disse Melissa, baixinho. Ela obviamente havia imaginado que ele fosse casado, apesar de a aliança ter ficado em cima da mesa de cabeceira, em casa. — Não foi a minha intenção.

— A culpa não é sua. Por isso não se sinta culpada... Isso é minha função.

Tony conseguiu dar um leve sorriso e ela continuou:

— Não quero fazer você infeliz, Tony. Não depois de você ter sido tão bom para mim.

— Não está fazendo.

— Ótimo. Porque eu tenho pensado no que você me disse. E você tem razão. Eu quero, sim, mudar de vida.

Tony não disse nada, sem saber aonde aquilo estava indo.

— Se você conseguir me indicar os programas certos para que eu largue as drogas, vou segui-los. Não quero voltar para as ruas. Nunca mais.

— É claro. Vamos fazer tudo o que for possível para te ajudar.

— Você é um homem bom, Tony.

Tony riu.

— Estou muito longe disso.

— As pessoas se machucam, Tony. A vida é assim. Isso não faz de você ruim. Então deixe de se castigar. Você e eu... vai rolar o que tiver que rolar entre a gente e depois você pode voltar para a sua esposa, sem problemas. Não vou grudar em você, prometo.

Tony fez que sim, embora sem nenhuma sensação de satisfação ou alívio. Era isso que ele queria? Um retorno à normalidade?

— A não ser que você queira, é claro — continuou ela com um sorriso. — Mas você é quem sabe. Eu não tenho nada, você tem tudo. Se eu fosse você, faria o que é certo e voltaria para a sua esposa.

Os dois ficaram em silêncio, fitando mais uma vez as estranhas rachaduras no teto. Um novo futuro estava sendo oferecido a ele. Era completamente insano, é claro. Mas, estranhamente, fazia sentido. Mas teria coragem de agarrá-lo?

91

O detetive Grounds ficou de pé e observou o lugar com atenção. Nunca tinha visto nada igual. Era uma carnificina absoluta.

Anton Gardiner provara ser, em morte, uma figura tão esquiva quanto havia sido em vida — ele gostava de se mudar constantemente para manter a polícia e os concorrentes perdidos. Não tinha nenhuma propriedade em seu nome, preferindo alugar apartamentos por períodos curtos, de modo que, se precisasse sumir de repente, não teria maiores prejuízos. No fim, isso havia proporcionado ao detetive Bridges e à sua equipe a reviravolta de que tanto precisavam. Anton Gardiner só fazia pagamentos em dinheiro — não gostava do rastro que cheques e cartões de crédito deixavam. Assim, depois de algumas horas passadas ao telefone, pressionando proprietários a fornecer detalhes sobre qualquer pessoa que tivesse alugado algum apartamento por um período curto e pago em dinheiro nos últimos doze meses — e que talvez correspondesse à descrição de Anton —, enfim conseguiram algum resultado.

O senhorio tinha ficado satisfeito em ajudar e abriu o apartamento de subsolo na Castle Road para a inspeção da polícia. No entanto, ficou tão chocado quanto Bridges com a cena que os recebeu. Cadeiras quebradas, mesas reviradas, a única cama do lugar virada de cabeça para baixo com um colchão retalhado atirado por cima — era como se alguém tivesse declarado guerra ao apartamento sem demonstrar nenhuma piedade.

No quarto, embaixo da cama destruída, havia uma mancha marrom que formava um círculo irregular de pelo menos um metro de diâmetro. O detetive Grounds instruiu um dos seus agentes a chamar uma equipe de peritos criminais, embora não precisasse de ninguém para lhe dizer que aquilo era sangue seco. Alguém tinha perdido muito sangue naquele quartinho imundo.

A área manchada do carpete era um dos poucos lugares que não tinha sido revirado. Até mesmo o guarda-roupa havia sido despedaçado e os cantos do carpete foram levantados. Analisando os demais cômodos do apartamento, o detetive Bridges assimilou essas ocorrências. Duas coisas ficaram perfeitamente claras. Primeiro: alguém — provavelmente Gardiner — fora agredido e morto ali. Segundo: alguém estivera à procura de alguma coisa.

Mas o que seria? E por que estariam dispostos a matar para conseguir?

92

— Você tem certeza absoluta?

Helen sabia que tinha levantado a voz — várias cabeças se ergueram de repente dentro da sala de inquérito —, então em tom mais baixo, continuou a conversa, fechando a porta de sua sala com um empurrão.

— Cem por cento — respondeu a voz do outro lado da linha. Pertencia a Meredith Walker, chefe de perícia criminal da Central de Southampton. — Comparamos o DNA da saliva encontrada no rosto de Gareth Hill com o DNA recolhido das duas amostras de sangue encontradas no corpo de Anton Gardiner. Não houve correspondência. Se o sangue encontrado debaixo das unhas de Gardiner for do assassino dele, ele foi morto por outra pessoa.

— Não por Angel?

— Não é o que o exame revela. Estamos passando pela base de dados para ver se conseguimos encontrar alguma correspondência. Eu aviso assim que tiver alguma coisa.

Helen finalizou a ligação. Mais uma vez, o caso havia tido uma reviravolta. Sempre que pareciam se aproximar de Angel, ela voltava a se distanciar. Helen saiu da sala e chamou Charlie, que não tinha notícias muito melhores: não estavam mais perto de desmascarar os demais usuários do Bitchfest. Isso significava que havia apenas um caminho a ser explorado.

— Mande Sanderson assumir a busca por enquanto e venha comigo — disse Helen a Charlie. — A gente tem um encontro com um mentiroso.

93

— Olá, Hammer.

Jason Robins se virou e viu Helen e Charlie entrando no seu escritório. Ele se levantou da cadeira, passou por elas a passos rápidos e fechou a porta da sala de forma silenciosa, porém firme.

— Quem deixou vocês entrarem aqui? — exigiu saber. — Vocês não precisam de um mandado ou coisa assim?

— A gente só veio bater um papo. Falamos para as garotas da recepção que precisávamos conversar com você com urgência sobre um assunto policial e, assim que elas viram os nossos distintivos, ficaram mais do que satisfeitas em deixar a gente entrar.

Jason olhou de relance para as secretárias, que agora fofocavam às suas mesas.

— Eu podia processar vocês por assédio. Essa aqui — começou ele, indicando Charlie — tem me mandado e-mails dia e noite, ela me liga... Isso não está certo.

— Bem, sinto muito, mas é que "essa aqui" tem mais algumas perguntas para você — retrucou Charlie. — Perguntas sobre Angel.

— Isso de novo, não.

— Eu trouxe um retrato que gostaria que você desse uma olhada.

— Eu já disse que não conheço essa tal de "Angel"...

— Toma — continuou Charlie, ignorando os protestos dele e estendendo o retrato falado de Lyra para Jason.

Relutante, aceitou-o.

— Você conhece essa mulher? Ela é a Angel?

Jason ergueu o olhar para Helen. Sua testa começou a suar.

— Pela última vez: eu nunca contratei essa tal de Angel. Nunca conheci essa mulher. Eu fui vítima de um roubo de identidade. Alguém clonou o meu cartão de crédito e usou para...

— Então por que você ainda não prestou queixa? — retrucou Helen, a irritação rompendo sua postura profissional.

— Como?

— A gente falou com o seu banco. Acontece que você nunca relatou nenhuma atividade fraudulenta no seu cartão. Na verdade, você continuou usando o mesmo cartão desde a nossa última conversa. No Morrisons, na Boots... Quer que eu continue?

Dessa vez, Jason não teve nada a dizer.

— Eu vou te dar uma última chance, Jason. E, se você não parar com essa palhaçada e me contar sobre Angel *nesse momento*, eu vou ter que te prender por crime de obstrução da justiça — continuou Helen, erguendo a voz. — Eu saio arrastando você na frente de todos os seus colegas, mas faço questão de deixar a detetive Brooks aqui. Com as perguntas certas, ninguém vai ter a menor dúvida de que o chefe gosta de dormir com prostitutas e depois se gaba disso com outros infelizes na internet. A gente pode até mesmo indicar alguns dos seus posts para eles, sem querer. Tenho certeza de que iriam adorar saber tudo sobre Hammer e sua imensa p...

— Tá bom, tá bom, baixa essa voz, que droga — implorou Jason, lançando outro olhar furtivo para os colegas do outro lado do vidro. Muitos os encaravam sem disfarçar. — Podemos ir para outro lugar? — pediu ele.

— Não. Pode começar a falar.

Jason parecia prestes a protestar, então se jogou na cadeira, encolhido.

— Eu nunca contratei os serviços dela.

— O quê?

— Eu nunca dormi com a Angel. Na verdade, eu só me encontrei com ela uma vez.

— Mas os seus posts diziam que você dormiu com ela muitas vezes — interveio Charlie. — Que você tinha "feito de tudo" com ela.

Houve um longo período de silêncio. O rosto suado de Jason estava, agora, corado de vergonha.

— Eu menti. Nunca dormi com ela. Eu nunca dormi com nenhuma prostituta.

— Você inventou aquela coisa toda? — questionou Helen, incrédula.

Jason fez que sim, com a cabeça baixa.

— Eu disse para os outros caras o que eles queriam ouvir.

— Os outros caras do fórum? "PussyKing", "fillyerboots"...

— É, eu queria me enturmar. Queria que eles gostassem de mim.

Helen lançou um olhar rápido para Charlie. A solidão de Jason era trágica e, pela primeira vez, Helen sentiu uma pontada de piedade por aquele homem divorciado.

— Quando você conheceu a Angel?

— Quatro dias atrás. Um dos rapazes me disse onde encontrá-la, então eu saí para procurar. E lá estava ela.

— O que aconteceu?

— Eu peguei a Angel de carro. A gente seguiu em direção à praça central.

— E aí?

— Ela queria conversar. Ficou me fazendo perguntas. Conversa fiada, sabe. Aí... aí ela perguntou se eu era casado. E, eu não sei por que, aquilo me pegou de jeito.

— Como assim?

— Me tirou do sério. Foi uma pergunta boba, mas...

Jason fez uma pausa, pego de surpresa pela emoção suscitada pela lembrança.

— Eu comecei a chorar.

Por fim, ele ergueu os olhos. Helen foi surpreendida pelo desespero estampado em sua expressão.

— Eu contei tudo a ela. Como eu sentia falta da minha esposa. Como eu sentia saudades de Emily.

— E o que ela fez?

— Nada de mais. Ela não gostou de me ver falando daquele jeito. Disse umas coisas... "Vai passar", esse tipo de coisa, aí me mandou parar o carro.

— E aí?

— Aí ela saltou. Então saiu andando. E essa foi a última vez que a vi, eu juro por Deus.

Helen assentiu com a cabeça.

— Eu acredito em você, Jason, e sei que é difícil falar a respeito disso. Mas a verdade é que você escapou por muito pouco. Acredite em mim, as coisas poderiam ter sido bem piores.

— E ela tem... esses caras todos dos jornais?

— É, e é por isso que é tão importante que a gente encontre Angel. Então, por favor, dê uma boa olhada nesse desenho e me diga: essa é a Angel?

— Não.

Charlie lançou um olhar rápido para Helen, um olhar sobressaltado, mas Helen a ignorou. Podia sentir o caso mais uma vez se desfazer à sua frente.

— Olhe outra vez. Lyra Campbell é nossa suspeita número um. O retrato é muito parecido com ela. Você tem certeza de que essa não é a Angel?

— Absoluta. Não tem nada a ver com ela.

E, naquele momento, Helen soube que estavam de volta à estaca zero.

94

Helen se xingou amargamente. Estava óbvio agora como ela e a equipe haviam sido *manipulados*. Depois de mandar Charlie de volta para a base de operações, para reunir as evidências necessárias, Helen foi direto para o refúgio usado pela polícia, que era vigiado por dois policiais fardados. Até o momento, Melissa vinha sendo tratada como realeza e Helen se perguntou como ela iria reagir ao ser enfiada no banco de trás de uma viatura algemada.

De início, pareceu que não havia ninguém em casa. Helen bateu à porta com violência — teria Melissa, de alguma forma, descoberto e dado no pé? Os policiais do lado de fora da casa insistiram que ela não havia deixado o local, mas nunca se podia saber ao certo. Eventualmente, no entanto, um olho se aproximou do olho mágico, então ouviram a voz rouca de Melissa perguntar, em tom acusatório, quem era e o que queriam. Ela ficou surpresa ao ouvir a voz de Helen. Ficou ainda mais surpresa — e aflita — ao se ver na sala de interrogatório da Central de Southampton meia hora depois, sendo bombardeada com perguntas.

— Por que você fez isso, Melissa?

— Fiz o quê? O que foi que eu supostamente fiz?

Ela lançou a pergunta de volta para Helen como se estivesse ofendida com a simples sugestão de ter cometido alguma transgressão. Estava realmente de péssimo humor.

— Por que você matou Anton Gardiner?

— Ah, faça-me o favor.

— Ele te machucou? Você precisava de dinheiro?

— Eu nunca toquei nele.

Helen a encarou. Então estendeu a mão para a direita e puxou uma folha de dentro de sua pasta.

— A gente acabou de receber a análise completa do sangue encontrado no corpo de Anton Gardiner. Como era de esperar, ele estava coberto pelo próprio sangue, o que não é surpresa, considerando a violência que sofreu. Mas havia outro vestígio de sangue. Havia traços dele debaixo das unhas de Anton e até mesmo em dois dos seus dentes. Pelo que parece, ele arranhou e mordeu seu agressor, tentando se defender.

Helen deixou que isso fosse assimilado, então prosseguiu.

— O sangue é seu, Melissa.

— Porra nenhuma.

— Devo dizer que, a essa altura, seria aconselhável você ter um advogado presente...

— Eu não preciso de advogado. Quem está espalhando mentiras a meu respeito?

— A gente encontrou correspondência, Melissa. Submetemos a análise de DNA do sangue pelo computador nacional da polícia e o seu nome apareceu.

Melissa lançou um olhar enfezado para ela, mas não admitiu nada. Helen foi em frente, retirando mais folhas da pasta.

— Há três anos, você se envolveu numa briga com outra profissional do sexo, Abigail Stevens. Vocês discutiram por causa de um cliente. Ela acusou você de lesões corporais leves, você fez o mesmo e, como costuma acontecer nesses casos, foram pedidas amostras de DNA das duas partes, colhidas via cotonete oral. É de praxe que esses resultados fiquem no banco de dados nacional por dez anos.

Helen deixou-a absorver essa informação antes de continuar.

— Bem, talvez você tenha achado que a gente tinha se livrado da amostra, talvez tenha até mesmo esquecido que tinha fornecido, mas não há como negar que o sangue é seu.

Melissa estava prestes a interrompê-la, mas Helen a atropelou.

— Você matou Anton Gardiner e enterrou o corpo no antigo cinema. Então descobriu que o prédio abandonado ia ser vendido. Isso causou um certo transtorno, por isso, quando surgiu a oportunidade de colocar a culpa do assassinato em outra pessoa, você logo aproveitou. Anton nunca foi uma das vítimas de Angel, foi sua.

— É bom você ter prova disso ou vai se arrepender.

— Um dos meus policiais fez uma busca essa manhã num endereço de Bitterne Park. Na última vez que alguém confirmou ter visto Anton, ele estava perto de um apartamento de subsolo alugado na Castle Road. O lugar foi destruído, virado de cabeça para baixo e havia vestígios de sangue coagulado no quarto. Muito sangue. Seu e de Anton, será? A gente deve ter os resultados desse exame logo, logo.

Melissa franziu a testa. Mas Helen havia observado sua reação à menção da Castle Road e sabia que ela estava começando a ficar desconcertada.

— Anton não gostava de criar raízes, não é mesmo? Gostava de ficar se mudando, de cultivar certo ar de mistério. E ainda existia um boato de que, aonde quer que ele fosse, o dinheiro ia junto. Ele não acreditava em bancos, não é? E sempre dormia com uma faca debaixo do travesseiro. Talvez você tenha juntado dois e dois ou talvez tenha ouvido o boato. De um jeito ou de outro, precisava de dinheiro, não é?

— Você está falando merda.

— Você tinha sido despejada da sua quitinete por não pagar o aluguel e estava cheia de dívidas com drogas. Precisava de dinheiro. E a grana que o Anton tinha guardada era a solução perfeita. Quanto ele tinha de dinheiro?

Melissa estava prestes a responder, mas engoliu as palavras bem a tempo. Claramente não o bastante, pensou Helen, se é que a grana algum dia existira. Será que ela havia torturado e assassinado seu cafetão a troco de nada?

Houve uma longa pausa antes de Melissa por fim responder:

— Eu não tenho nada a dizer.

— Eu vou sugerir que a gente faça um intervalo agora. Durante essa pausa, você vai ter a oportunidade de ligar para um advogado, o que eu recomendo que faça. Quando a gente voltar, eu faço a advertência, então te detenho formalmente sob suspeita de homicídio, lesão corporal grave, detenção injusta, roubo e obstrução ao exercício da justiça. Sem falar em desperdiçar o tempo da polícia. O que você acha?

Por fim, a raiva de Helen se manifestou e Melissa reagiu no mesmo instante. Ela ficou de pé imediatamente e bateu com a ponta do dedo na mesa perto de Helen.

— Chama Bridges.

— Como?

— Chama Tony Bridges. Ele vai cuidar disso.

— O que você...

— Chame ele. AGORA!

Enquanto Helen caminhava de volta para a sala de inquérito, dezenas de situações diferentes começaram a girar na sua cabeça, cada uma pior que a outra. O que Melissa queria dizer com aquilo? O que Tony teria feito? E por que Melissa estava tão confiante de que ele daria um jeito na situação para ela?

95

Ela abriu a porta do congelador e deixou a testa descansar no interior frio. A cabeça latejava, os hematomas lívidos do rosto pulsavam, e teve a sensação de que talvez vomitasse a qualquer momento. Sem manutenção, o compartimento estava com uma camada de gelo e parecia uma mão fria e redonda afagando seu rosto. Por um instante, sentiu-se em paz, quase calma. Mas logo o choro recomeçou, e a realidade a atingiu em cheio.

Abriu a porta da geladeira, tirou uma Coca-Cola da prateleira. Bebeu-a inteira, de uma só vez. Então se virou e saiu andando, deixando a porta da geladeira entreaberta, a luz fraca dando ao piso de linóleo sujo um tom amarelado e desagradável.

Amelia estava deitada na cama, gritando de fome. Olhou fixamente para sua bebê por um minuto, odiando quanto aquela criancinha era dependente dela. Por que ela? Por que essa menina não podia ser filha de uma pessoa digna? Uma pessoa decente. Era filha de uma puta com um assassino. Condenada antes mesmo de começar a vida.

Sua cabeça latejava mais que nunca enquanto a bebê gritava cada vez mais alto, então a pegou no colo rapidamente e, com um movimento fluido, levantou a blusa e conduziu os lábios franzidos de Amelia até o peito. Enquanto a bebê mamava, ela começou a sentir a cabeça rodar, foi ficando tonta. Não tinha dormido nada na noite anterior, consumida de raiva e desespero, e agora se sentia fraca e zonza. Depois de acomodar Amelia na dobra do braço, subiu na cama para repousar a cabeça por alguns instantes. Amelia agarrava o seu mamilo com firmeza, alegremente alheia à angústia da mãe.

Quando despertou, pouco depois, Amelia estava deitada em seus braços, saciada e adormecida, os lábios cobertos pelo resíduo de leite.

No decorrer da noite, ela havia pensado em diversas maneiras de resolver seu problema. De início, pensara em deixar Amelia nos degraus do hospital South Hants ou mesmo em entregá-la para alguém na rua, mas agora sabia que não queria dar Amelia a um estranho. Tinha perdido a fé na bondade humana. Sabe-se lá o que poderiam fazer com ela. Que martírios teria que suportar? Não podia voltar para a própria família, é claro, o que queria dizer que tudo dependia dela.

Depois disso, era só uma questão de como o faria. Não tinha coragem de bater nela. Tampouco conseguia pensar na possibilidade de usar um travesseiro. Apesar de tudo, sabia que lhe faltaria coragem. Melhor fazê-lo enquanto Amelia mamasse. A bebê até que gostava da mamadeira, e, se ela triturasse os comprimidos bem pequenininhos... A farmácia abriria logo e ela poderia comprar o necessário. Então estaria tudo terminado.

Simples assim. Entretanto, ela sabia que seria a decisão mais difícil que teria que tomar na vida. Apesar de saber que estava levando a paz, por que seu estômago se revirava só de pensar a respeito? Ela havia matado sem pudor, tinha sentido prazer em exterminar aqueles idiotas imundos que se diziam pais e maridos. *Pá, pá, pá, pá*. Mas agora hesitava. Não era só o fato de a bebê ser sangue do seu sangue — era o que ela sentia. Havia meses lutava contra esse sentimento, tentava se forçar a *odiar* aquela coisinha, porém não tinha mais como negar. Sentia pena dela.

E isso era algo que não sentia havia muito, muito tempo.

96

— Eu vou tornar isso fácil para você. Toma.

Tony Bridges deslizou um envelope por cima da mesa do pub. Helen o encarou o tempo todo, tentando enxergar o interior do homem em quem sempre havia confiado.

— É a minha carta de demissão — explicou Tony.

Helen hesitou, então por fim baixou o olhar. Abriu o envelope e leu a carta por alto.

— Tony, isso é precipitado. Você fez uma bobagem sem tamanho, mas talvez exista uma maneira de a gente lidar com isso. Tirando você dos deveres operacionais, te arranjando um trabalho burocrático...

— Não, eu preciso sair. É o melhor para mim. E para você. Eu... Eu preciso de tempo para ficar com Nicola. Preciso contar a ela o que aconteceu. E tentar fazer com que ela me perdoe. É hora de eu colocar Nicola em primeiro lugar, para variar.

Helen percebeu que ele estava decidido. Sentia um enorme vazio em perder um dos seus melhores agentes — e um dos seus melhores amigos na delegacia —, mas Tony havia tomado uma decisão e não fazia sentido lutar contra a sua vontade.

— Eu achei que você ia tentar me convencer do contrário, por isso deixei também uma cópia no escritório de Harwood quando estava vindo para cá.

Helen não pôde deixar de sorrir. Era típico de Tony: diligente até o fim.

— O que aconteceu, Tony?

Tony olhou bem nos olhos dela ao responder, recusando-se a se esquivar da responsabilidade.

— Eu fui fraco. Desejei Melissa e... Isso não é desculpa, mas a minha vida tem sido tão... estéril. Tão vazia. E ela me ofereceu uma coisa que eu não tinha. A verdade é que eu provavelmente ainda estaria com a Melissa se ela não tivesse... Eu precisei fazer aquilo. Precisei me fazer lembrar do que é importante. Do que eu amo. Eu agora sei que quero a Nicola. Quero que ela seja feliz, que a gente seja feliz. Eu tenho um dinheiro guardado, então... então vou passar um tempo com a minha esposa.

Helen se surpreendeu com o sentido de propósito que ele demonstrou ter. Para um homem que andara tão perdido, que fizera uma merda tão grande, Tony tinha a mais completa clareza do que precisava ser feito. A força dos seus sentimentos era admirável, mas, ainda assim, era um enorme desperdício.

— Sei que eu poderia tentar dar um jeito de escapar dessa situação, mas eu traí a minha esposa e traí a força policial. Na primeira vez que me sentei com Melissa, contei a ela a respeito de Angel, o que a gente sabia e não sabia, e ela criou Lyra para nos confundir. Ela disse o que eu queria ouvir. Ela nunca teria conseguido nos conduzir por um beco sem saída se eu não tivesse revelado determinados detalhes, detalhes confidenciais sobre a investigação. Eu caí na lábia dela. Para proteger você, para proteger a equipe, o melhor a fazer é eu sair.

Helen fez menção de interrompê-lo, mas Tony não havia terminado.

— Se estiver tudo bem para você, eu nem vou voltar para a delegacia. Eu preferiria ser lembrado de forma positiva. Como me viam.

— É claro. Eu providencio tudo com o RH e imagino que seu representante depois entre em contato com você. Vou tentar conseguir o melhor acordo que puder para você, Tony.

— Você já fez o bastante. Só sinto muito que, no fim das contas, eu tenha feito tão pouco.

Dito isso, ele se levantou e de repente foi tomado pela emoção. Claramente queria sair dali, e Helen não o impediu.

— Se cuida, Tony.

Ele ergueu a mão ao sair, mas não se virou. Tinha sido um dos agentes mais promissores que ela tivera, seu suporte, e agora se fora. Angel continuava à solta e Helen estava mais sozinha do que nunca.

97

— O que estou prestes a dizer morre aqui. A gente não pode se dar ao luxo de ter distrações desnecessárias. Isso *não pode* vazar. Assim, não discutam o assunto, não contem aos seus amigos ou parceiros. Eu quero sigilo absoluto.

A equipe se reunira de última hora na sala de inquérito — todos menos o detetive Fortune, que não fora localizado. Helen não gostava de ter que fazer isso sem que todos estivessem presentes, mas não lhe restava escolha. Precisava cortar o mal pela raiz.

— Vocês, sem dúvida, ouviram os boatos e eu sinto dizer que são verdadeiros. Tony Bridges teve um relacionamento sexual com Melissa Owen, e isso comprometeu a investigação.

A equipe claramente *tinha ouvido* os boatos, mas, ainda assim, foi uma martelada vê-los confirmados.

— Lyra Campbell é um beco sem saída, uma tentativa de Melissa de transferir sua culpa pelo assassinato de Anton Gardiner para outra pessoa. Ela achou que podia usar Tony para livrar a própria cara. A única coisa boa dessa confusão infernal é que ela vai cumprir pena pelo que fez. Tony... Tony não vai voltar. Ele pediu demissão essa tarde. Charlie vai assumir as funções dele.

Helen olhou de relance para Charlie, que, dessa vez, não conseguiu encará-la. Helen hesitou, receosa, então foi em frente.

— Assim, voltamos ao começo.

Algumas cabeças se abaixaram, então Helen continuou em um tom enérgico.

— Temos alguns novos dados que talvez sejam úteis. A perícia examinou o sangue encontrado no pátio de cargas. Uma grande quantidade de sangue nos caixotes e no chão que pertenciam a uma mulher, tipo sanguíneo O, e usuária pesada de bebidas alcoólicas, sedativos e cocaína. O mais interessante é que há níveis aumentados de prolactina no sangue. O que sugere que ela esteja amamentando.

A equipe deixou escapar um suspiro audível. Aquela era uma evolução surpreendente e que aumentava de forma significativa os riscos da operação.

— Então é possível que Angel tenha um bebê ou que tenha dado um para alguém criar recentemente, mas, de uma forma ou de outra, alguém, em algum lugar, teve contato com ela. Pode ter sido um médico, uma clínica pré-natal, um ambulatório, o serviço social, um pronto-socorro ou mesmo a filial mais próxima da Boots. Graças a Jason Robins, agora temos um novo retrato falado de Angel rico em detalhes do rosto. A detetive McAndrew vai distribuí-lo e eu quero todo mundo, e eu quero dizer todo mundo, por aí fazendo as perguntas certas nos lugares certos.

A equipe estava prestes a se dispersar, mas parou onde estava com a súbita aparição do detetive Fortune.

— A convocação era para a equipe inteira, detetive Fortune — repreendeu Helen.

— Eu sei, e sinto muito, senhora — respondeu o jovem policial, ruborizando. — Mas eu estava trabalhando o ângulo tecnológico do caso com os rapazes e... acho que encontrei alguma coisa.

A equipe voltou a se acomodar, ansiosa.

— A gente estava tentando ver se conseguia chegar aos IPs dos outros usuários do Bitchfest. Ver se conseguíamos localizar algum dos outros homens que tiveram contato com Angel. A gente não estava tendo muita sorte, mas aí, olhando as postagens, notei uma coisa. Certas frases e grafias repetidas.

Agora ele tinha a atenção de Helen. Ela estava com a sensação de que sabia aonde aquilo estava indo e, se estivesse certa, mudaria tudo.

— Vários homens usavam o fórum com frequência: participantes anônimos como "PussyKing", "fillyerboots", "Blade", "BlackArrow", que faziam posts sobre seus encontros sexuais e encorajavam outros participantes como Simon Booker, Alan Matthews e Christopher Reid a procurar Angel. Diziam a eles onde encontrá-la e o que ela podia fazer por eles. Eu estava relendo as postagens enquanto os rapazes da computação trabalhavam e notei que, em mais de uma ocasião, "PussyKing" usou a frase "rachar aquela piranha". Então lembrei que "Blade" também tinha usado essa frase. E também notei que os dois escreviam "chupar-o-meu-pau" com hífen, assim como "fillyerboots" fazia. Além disso, os três erraram a ortografia de "êxtase" constantemente, escrevendo "êstase". Então, puxei todas as postagens deles e... a grafia, a pontuação e os erros de digitação são idênticos.

— Então esse tempo todo a gente esteve caçando esses três caras quando, na verdade...

— Eles são todos a mesma pessoa — interrompeu o detetive Fortune.

— Todos eles são Angel.

Até mesmo enquanto dizia isso, a cabeça de Helen rodou.

— Angel vem conduzindo as vítimas até ela.

A equipe parecia atordoada. Agora estava claro por que não tinham conseguido rastrear os clientes de Angel: porque eles não existiam. Como podiam ter errado assim tão feio?

— Certo. Precisamos mudar de rumo imediatamente — continuou Helen, mobilizando a equipe, ainda perplexa. — A gente pode partir do princípio de que os erros ortográficos das caixas dos serviços de entrega eram uma tentativa proposital de fazer a assassina parecer pouco instruída, até mesmo disléxica. Na verdade, ela é instruída e sofisticada. Seu vocabulário é extenso, ela é hábil no uso e na manipulação de TI e conta com uma mente admiravelmente ordenada, capaz de planejar e executar esses assassinatos com um mínimo de risco para si. Ela não é burra. É astuta, inteligente e ousada.

A equipe ia absorvendo cada palavra que ela dizia conforme a primeira imagem detalhada da assassina ia tomando forma diante de todos.

— Ela bebe muito, usa drogas com frequência e teve um bebê recentemente. É provável que tenha histórico de prostituição, embora nunca tenha sido presa: seu DNA não está no banco de dados nacional. De forma que talvez ela tenha entrado para essa vida há pouco tempo. Presume-se que tenha hematomas recentes e que talvez esteja ferida depois do último assassinato. Temos muito com o que trabalhar, temos o retrato falado, mas precisamos ser espertos. Vamos focar o segmento mais alto do mercado primeiro: acompanhantes e estudantes; e vamos pensar na geografia desses ataques. Eu aposto que ela vem se escondendo em alguma parte da zona central ou norte da cidade, então vamos atrás dela.

A equipe se aproximou correndo para pegar os retratos falados, subitamente animada para solucionar aquela investigação. A única pessoa que não se aproximou de imediato foi Charlie. E Helen queria saber por quê.

98

Charlie se afastava da delegacia com rapidez — mas não com rapidez suficiente. Helen a alcançou antes que ela conseguisse atravessar a rua e foi direto ao ponto:

— O que está acontecendo, Charlie?

— Como assim?

— Normalmente você começaria a trabalhar nisso imediatamente, mas tem alguma coisa acontecendo.

Charlie olhou para a chefe. Não havia por que mentir para ela; já haviam passado desse ponto.

— Steve. Ele quer que eu deixe a polícia.

— Entendo — disse Helen. Não ficou surpresa. — Eu sinto muito se dificultei as coisas para você. Eu podia ter lidado melhor com Steve.

— A culpa não é sua. Isso estava mesmo para acontecer. Desde...

Ela não precisava dizer aquilo em voz alta.

— Eu entendo. A gente precisa de você. Você sabe disso, mas, no fim das contas, precisa fazer o que achar certo para você. Não vou te atrapalhar e você tem o meu apoio no que decidir, ok?

Helen colocou a mão no braço de Charlie num gesto tranquilizador.

— Obrigada.

— E se precisar conversar...

— Claro.

Helen se virou para ir embora.

— E você, como está?

Helen fez uma pausa, pega de surpresa pela pergunta de Charlie. Seus olhos desviaram para o jornaleiro, do outro lado da rua, e para o *Evening News*, que prometia mais revelações sobre Robert e Marianne. Não era difícil entender por que Charlie estava fazendo aquela pergunta.

— Não sei como ela consegue.

— Quem?

— Garanita. Ela sabe aonde eu vou, o que eu faço. Com quem eu me encontro. Ela sabe de *tudo*. É como se ela tivesse entrado em mim... Não sei como ela consegue.

— Algum vazamento na equipe?

— Não... isso não está relacionado só com a investigação. Tem a ver comigo. Coisas pessoais. Ela é um fantasma me seguindo por cada cômodo da minha vida.

Helen detestava se mostrar perdida diante de Charlie, mas não fazia sentido esconder sua mágoa profunda de alguém que já havia sofrido o diabo junto com ela.

— Você já superou coisa pior que ela. Você não pode deixar Garanita vencer.

Helen fez que sim. Sabia que Charlie estava certa, embora fosse difícil ser otimista quando sentia estar numa posição tão desfavorável.

— Ela é um verme — continuou Charlie. — Não é digna nem de estar na mesma rua que você. Independentemente do que ela possa saber, você é Helen Grace. Você é uma heroína. Ninguém nunca vai ser capaz de destruir isso. Eu acredito em você e você também devia acreditar.

Helen ergueu os olhos, grata pelo apoio de Charlie.

— E, quanto a Emilia Garanita — continuou Charlie —, ela vai ter o que merece logo, logo. Gente como ela sempre tem.

Charlie sorriu e Helen retribuiu. Logo em seguida, as duas se separaram.

Ao voltar para a delegacia, Helen se sentiu momentaneamente enlevada — satisfeita por ter sido colocada para cima por uma mulher que ela havia tentado, de todas as formas, prejudicar. Quando chegou ao átrio, ela se deu conta de que o telefone estava desligado desde que a notícia da identidade de Robert tinha sido publicada. Depois de ligá-lo, surgiram muitas mensagens de voz e, junto com elas, uma mensagem de texto de Robert.

Dizia, simplesmente: "Vai se foder."

99

Era tarde quando Charlie voltou para casa. O relógio marcava onze e quinze, e a casa estava em silêncio. Não havia nenhum sinal de...

— Oi.

Charlie quase morreu de susto ao ouvir a voz de Steve. Ela se virou e o viu sentado na escuridão da sala de estar. Atravessou o cômodo e acendeu a luz. Ele franziu a testa, incomodado com a luz forte.

— Estou te esperando há horas, mas imagino que você tenha trabalhado até tarde.

O tom dele foi neutro e não havia nada da amargura que Charlie havia esperado. Ainda assim, sua serenidade a deixou preocupada. Ele soava profissional.

— Onde você esteve? — indagou ela.

Teve a sensação de que algo importante — algo ruim? — estava prestes a ser dito, mas, ainda assim, estava bastante aliviada por ele ter voltado para casa.

— Na casa de Richard.

O melhor amigo dele. Charlie havia ligado para ele quando estava à procura de Steve, e Richard mentira para ela. Isso não a surpreendia.

— Eu tenho pensado bastante. E tomei uma decisão — continuou Steve.

Charlie enrijeceu o corpo e não disse nada.

— Eu quero ter um filho, Charlie. — Agora era a vez dele de soar contrariado. — Eu quero um bebê mais do que qualquer coisa no mundo. Mas a gente não pode fazer isso se você estiver trabalhando desse jeito, se colocando em perigo todos os dias. Eu não posso passar por isso outra vez. Você entende?

Charlie fez que sim.

— Eu estou pedindo para você sair. Para que a gente possa ter a vida que sempre quis ter. E, se você não fizer isso ou não quiser fazer... aí eu acho que eu não posso ficar.

E lá estava. O ultimato que vinha se aproximando havia um ano e meio.

Esse, então, era o legado de Marianne.

100

Já passava da meia-noite e a sala de inquérito estava deserta. Os policiais dispensados da busca de pistas dormiam em suas camas, cientes de que mais um dia penoso os aguardava. Helen havia reunido as pastas do caso e estava procurando algo para acomodá-las. Não era boa prática removê-las da delegacia, mas queria levá-las para casa e se debruçar mais uma vez sobre elas com os olhos descansados.

Cloque, cloque. Cloque, cloque.

Alguém atravessava o corredor deserto.

A detetive-superintendente Ceri Harwood. Helen imediatamente levantou a guarda. Não via e nem era contatada por Harwood havia algum tempo, e isso subitamente a deixou nervosa.

— Trabalhando até tarde? — perguntou Harwood.

— Estou terminando. E você?

— Eu também, mas não é por isso que estou aqui até tão tarde, na verdade. Eu queria conversar com você a sós e parece que o melhor momento para encontrá-la é na calada da noite.

Um pequeno insulto displicentemente inserido na conversa. Helen tinha a péssima sensação de que havia caído numa emboscada.

— Eu não queria fazer isso enquanto a equipe estivesse aqui. Essas coisas são melhores quando feitas... sigilosamente.

— O que isso significa? — perguntou Helen.

— Que estou afastando você do caso.

E lá estava: às claras.

— E qual é a justificativa?

— Você fez merda, Helen. Não temos nenhum suspeito, ninguém detido e cinco corpos no necrotério. E eu tenho uma chefe de investigação que tem andado tão distraída protegendo o sobrinho mau elemento que não notou que seu segundo em comando estava trepando com uma testemunha-chave.

— Eu acho que você está sendo injusta. Nós cometemos erros, mas estamos mais perto de encontrar a assassina do que jamais estivemos. Estamos na reta final e, com todo o respeito, eu sugi...

— Não finja que já teve qualquer respeito por mim, Helen. Eu sei o que você pensa. E, se tivesse tentado, mesmo que vagamente, ocultar o seu... desprezo, talvez não tivéssemos chegado a esse ponto. Mas a verdade é que você é do mal, Helen. Espalha veneno por onde passa e eu não confio nem um pouco na sua liderança nessa investigação. Por esse motivo, fui forçada a me reunir com o comissário de polícia.

— Quem vai assumir?

— Eu.

Helen sorriu com amargura.

— Quer dizer que, quando nós finalmente estamos chegando perto, você embarca? É assim que você trabalha? Foi assim que chegou tão longe sem *fazer* nada?

— Cuidado, Helen.

— Você é uma caçadora de glórias. Uma parasita.

— Pode me chamar do que você quiser. Mas agora quem manda sou eu e você está fora.

Harwood fez uma pausa, deleitando-se com seu momento de vitória.

— Eu lido com a imprensa...

— Não tenho dúvida de que sim.

— E comunico à equipe amanhã de manhã logo cedo. Por que você não dá uma arrumada nas coisas e tira uma licença de uma semana? Vamos encontrar alguma outra coisa para você quando voltar. Quem sabe não soluciona o assassinato de Alexia Louszko?

— Você vai ter sorte de me ver aqui outra vez.

— Essa decisão compete a você, Helen.

Depois de dar o recado, Harwood partiu dando um boa-noite apressado já de costas. Helen a observou se afastar, sentindo uma desordem de sentimentos dispararem pelo seu corpo ao se dar conta da abrangência da derrota. Ela havia sido destruída. A investigação e sua carreira agora estavam em ruínas, e não havia nada que ela pudesse fazer a esse respeito.

101

Ela não olhava para ele. Por mais que ele implorasse, ela não olhava para ele. Seus olhos fitavam a janela resolutamente, sem nada verem. Tony Bridges deu a volta até o outro lado da cama, mas, ao se aproximar do campo de visão de Nicola, ela desviou o olhar rapidamente para o outro lado. Ao fazê-lo, as lágrimas escorreram pelas bochechas.

Tony também estava chorando. Começara a chorar antes mesmo de terminar sua confissão. Uma vergonha acachapante fora tomando conta dele, tornando o seu *mea culpa* vacilante e irregular. De início, ele tinha visto inquietação nos olhos de Nicola — preocupação com a possibilidade de algum membro da família ter morrido ou de que ele tivesse perdido o emprego —, mas lentamente seus olhos foram endurecendo e se estreitando conforme a natureza do crime dele foi se tornando mais clara. Assim, os dois se mantiveram afastados dentro do pequeno quarto, mais afastados do que jamais estiveram em toda a sua vida de casados.

O que podia dizer a ela? O que podia fazer para consertar as coisas? Ele havia buscado nos braços de outra algo que sua esposa nunca poderia lhe dar.

— Eu sei que você provavelmente me odeia. E, se você quiser que eu vá embora, não vou discutir. Mas eu *quero* estar aqui. Eu pedi demissão da força policial para poder começar a consertar o estrago que causei, fazer algumas mudanças na minha vida, ser o marido que você merece.

Nicola fitou a porta aberta com um olhar decidido.

— Eu quero que a gente seja como era antigamente. No início, quando a gente nunca passava uma noite separado, quando vivíamos um para o outro. Eu... Eu cometi um erro enorme e, embora nunca vá conseguir me redimir... eu queria que representasse um novo começo para mim. Para nós.

Tony baixou a cabeça, mais uma vez assaltado pela possibilidade de que Nicola colocasse um ponto final no casamento deles e o jogasse na rua. Por que tinha sido tão idiota? Tão egoísta?

Nicola ainda se recusava a reagir. Em conversas, ela normalmente piscava uma vez para comunicar "sim" e duas para não, mas, até então, seus olhos haviam permanecido paralisados. Suas bochechas estavam molhadas, então Tony estendeu a mão para secá-las com um lenço de papel. Nicola fechou os olhos e os manteve fechados, recusando-se a olhar para ele enquanto Tony acariciava seu rosto.

— Talvez você nunca mais me queira, mas eu quero tentar. Realmente quero tentar. Não vou te forçar a nada e, se você quiser que eu vá embora e que chame a sua mãe agora, que eu conte a ela o que aconteceu, eu conto. Mas, se você me quiser, então me deixe tentar melhorar as coisas. Chega de noites separados, chega de conversas pela metade. Chega de cuidadoras, de estranhos. Só você, eu... e Charles Dickens.

Ele deu a volta até a cabeceira da cama e, pela primeira vez naquele dia, ela não desviou o olhar.

— Você é quem sabe, meu amor. Eu estou nas suas mãos. Você me deixa tentar?

O silêncio reinava no quarto — a única coisa que Tony conseguia ouvir eram as batidas do próprio coração. Ele teve a sensação de que estava prestes a explodir, então a pálpebra de Nicola finalmente se mexeu.

Desceu uma única vez e permaneceu fechada.

102

O Centro de Orientação Estudantil ficava na área mais tumultuada da Highfield Road, em Portswood. Era perto do campus da Universidade de Southampton, embora também servisse aos alunos da Solent University e do Centro Nacional de Oceanografia — caso se dessem ao trabalho de caminhar até tão longe no norte. A detetive Sanderson estava do lado de fora, caminhando de um lado para o outro com os pés cansados enquanto esperava que Jackie Greene aparecesse. Estudantes são seres notívagos e, por causa disso, orientadores precisam trabalhar até tarde com frequência, mas, ainda assim, Sanderson estava irritada com o atraso de Greene. Ela era uma mulher adulta — chefe de serviços do Centro e a orientadora mais experiente da instituição. Será que não conseguia ser pontual para uma reunião com a polícia?

Quando, por fim, a obesa srta. Greene deu as caras, o motivo para o seu atraso logo ficou claro. Ela não gostava da polícia. Seria por causa do seu posicionamento político à esquerda (havia adesivos da União Nacional dos Estudantes e do Greenpeace em todo o seu computador) ou por solidariedade aos estudantes, que ela alegava terem apanhado da polícia durante manifestações recentes contra os cortes da universidade? De qualquer forma, não parecia ansiosa para ajudar. Mas Sanderson não deu a mínima. Estava de mau humor e disposta a encarar o desafio.

— Estamos nos concentrando em estudantes mulheres que são ou foram profissionais do sexo. Provavelmente ela consome bebidas alcoólicas e drogas, pode ser propensa à violência e acreditamos que tenha tido um bebê recentemente.

— Você tem aí um monte de probabilidades e possibilidades — observou Greene, sem a menor inclinação a ser prestativa. — Já conversou com as maternidades das redondezas?

— É claro, mas a sua organização atende a toda a população estudantil e, por isso, você está na melhor posição para nos auxiliar — devolveu Sanderson, ignorando a tentativa de Greene de desviar as perguntas.

— O que faz vocês acharem que ela é universitária?

— Não sabemos se ela é. Mas é jovem, articulada e domina computação. Não se trata de uma garota burrinha que abandonou os estudos. Trata-se de alguém que teve, que tem, muito a oferecer, mas que saiu feio da linha. Se ela tem ou teve um bebê, é essencial que a encontremos o mais rápido possível. Temos um retrato falado aqui que eu gostaria que você olhasse. Vamos ver se ajuda a refrescar a sua memória.

Jackie Greene pegou o retrato falado.

— É provável que ela esteja com muitos hematomas ou feridas por causa de uma briga recente. Se alguém assim apareceu aqui ou visitou você...

— Eu não reconheço.

— Olhe outra vez.

— Por quê? Eu já disse que não reconheço. Então, a não ser que você esteja duvidando da minha palavra...

— Eu não tenho certeza se você se dá conta da gravidade do assunto. Cinco pessoas já foram assassinadas e haverá mais mortes se ela não for presa, então eu quero que você pense. Sua organização foi contatada por alguma aluna que trabalha na indústria do sexo e que se encaixa nessa descrição?

— Meu Deus, você não sabe de nada, não é? — replicou Greene, balançando a cabeça.

— Como assim?

— A gente tem dezenas e dezenas de garotas que se encaixam nessa descrição ligando para cá toda semana. Você tem ideia de quanto custa tirar um diploma hoje em dia? Aposto que não.

Sanderson ignorou o insulto.

— Prossiga.

— Eu não vou te dar nomes. As sessões são inteiramente confidenciais, você devia saber disso.

— E você devia saber que, em circunstâncias extraordinárias, e as atuais se enquadram nesse caso, eu posso pedir um mandado para fazer vocês abrirem os seus arquivos. O que quer dizer que vamos nos debruçar sobre cada detalhe de cada aluno que já entrou em contato com vocês.

— Pode me ameaçar quanto quiser. Eu não vou te dar nomes.

— Eu vou perguntar mais uma vez. Alguém que se encaixe nessa descrição entrou em contato com vocês?

— Você é surda, querida? Um *monte* de garotas se encaixa nessa descrição. Elas ficam sem dinheiro, recorrem à prostituição, não aguentam o tranco, mas aí já é tarde demais. Então elas bebem ou usam drogas para lidar com isso e muitas sofrem violência, estupro e ameaças de gravidez pelo caminho. Algumas dessas meninas fazem cursos de seis, sete anos de duração, e a mamãe e o papai não têm como pagar e o governo certamente não vai ajudar, então o que elas podem fazer?

Sanderson sentiu um arrepio na espinha enquanto uma ideia tomava forma.

— Volta aí um minuto. Você diria que as garotas matriculadas nos cursos mais longos são mais passíveis de cair na prostituição?

— É claro. Faz sentido, não faz? O curso custa dezenas de milhares de libras, e a prostituição paga melhor do que trabalhar num bar, então...

— E quais são os cursos que duram mais?

— Veterinária, alguns cursos de engenharia, mas a maioria é da área médica. Medicina.

— E recentemente alguma estudante de medicina que talvez se encaixe na nossa descrição entrou em contato com vocês?

— Mais de uma. Mas, como eu já disse, não vou te dar nenhum nome.

Jackie Greene se recostou na cadeira de braços cruzados, desafiando Sanderson a conseguir um mandado. Ela arranjaria um se fosse preciso, mas Sanderson teve outra ideia de como conseguir o que procurava. Deixou o Centro de Orientação e foi para o prédio principal da administração da universidade. Uma imagem estava se formando em sua mente e ela queria colocá-la à prova o mais rápido possível. Afinal de contas, quem melhor para realizar uma toracotomia doméstica do que uma ex-estudante de medicina?

103

Helen devia ter ido embora havia algumas horas, mas ainda não tinha conseguido sair. Eram quase nove da manhã — a equipe estaria se reunindo agora — e Harwood, sem dúvida, esperaria até estarem todos presentes para chegar de rasante e assumir o controle de tudo. Ela era boa em cronometrar esse tipo de coisa para obter o máximo de efeito. Pegaria algum integrante da equipe que estivesse perplexo para colocá-la a par dos últimos acontecimentos antes de distribuir tarefas. O que queria dizer que Helen tinha uma hora, duas no máximo, antes de estar fora em definitivo.

Havia tirado todas as pastas do caso da sala de inquérito e se trancafiara numa sala de interrogatório úmida que costumava ser evitada. Passou a noite inteira analisando o vasto apanhado de documentos contido nas inúmeras pastas, tentando enxergar, naquela montanha de detalhes, as conexões importantes. Trabalhando de trás para a frente, do assassinato mais recente e bagunçado, buscava correlações e paralelos, caçando pistas de por que Angel tinha sido levada a matar e o que faria em seguida. Aqueles homens teriam alguma conexão com o mundo estudantil? Será que haviam usado algum serviço de acompanhantes que recrutava um tipo de mulher "melhor"? O que a teria provocado? De quem estava com raiva? Perguntas, perguntas e mais perguntas.

Como o sol nasceu e se assentou sem que ela obtivesse nenhum progresso, Helen retornou aos princípios básicos. Quem era Angel e o que dera início à sua fúria homicida? O que servira de centelha para acender a fogueira?

Abrindo a pasta do caso Alan Matthews, ela releu os detalhes pela enésima vez. Estava tão cansada a essa altura que as palavras nadavam diante dos seus olhos. Depois de beber mais um gole de café frio, ela voltou para as fotos da cena do crime. Já as vira inúmeras vezes, mas ainda a deixavam enjoada: o tronco inchado aberto ao meio para que todos pudessem examiná-lo.

Para que todos pudessem examiná-lo. A frase zumbia na sua mente enquanto ela analisava o cadáver de Alan Matthews. De repente, seus olhos focaram o capuz que havia sido cuidadosamente colocado na cabeça dele antes da morte. Desde o começo, Helen o havia desconsiderado, argumentando que Angel o usara para sua própria segurança — a tentativa de uma assassina emergente de esconder sua identidade caso desse tudo errado e a vítima escapasse. Mas e se houvesse outro significado? Angel tinha se demorado com os outros — ela os agredira e depois os abrira ao meio com a mão firme, divertindo-se. A toracotomia doméstica, como Jim Grieves chamara, realizada em Alan Matthews, fora mais atrapalhada, mais brutal. Isso teria acontecido porque ela era amadora ou haveria outro motivo? Será que estava nervosa?

Helen olhou de relance para o relógio. Já eram nove e meia, e seu tempo certamente estava quase esgotado. Tinha, no entanto, a sensação de que estava perto de fazer uma descoberta, como se um quebra-cabeça estivesse tentando se montar sozinho diante dela. Precisava continuar e esperar, mesmo sem muitas esperanças, que não fosse descoberta. Seu telefone começou a vibrar, mas ela o ignorou. Aquele não era o momento para distrações.

O capuz. Concentre-se no capuz. Essa era a característica que distinguia o primeiro assassinato. Talvez Angel quisesse esconder sua identidade caso a vítima escapasse *ou* talvez tenha feito isso porque... não queria olhar a vítima nos olhos ao realizar a mutilação. Será que sentia medo dele? Medo de não ter coragem? *Será que ela o conhecia?*

O capuz não havia sido usado para sufocá-lo nem fora usado nos assassinatos subsequentes, então o que tornava a primeira vítima tão única? Será que ele tinha algum tipo de poder sobre ela? Por que Alan Matthews era especial? Tratava-se de um depravado imoral e um hipócrita interessado na religião evangélica que gostava de espancar a família...

O eco de uma lembrança. Algo que chamava o nome de Helen. De repente, ela jogou as pastas de lado e procurou a pasta da vigilância com o material que o detetive Fortune e sua equipe haviam reunido sobre a família Matthews. Havia um monte de detalhes mundanos, registros de horários — vários dados que poderiam ser úteis, mas Helen os descartou para priorizar as fotos do enterro. Ela estivera presente, caramba: será que a resposta estivera bem debaixo do seu nariz o tempo todo?

Fotos do cortejo fúnebre deixando a casa, das pessoas de luto chegando, da família saindo da igreja. Todas elas suscitavam a mesma pergunta. Lá estava Eileen sendo apoiada pela filha mais velha, Carrie. E lá estavam os gêmeos, elegantes, com seus ternos escuros. Mas onde Ella estava? Quando era vivo, Alan Matthews fazia um enorme alarde sobre ter quatro filhos, o pai de família fértil de uma família unida, disciplinada e devota — então onde estava a filha mais nova? Por que ela não havia aparecido no enterro? E, o mais importante, por que a família nunca a mencionara — nem durante os interrogatórios com a polícia, nem nas orações feitas no enterro? Por que a existência de Ella tinha sido apagada da família?

Enquanto esse pensamento se ajustava, outro foi se insinuando. O coração. Todos os outros corações foram entregues no local de trabalho, mas não o de Alan Matthews. Esse havia sido entregue na casa da família. Sem dúvida, isso tinha que ser significativo.

O telefone de Helen voltou a vibrar. Ela estava prestes a atender a ligação — imaginando ser uma Harwood furiosa —, mas reconheceu o número e resolveu atender.

— Detetive-inspetora Grace.

— Oi, chefe, sou eu — disse a detetive Sanderson. — Eu estou no escritório de admissões da universidade e acho que talvez tenha alguma coisa para você. Eu estive olhando a lista de estudantes que abandonaram os estudos esse ano, dando atenção especial para mulheres estudantes de medicina. Um nome apareceu.

— Ella Matthews?

— Ella Matthews — confirmou Sanderson, surpresa com a presciência da chefe. — Foi uma boa aluna durante o primeiro ano, aí derrapou feio. Passou a entregar os trabalhos atrasados, aparecia para as aulas bêbada ou doidona, exibia um comportamento agressivo com outros alunos. A assistente social que cuidava do caso dela desconfiou que Ella talvez estivesse recorrendo à prostituição porque não contava com dinheiro nenhum da família. A vida dela estava uma bagunça. Há seis meses, ela sumiu.

— Bom trabalho, continue procurando. Encontre os amigos dela, professores, qualquer um que possa nos dar mais informações sobre aonde ela gostava de ir, onde se sentia segura, onde comprava drogas, qualquer coisa. Ela é a nossa suspeita número um. Não poupe esforços.

Sanderson desligou. Helen sabia que não tinha o direito de dar ordem nenhuma, mas agora finalmente estavam muito perto de realizar uma descoberta e não havia a menor chance de ela permitir que Harwood estragasse tudo. Ainda sentia que o caso era seu e não estava pronta para abrir mão dele por enquanto. Enfiando as pastas em sacolas, Helen saiu da sala a passos rápidos.

Seu tempo era limitado, mas ela sabia de uma pessoa que poderia revelar a verdade. E estava indo vê-la.

104

Já passava das dez. Os dois já deviam ter saído para trabalhar havia horas. Mas, em vez disso, permaneciam deitados juntos, felizes e confortáveis no fulgor pós-sexo, sem mexer um único músculo. Após toda a emoção e dor das últimas horas, era tão gostoso simplesmente ficar em silêncio, imóveis.

Depois do ultimato de Steve, o instinto inicial de Charlie fora revidar o ataque. Ela odiava ser colocada contra a parede, forçada a escolher entre ser policial ou mãe. Mas até mesmo enquanto o acusava de mudar as regras do jogo, de faltar com a palavra, ela reconheceu que não queria mais brigar. Se realmente tivesse que escolher entre o trabalho e ele, Steve sempre ganharia. Charlie adorava ser policial — era tudo o que sempre quisera ser e pagara um preço alto por essa ambição. Mas não conseguia imaginar sua vida sem Steve, e ele estava certo. *Havia* um buraco na vida dos dois no formato indelével do bebê que Charlie havia perdido durante o seu encarceramento.

Eles se evitaram durante horas, mas Charlie, por fim, acabara prometendo deixar o emprego. Nesse momento, Steve havia chorado. Charlie também. Sem muita demora, acabaram na cama, fazendo amor com uma paixão e uma urgência que surpreenderam os dois. Abstiveram-se de qualquer método contraceptivo, num reconhecimento silencioso de que as coisas haviam mudado e de que não havia mais volta.

Era tão boa, tão autoindulgente a sensação de estar ali deitada ao lado dele. Ela desligara o telefone e afastara para longe qualquer pensamento sobre Helen e a equipe, que sem dúvida estariam se perguntando por onde ela andava. Ligaria para Helen mais tarde e explicaria.

Se Charlie sentiu alguma pontada de culpa ao pensar nisso, ou até mais que uma pontada, ignorou. Havia tomado sua decisão.

105

Helen tinha certeza de que Eileen Matthews bateria a porta na sua cara, mas, ao menos uma vez na vida, a sorte estava do seu lado. Um dos gêmeos abriu a porta e, quando viu o distintivo de Helen, deixou-a entrar direto. Enquanto ele corria até o andar de cima para chamar a mãe, Helen analisou a sala de estar com atenção. Tudo o que viu confirmou suas suspeitas.

Eileen Matthews entrou na sala. Claramente vinha com um discurso na ponta da língua, mas Helen não estava com disposição para ser repreendida.

— Onde Ella está? — questionou Helen, indicando com a cabeça as fotos emolduradas expostas nas paredes da sala.

— Como? — retorquiu Eileen.

— Eu vejo fotos suas com Alan. Muitas fotos dos gêmeos. E de Carrie: na crisma, no casamento, com seu primeiro neto no colo. Mas não vejo *nenhuma* foto de Ella. Você e o seu marido davam muita importância à família. Então, eu vou perguntar mais uma vez: onde Ella está?

Foi como se tivesse dado um soco na cara de Eileen, que ficou sem palavras por um tempo, ofegante. Por um momento, Helen achou que ela poderia desmaiar, mas então Eileen finalmente respondeu:

— Ela morreu.

— Quando? — vociferou Helen, incrédula.

Outra longa pausa, então:

— Morreu para nós.

Helen balançou a cabeça, repentinamente furiosa com aquela mulher tola e preconceituosa.

— Por quê?

— Eu não tenho que responder a essas per...

— Tem, sim, e se você não começar a falar agora eu te arrasto para fora dessa casa algemada. Na frente dos seus filhos, na frente dos seus vizinhos...

— Por que você está fazendo isso com a gente? Por que você está fazendo...

— Porque eu acho que Ella matou o seu marido.

Eileen piscou duas vezes enquanto olhava para Helen, então começou a despencar lentamente no sofá. Nesse momento, Helen soube que, apesar de tudo o que pudesse ter ocultado, nunca sequer havia passado pela cabeça de Eileen que existiria a possibilidade de a filha estar envolvida no assassinato de Alan.

— Eu não... Ela está em Southampton? — perguntou Eileen, por fim.

— Acreditamos que esteja morando na região de Portswood.

Eileen assentiu com a cabeça, embora fosse difícil dizer quanto estava conseguindo assimilar de tudo que ouvia. Um silêncio longo e pesado se seguiu, súbita e inoportunamente rompido pelo toque do celular de Helen. Harwood. Helen rejeitou a chamada, então desligou o telefone antes de se sentar no sofá ao lado de Eileen.

— Me conte o que aconteceu.

Eileen não disse nada, ainda em choque.

— Não podemos trazer Alan de volta, mas podemos impedir que outros morram. Você pode fazer isso, Eileen, se conversar comigo agora.

— Ela sempre foi a maçã podre.

Helen se retraiu ao ouvir essa frase, mas não disse nada.

— Ela era uma garotinha adorável, quando pequena, mas, quando se tornou adolescente, mudou. Não obedecia. Nem a mim. Nem mesmo ao pai. Era rebelde, destrutiva, violenta.

— Violenta com quem?

— Com a irmã, com os irmãos, com crianças menores que ela.

— O que vocês faziam a respeito disso?

Silêncio.

— O que acontecia com ela depois desses incidentes? — reforçou Helen.

— Ela era castigada.

— Por quem?

— Por Alan, é claro — respondeu, como se estivesse confusa com a pergunta.

— Por que não por você?

— Porque Alan é o meu marido. O chefe da família. Eu sou sua ajudante e dou todo o apoio que puder, mas é dever dele nos corrigir quando precisamos ser corrigidos.

— "Nós"? Ele também castigava você?

— É claro.

— É claro?

— Sim, é claro — replicou Eileen, desafiadora. — Eu sei que o mundo moderno torce o nariz para castigos físicos, mas nós e os outros membros da nossa igreja sempre acreditamos que as surras são necessárias se as pessoas precisam aprender...

— E era isso que Ella recebia, surras?

— No começo. Só que ela *não* aprendia. Quando era adolescente, Ella se metia em brigas, saía com garotos, bebia...

— E o que acontecia depois disso?

— Alan a castigava com mais firmeza.

— E isso quer dizer...?

— Isso quer dizer que Alan batia nela. Com a minha bênção. E, se mesmo assim ela se recusasse a se mostrar arrependida, Alan levava Ella lá para baixo, para o porão.

— E aí?

— Ele se certificava de que ela iria aprender a lição.

Helen balançou a cabeça, atônita com o que estava ouvindo.

— Você pode sacudir a cabeça — explodiu Eileen, de repente —, mas eu tenho três filhos saudáveis e obedientes que sabem distinguir o certo do errado por causa da criação que tiveram. Porque nós criamos os três para respeitar o pai e através dele...

— Alan sentia prazer em castigar os filhos?

— Ele nunca fugiu ao seu dever.

— Responde à porra da pergunta.

Eileen fez uma pausa, espantada com a súbita explosão de Helen.

— O seu marido sentia prazer em castigar os filhos?

— Ele nunca reclamou sobre ter quer fazer isso.

— E sentia prazer em bater em você?

— Eu não sei. Não tinha a ver com "prazer"...

— Alguma vez ele foi longe demais? Com você?

— Eu... não...

— Alguma vez você pediu a ele que parasse e ele não parou?

Eileen baixou a cabeça e não disse nada.

— Me mostre o porão.

No início, Eileen resistiu, mas a disposição para lutar começava a abandoná-la e alguns minutos depois ela e Helen se encontravam no cômodo gélido. Era desolado e escuro, quatro paredes de tijolo aparente e quase completamente vazio a não ser por uma cadeira empilhável posicionada no centro e um caixote de plástico trancado no canto. Helen estremeceu, mas não de frio.

— Para que é essa cadeira?

Eileen hesitou, então respondeu:

— Alan prendia Ella à cadeira.

— Como?

— Com algemas, nos tornozelos e nos punhos. Então usava um chicote ou uma corrente da caixa.

— Para ver se com a surra ela criava juízo?

— Às vezes.

— Às vezes?

— Você tem que compreender como ela era. Ella não obedecia a ele. Não dava ouvidos. Então, *às vezes*, ele precisava usar outros métodos.

— Como por exemplo...?

Eileen refletiu por um instante.

— Isso dependia do que ela havia feito. Se tivesse blasfemado, ele fazia com que ela comesse excremento. Se tivesse roubado, enchia sua boca de moedas e forçava Ella a engolir. Se tivesse estado com algum menino, ele... ele a espancava no meio das pernas para ter certeza de que não faria isso outra vez...

— Ele a torturava? — vociferou Helen.

— Ele a corrigia — retorquiu Eileen. — Você não entende, ela era selvagem. Ingovernável.

— Ela estava *traumatizada*. Traumatizada pelo valentão do seu marido. Pelo amor de Deus, por que você não interveio?

Eileen já não conseguia olhar Helen nos olhos. Apesar de toda a sua convicção, sem o marido presente, nada mais parecia certo. Helen prosseguiu num tom mais brando:

— Por que ela, e não os outros?

— Porque eles faziam o que era mandado.

— Carrie... Quantos anos Carrie tinha quando se casou?

— Dezesseis. Ela terminou os estudos, então se casou com um homem bom.

— Da igreja?

Eileen mais uma vez assentiu.

— Quantos anos tinha o marido dela? Quando eles se casaram — continuou Helen.

— Quarenta e dois.

Eileen ergueu os olhos de repente, como se buscasse a desaprovação de Helen.

— Garotas jovens precisam de disciplina...

— Na sua opinião — interrompeu Helen com firmeza.

Um silêncio pesado se seguiu. Aquele cômodo estivera cheio de tanta infelicidade, de tanto rancor, ódio, violações. Como a menina devia ter se sentido impotente ali embaixo com o pai valentão enquanto ele abusava dela, física e verbalmente. Aquilo evocava imagens de sua própria infância, havia tanto tempo enterrada, e que agora Helen afastava à força.

Os gêmeos começavam a se inquietar, chamando a mãe. Eileen se virou para sair, mas Helen agarrou seu braço, forçando-a a parar onde estava.

— Por que ela foi embora?

— Porque estava perdida.

— Porque ela não abriu mão dos estudos para se casar com um homem com idade para ser pai dela?

Eileen deu de ombros, ressentindo-se da presença de Helen e do julgamento que ela fazia.

— Ela queria estudar, não queria? Queria ser médica. Apesar de tudo o que tinha acontecido com ela, ela queria ajudar as pessoas.

— Isso foi culpa da escola. As escolas enchem a cabeça das meninas de ideias. A gente sabia que isso ia acabar em lágrimas e acabou.

— O que você quer dizer com isso? — indagou Helen.

— Ela abandonou a gente. Desobedeceu ao pai, disse que ia encontrar suas próprias formas de financiar os "estudos". Nós sabíamos o que isso queria dizer.

Havia quase uma satisfação amarga na voz de Eileen.

— O que aconteceu com ela?

— Recorreu à prostituição. Ela aceitava dinheiro de estranhos que...

— Como você sabe disso?

— Porque ela contou para a gente. Quando voltou para casa com aquele bastardo na barriga.

Helen deixou escapar o ar à medida que toda a tragédia que fora a vida de Ella se materializava lentamente diante dos seus olhos.

— De quem era?

— Ela não sabia — respondeu Eileen, mas a satisfação havia desaparecido de sua voz.

— Por que não?

— Ela... Ela tinha se metido numa enrascada. Um grupo de homens que... que a enganou e fez com que Ella fosse ao apartamento deles.

— E eles a estupraram?

De repente, Eileen estava chorando, a cabeça baixa, os ombros tremendo ligeiramente. Apesar de tanto dogma, talvez ainda existisse uma mãe ali dentro, em algum lugar.

— Eileen?

— Sim. Eles... ficaram com ela durante dois dias.

Helen fechou os olhos. Quis fugir do martírio vivenciado por Ella, mas as imagens forçavam passagem pela sua mente.

— Depois, eles disseram que cortariam a garganta dela se ela contasse para alguém — continuou Eileen, hesitante.

— E ela voltou para casa quando descobriu que estava grávida?

Eileen fez que sim.

— E o que aconteceu?

— Alan mandou ela embora. O que mais ele podia fazer?

Eileen ergueu os olhos em súplica, como se implorasse para que Helen entendesse. Helen quis gritar e berrar com ela, mas sufocou sua ira.

— Quando foi isso?

— Há seis meses.

— E depois disso ela foi apagada da família?

Eileen confirmou com a cabeça.

— Antes disso, Alan tinha dito às pessoas que ela fora trabalhar no exterior... numa instituição médica de caridade. E, depois, ele falou para todo mundo que ela estava morta.

— E as fotos? — perguntou Helen, esperando, mesmo sem ter a menor esperança, conseguir uma foto recente da assassina.

Eileen fez uma pausa antes de mais uma vez erguer os olhos cheios de lágrimas para Helen.

— Ele queimou todas.

106

Helen correu para a moto, ligando o telefone outra vez enquanto corria. Sete mensagens de voz. Deviam ser todas de Harwood, mas Helen não tinha tempo para isso agora, e digitou o número de Sanderson.

Tocou e tocou, então:

— Alô?

— Sanderson, sou eu. Você está podendo falar?

Houve uma pausa momentânea.

— Ah, oi, mãe, me dá *um* segundo.

Menina esperta. Houve uma pausa ainda mais longa, em seguida o barulho da porta corta-fogo sendo aberta e fechada.

— Eu não devia nem estar falando com você — começou Sanderson, em voz baixa. — Harwood está louca atrás de você.

— Eu sei, e me sinto mal por te pedir um último favor, mas... eu preciso que você encontre Carrie Matthews. Descubra o que ela sabe sobre as idas e vindas da irmã e veja se consegue arranjar uma foto de Ella. Se ela não tiver nenhuma, tente na universidade. Alan Matthews destruiu todas as fotos que eles tinham dela quando Ella apareceu grávida, depois de um estupro coletivo. Ella Matthews é a nossa assassina, eu tenho cem por cento de certeza disso. A prioridade para você e para a equipe agora tem que ser prender Ella antes que mate outra vez.

— Deixa comigo. Eu ligo quando tiver notícias.

Enquanto subia a escada até o apartamento de Jake, Helen sentiu um misto de pânico e alívio. Alívio em vê-lo, mas ansiedade diante da escuridão que crescia dentro dela. Por mais forte que fosse, sempre havia momentos em que essa escuridão se apossava dela. O mundo era repleto de maldade e, às vezes, era atirada de volta a uma época em que *ela* havia sido o saco de pancada do mundo, quando ela e a irmã aceitaram carregar os pecados do mundo nos ombros. Sentia-se ansiosa agora, incapaz de conter o pânico crescente, a sensação de que, a qualquer momento, estaria de volta àquele quarto.

Jake quis abraçá-la, mas Helen não deixou. Ela se acorrentou sem que ele mandasse e pediu que começasse logo. Sabia que estava sendo grosseira e agressiva, mas precisava muito daquilo.

— Agora.

Jake hesitou.

— Por favor.

Então ele cedeu. Pegando um chicote médio do arsenal, ergueu o braço e o baixou com firmeza nas costas nuas de Helen.

— Outra vez.

Ele o levantou novamente. Dessa vez, não relutou — sentia a energia fluir para fora do corpo de Helen, a ansiedade escapar. Baixou o chicote mais uma vez, e mais uma ainda, sua excitação aumentando enquanto a surra ganhava ritmo. Helen agora gemia, exigindo mais dor. Jake lhe deu mais dor... cada vez mais rápido.

Por fim, conforme Helen relaxava, a surra foi ficando mais lenta, e logo tudo se acalmou outra vez.

Helen saboreou aquele momento de quietude. Sua vida havia sido tão tensa, tão sem controle, mas, o que quer que acontecesse agora, ela sempre poderia ir ali. Jake era a droga da qual precisava quando se via cercada pela escuridão. Ela não o amava, mas precisava dele. Talvez esse fosse o primeiro passo da estrada.

Tinha sorte. Havia encontrado alguém. Ella, não. Tinha sido um joguete para homens que gostavam de controlar e abusar de mulheres. Primeiro, o pai, com seu gosto por violência, sadismo e crueldade. Depois um grupo de homens que sentiram prazer em aprisionar e torturar uma jovem vulnerável. Ela fora abandonada brutalizada e grávida. Uma mulher solteira criando o fruto de um estupro.

Sem que ela quisesse, Robert invadiu sua mente. E com ele, como sempre, pensamentos sobre Marianne.

107

É impressionante como ficamos calmos quando sabemos que o fim está próximo. Desde o momento em que tomou a decisão, Ella vinha se sentindo eufórica. Ria, cantava para Amelia, agia como uma criança boba. A raiva ainda espreitava dentro dela, buscando uma oportunidade para escapulir e se reafirmar, mas esta manhã Ella não precisava dela.

Roubara umas roupinhas de bebê chiques da Boots uns dias atrás. Agora estava satisfeita por tê-lo feito. Queria que Amelia estivesse bonita quando a encontrassem. Desde que dera à luz Amelia, sozinha e sem ninguém para cuidar dela naquele apartamento sujo, não soubera o que sentia pela filha. Ela era o preço do seu pecado, um presente dos estupradores, uma recordação da frieza do mundo. Seu primeiro instinto fora sufocar aquele embrulhinho que não parava de gritar. Estivera prestes a fazê-lo, mas... a garotinha era a sua cara. Seus agressores tinham a pele escura, com barbas cerradas e cabelos pretos. Amelia era loira e tinha um lindo narizinho de botão.

Seu pensamento seguinte fora ignorar a bebê, castigá-la pela sua existência, privando-a de comida, deliberadamente. Mas logo sentiu o leite escorrer dos seios e entendeu que havia algo maior que ela em jogo. Assim, tinha alimentado a bebê. De vez em quando até roçava o mamilo na boca da bebê para, então, afastá-lo, deixando a menina com fome. Depois de algum tempo, no entanto, isso lhe parecera cruel e idiota, e ela havia passado a alimentar a bebê com satisfação. Descobriu que se sentia feliz quando amamentava, nutrindo aquela criancinha, e, nesses breves momentos, quando estavam unidas, ela conseguia se esquecer das outras coisas, da violência, da hipocrisia, da raiva. Um dia se deu conta de que *não* queria que a bebê sofresse, que queria protegê-la. Então, ao sair aquela noite, colocara um pouco de antialérgico na mamadeira da bebê. Isso fez com que ela dormisse feliz da vida até o retorno da mãe.

A tristeza pulsou em seu coração, mas ela a afastou. Estava decidida a tomar aquele caminho, então não havia motivo para arrependimentos. Os comprimidos a aguardavam na cozinha. Só precisava de um pouco de fórmula infantil e logo tudo estaria pronto.

Já não havia volta.

108

As duas mulheres se encararam, ambas se recusando a ceder. Harwood estivera com a corda toda, repreendendo Charlie por sua irresponsabilidade quando Charlie havia soltado sua própria bomba. Estava pedindo demissão da força policial, sem o cumprimento do aviso prévio.

Harwood, com a facilidade que os ambiciosos têm, fez uma breve pausa e simplesmente seguiu em frente como um rolo compressor. Ela se recusou a aceitar a demissão de Charlie. Daria a ela tempo para reconsiderar, para voltar atrás do erro grave que estava cometendo, de forma que pudesse cumprir seu destino na polícia. Charlie se perguntou se Harwood teria prometido ao comissário de polícia que ela substituiria Helen e que aquela investigação, tão em evidência, não sofreria como resultado de sua partida repentina.

— Charlie, nós precisamos de você. A equipe toda precisa de você — continuou Harwood —, então eu vou pedir a você que desconsidere sua decisão por enquanto.

— Não posso. Eu dei a minha palavra.

— Eu compreendo, mas e se eu falar com Steve? Eu sei que ele tinha um problema com a Helen, mas ela já não conta mais.

— Ela ainda conta para mim. O que é só mais um motivo para...

— Eu dou enorme valor à lealdade, dou mesmo, mas você parece não estar enxergando a situação como um todo. Nós estamos prestes a prender essa assassina e precisamos de todo mundo trabalhando no caso. Nós *precisamos* concluir isso. Pelo bem de todos.

Pelo bem da sua carreira, pensou Charlie, mas não disse nada.

— No mínimo, eu esperaria que você cumprisse o aviso prévio. Você sabe como o RH pode ter um comportamento estranho com relação a aposentadorias e tudo o mais quando as pessoas rompem com os termos dos contratos. Faça pelo menos isso por mim e nos ajude a acabar logo com esse caso.

Charlie se rendeu pouco depois. A verdade era que *realmente se* sentia mal sobre abandonar Sanderson, McAndrew e os outros num momento crucial. Ainda assim, sentiu-se profundamente estranha ao tomar o lugar de Helen na sala de inquérito. Sem Helen, as coisas eram muito diferentes.

Sanderson havia atualizado Harwood, que agora atualizava a equipe, mas Charlie deixou a mente vagar, aborrecida com os protocolos que sabia que Harwood empregaria. Ainda não haviam localizado Ella, mas agora era só uma questão de tempo — tinham dados demais sobre ela. Harwood estava chegando ao "x" da questão e Charlie despertou de seu devaneio quando a chefe, por fim, mostrou as garras.

— A prioridade é determos Ella Matthews da forma mais rápida e limpa possível — anunciou Harwood. — Ela é responsável por diversos assassinatos e vai matar outras vezes se não for detida. Por isso, pedi e me foi concedida uma ordem judicial de emergência que permite o uso de força letal na apreensão. A equipe de apoio tático foi mobilizada e será acionada se necessário.

Charlie olhou de relance para a equipe, que se mostrou surpresa e desconfortável, mas, ainda assim, Harwood seguiu em frente:

— Temos uma tarefa simples a realizar: precisamos capturar Ella Matthews. Viva ou morta.

109

Ela havia se aproximado da casa com extrema cautela e ficou surpresa — e inquieta — ao descobrir que não era necessário. A imprensa abandonara a casa de Robert sem explicação. A tranquilidade retornara à pacífica ruazinha sem saída, mas aquele era um silêncio triste — com a chuva, a casa modesta parecia solitária e abandonada.

Helen permaneceu imóvel, ficando cada vez mais encharcada, enquanto se perguntava o que fazer em seguida. Desesperada para ver com os próprios olhos o que Robert vinha passando, ela fora até a Cole Avenue numa peregrinação silenciosa, embora agora estivesse óbvio que algo havia acontecido. Algo havia expulsado os jornalistas afoitos.

Ainda estava ali se perguntando o que fazer quando a porta da frente foi aberta. Uma mulher de meia-idade olhou de um lado para o outro, como se esperasse ser atacada, então correu para o carro que estava no acesso à garagem. Colocou uma maleta no porta-malas e se virou outra vez para a casa. Então parou e deu meia-volta para observar uma linda mulher de macacão de motociclista parada. Primeiro, suspeita, depois compreensão invadiram o rosto de Monica antes de ela, súbita e inesperadamente, avançar até Helen.

— Onde ele está? — deixou escapar Helen.

— O que você fez? — vociferou Monica em resposta, a fúria tornando suas palavras trêmulas e instáveis.

— Onde ele está? O que aconteceu?

— Ele se foi.

— Para onde?

Monica deu de ombros e desviou o olhar. Obviamente, não queria que Helen a visse chorar.

— Para onde? — Apesar da vergonha, a voz de Helen soava com raiva e impaciência.

Monica ergueu o olhar abruptamente.

— Ele deve ter ido embora ontem à noite. A gente encontrou um bilhete hoje de manhã. Ele... Ele disse que provavelmente não vai voltar a ver a gente. Que é o me...

Ela desabou. Helen fez menção de reconfortá-la, mas Monica a afastou com raiva.

— Que Deus te castigue pelo que você fez com ele!

Caminhou de volta para casa com passos pesados, batendo a porta com violência depois de entrar. Helen permaneceu na chuva, imóvel. Monica estava certa, é claro. Helen tinha a intenção de salvar Marianne. Tinha a intenção de salvar Robert. Mas havia condenado ambos.

110

A mão de Carrie Matthews tremia ao entregar a foto à detetive Sanderson. Era de Ella. Uma selfie que Ella havia tirado e depois enviado por e-mail para a irmã — uma mensagem de solidariedade desde o exílio e algo pelo qual ser lembrada. Quando Sanderson aparecera na casa de Carrie, em Shirley, Paul, seu marido, tentara assumir as rédeas da situação, forçando a jovem esposa a sair de cena. Era um sujeito imponente: um presbítero da igreja e fundador da Ordem Doméstica Cristã. Sanderson havia sentido enorme prazer em mandá-lo sair da sala, ameaçando levá-lo preso na frente de todo mundo se não obedecesse. Ele pareceu chocado — horrorizado seria o mais exato —, mas acabou fazendo o que lhe foi mandado.

— Encontre Ella, por favor. Ajude-a, por favor — implorou Carrie, retirando a foto de seu esconderijo dentro da cômoda e a entregando para Sanderson. — Ela não é o que todo mundo pensa.

— Eu sei — respondeu Sanderson. — Estamos fazendo tudo o que podemos.

Mas Sanderson sabia, mesmo enquanto dizia isso, que as chances de tudo terminar bem eram mínimas. Harwood estava decidida a deter Ella por qualquer meio necessário, e Ella provavelmente já tinha ido longe demais para temer a morte. Ainda assim, tranquilizou Carrie e seguiu seu caminho, acrescentando ao sair que havia muitas organizações e abrigos que poderiam ajudá-la se por acaso precisasse.

Assim que colocou os pés do lado de fora, seu rádio deu sinal de vida.

Uma mulher que correspondia à descrição de Ella acabara de ser vista furtando uma filial da Boots, em Bevois. Ela havia fugido dos seguranças e se escondera em alguma parte do conjunto habitacional de Fairview.

Em segundos, Sanderson estava dentro do carro e já pegava a estrada com a sirene aos berros enquanto forçava o trânsito do meio-dia a abrir caminho. Então era chegada a hora. Começava agora a partida final. E Sanderson estava decidida a fazer parte desse desfecho.

111

Entrou na sala esgueirando-se como uma ladra. Sentiu-se envergonhada e mal por estar ali, mesmo tendo sido a responsável por tantos anos. Agora era uma intrusa, desnecessária e indesejada.

Depois do confronto com a mãe de Robert, Helen ficara à deriva, cambaleando com o peso do que havia feito. Tinha ligado para Jake, mas ele estava com um cliente. Depois disso, ela havia passado um tempo paralisada, sem saber ao certo o que fazer em seguida. Não tinha mais *ninguém* para quem ligar.

Lentamente, as emoções haviam se acalmado e o bom senso prevalecera. Só havia uma coisa útil que podia fazer. Embora tivesse sido afastada do caso, ainda estava com a maior parte das pastas e, além do mais, era importante deixar registradas suas descobertas a respeito de Ella para Sanderson, Harwood e os demais. Se o caso chegasse ao tribunal, tudo teria que estar na mais perfeita ordem. Ela não podia se dar ao luxo de cometer algum erro que pudesse roubar das famílias das vítimas a justiça que mereciam. Assim, reunindo seu último resquício de determinação, Helen se dirigira à Central de Southampton, para cumprir seu dever.

O sargento de plantão pensou que ela estivesse de licença e ficou surpreso ao vê-la.

— Ninguém te dá descanso, hein? — brincou ele.

— Papelada para preencher — foi a resposta deliberadamente cansada de Helen.

Ele destravou a porta para ela entrar. Helen pegou o elevador até o sétimo andar, uma viagem que fizera muitas vezes, mas nunca como uma pária.

Uma vez na sala, fez o relatório e o deixou, junto com as pastas do caso, em cima da mesa de Harwood. Estava prestes a sair quando um barulho a deixou sobressaltada. Ficou confusa por um instante — Harwood e a equipe estavam fora à procura de pistas —, depois surpresa. Era Tony Bridges, mais uma vítima do desastre. Eles se encararam por um segundo, então Helen perguntou:

— Você já soube?

— Já, e eu sinto muito, Helen. Se isso tiver qualquer coisa a ver comigo, eu posso...

— Não teve nada a ver com você, Tony. É pessoal. Ela me quer fora.

— Ela é uma idiota.

Helen sorriu.

— Seja como for, quem manda é ela, então...

— Claro, eu só queria te dar... dar a ela... isso. É o meu relatório.

— Grandes mentes pensam igual — comentou Helen, sorrindo outra vez. — Deixa na mesa dela.

Tony ergueu uma sobrancelha com pesar e se dirigiu à sala de Harwood. Enquanto o observava se afastar, Helen só conseguia pensar no desperdício que era aquilo tudo. Ele era um policial talentoso e dedicado que fora derrubado por um momento de fraqueza. Tony havia sido idiota, mas certamente merecia coisa melhor. Melissa era uma figura rústica, porém ardilosa, que agarrara a oportunidade e explorara os sentimentos de Tony impiedosamente em prol dos próprios objetivos. Era agora a opinião geral que "Lyra" não passava de uma ficção. Helen estava furiosa consigo mesma por ter sido enganada. Como tinha sido fácil para Melissa iludir todos eles. Com base na palavra de uma única pessoa, eles se embrenharam por um beco sem saída e comprometeram a invest...

O discurso interno de Helen parou por aí, paralisado por esse pensamento. Porque é claro que Melissa não era a única pessoa que "conhecia" Lyra. Mais uma pessoa afirmara conhecer esse fantasma fictício. Uma moça. Uma moça com uma bebê.

A mente de Helen logo retornou àquele interrogatório: visualizou a jovem prostituta à sua frente, aninhando a bebê inquieta nos braços desajeitadamente enquanto contava a eles como "conhecia" Lyra. A garota havia sido monossilábica e parecera ter pouca instrução, mas agora Helen percebia outra coisa nela. A cabeça raspada e os diversos piercings tinham disfarçado sua identidade, mas havia algo no formato do rosto. Erguendo os olhos para a foto mais recente de Ella, que Sanderson pregara no quadro, Helen soube imediatamente que a jovem de maçãs do rosto saltadas e boca grande e carnuda era Ella.

Helen despertou do devaneio e se deparou com Tony a encarando. Ele pareceu preocupado.

— Você está bem, chefe?

Helen olhou para ele por um instante, sem ousar acreditar naquilo. Então disse:

— Nós encontramos Ella, Tony. Nós encontramos.

112

Helen atravessou o centro em alta velocidade, rumo ao norte da cidade. Estava ultrapassando os limites de velocidade de forma flagrante, mas não se importava. Ela sabia lidar muito bem com a moto, era mais rápida que qualquer policial e estava consumida pela ideia de se ver frente a frente com a assassina.

Tony tentara detê-la, mas Helen o impediu imediatamente.

— Você não me viu aqui, Tony.

O que estava prestes a fazer era perigoso e violava todas as regras possíveis. Se Tony fosse associado, em qualquer nível, aos atos cometidos por ela, perderia a aposentadoria, o salário, tudo. Não podia fazer isso com ele. Além disso, quanto mais gente soubesse, maior seria a chance de chegarem a Ella antes dela. E Helen estava decidida a não deixar isso acontecer.

Não tinha a menor ideia do que iria fazer. Estava apenas tomada por uma incrível urgência, com a sensação de que as coisas estavam se desenrolando de tal forma que chegariam a um clímax tenebroso e ela sabia que precisava fazer de tudo para impedir que mais sangue fosse derramado. A vida de uma bebê estava em jogo. A de Ella também. Apesar de tudo o que havia feito, apesar do horror repulsivo dos crimes, Helen sentia compaixão por Ella e queria levá-la para a prisão em segurança.

Logo chegou à Spire Street. Depois de parar perto do prédio malconservado, desligou o motor e desceu da moto num movimento único e fluido. Olhou ao redor: não havia sinal de vida naquela rua esquecida. Então, enfiou o cassetete no cinto e entrou. A escada estava fria e vazia, decorada com o lixo deixado pelos usuários de crack da noite anterior. Aquela construção castigada seria reformada no ano seguinte e, nesse meio-tempo, tornara-se o lar de um bando heterogêneo de invasores e viciados. Pareciam operar uma política de portas abertas, com gente entrando e saindo noite e dia, por isso não foi difícil ter acesso ao apartamento do terceiro andar. Tinha sido aqui que Helen vira Ella, quatro dias atrás, aconchegada no sofá sujo com outras prostitutas e viciadas. A companhia compartilhada dos aflitos.

Mas Ella não estava lá. Quando encarou o distintivo da polícia, o fedorento "dono" do apartamento disse para ela subir as escadas. De acordo com ele, Ella morava no alto do prédio, no mais esplêndido confinamento — só ela e a bebê isoladas dos olhos curiosos do serviço social. Aquele não era o tipo de lugar onde as pessoas faziam perguntas — o esconderijo perfeito para sua assassina invisível.

Helen se deteve do lado de fora do apartamento 9, então girou a maçaneta com cuidado. Estava trancada. Helen encostou o ouvido na porta, esforçando-se para ouvir se havia algum movimento lá dentro. Nada. Então escutou um choro baixinho. Ela se esforçou ainda mais para escutar. Mas o silêncio voltou a reinar. Tirou um cartão de crédito do bolso e o deslizou pela fenda que havia entre a porta e a moldura. O trinco era antigo e frágil, e em vinte segundos conseguiu destrancá-lo. Helen entrou.

Fechou a porta sem fazer nenhum barulho ao passar e ficou completamente imóvel. Nada. Avançou bem devagar. As velhas tábuas do assoalho protestaram, então ela optou por caminhar rente à parede.

Fez uma pausa no vão da porta da cozinha. Enfiou a cabeça rapidamente para dentro, mas estava vazia. Só uma pia suja e uma geladeira enorme e cheia de gambiarra zumbindo alegremente para si mesma.

Helen foi lentamente para a sala de estar — ou para o que se podia chamar de sala. Por algum motivo, tinha a sensação de que Ella estaria ali, mas, ao entrar, descobriu que também estava vazia. Então ouviu — aquele choro, outra vez.

O medo superou a cautela e, estendendo o cassetete, Helen atravessou o cômodo com passos decididos e abriu a porta com um empurrão. Esperava ser atacada a qualquer momento, mas o cômodo estava vazio, a não ser por uma cama velha e enxovalhada e uma caminha dobrável onde uma bebezinha se remexia. Helen olhou de relance para trás esperando uma emboscada, mas tudo estava calmo, então se precipitou cômodo adentro.

Ali estava ela, então. A filha que Ella nunca pedira para ter, mas da qual havia cuidado mesmo assim. Helen estivera certa em procurá-la ali. Depois de colocar o cassetete em cima da cama, Helen se abaixou e pegou no colo a menininha, que esfregou os olhos sonolentos com o minúsculo punho fechado, acordando de um sono profundo. A visão fez Helen sorrir. Vendo isso, a bebê retribuiu o sorriso. Ninguém sabia o que aquela criança tinha visto, pelo que havia passado, mas ainda era capaz de sorrir. Alguma inocência permanecia.

— Que merda é essa?

Helen se virou e viu Ella a menos de três metros na sala de estar. Sua expressão era de irritação em vez de raiva, mas, assim que Helen se virou, seu rosto mudou. Ao reconhecer Helen, ela largou a sacola de compras e correu. Helen esperou a porta da frente bater, mas, em vez disso, ouviu uma gaveta ser aberta e fechada com uma pancada. Segundos depois, Ella voltou segurando uma enorme faca de açougueiro.

— Solta ela e sai daqui.

— Eu não posso fazer isso, Ella.

Ella vacilou à menção de seu nome.

— SOLTA ELA! — gritou.

A bebê começou a choramingar, assustada com o confronto barulhento.

— Acabou, Ella. Eu sei pelo que você passou, eu sei o que você sofreu. Mas acabou. Pelo seu bem, pelo bem da sua bebê, chegou a hora de você se entregar.

— Me dá ela agora ou eu enfio essa faca nos seus olhos, caralho.

Helen segurou a bebê perto do corpo enquanto Ella dava um passo à frente.

— Qual é o nome dela? — perguntou Helen, chegando para trás, mas mantendo contato visual.

— Não me fode.

— Me diz o nome dela, por favor.

— Me dá ela.

Sua voz era ameaçadora, instável, mas ela parou de se aproximar. Seus olhos iam da filha para Helen, considerando suas opções.

— Eu não vou fazer isso, Ella. Você vai ter que me matar primeiro. Minha única preocupação é com o seu bem-estar e com o da sua bebê. Você não está bem e vocês duas merecem coisa melhor do que esse lugar. Me deixa te ajudar.

— Você acha que eu não sei o que vai acontecer? Assim que a gente sair daqui, eu vou ser algemada e nunca mais vejo ela.

— Não é isso que eu vou...

— Você acha que eu vou cair nessa? Esquece. Ela não vai sair daqui nem você.

Enquanto Ella se aproximava, Helen se virou para proteger a bebê do ataque. Os olhos de Ella estavam escuros, ela ofegava de raiva e, naquele instante, Helen se deu conta de que tinha cometido um erro fatal.

113

Charlie se afastou correndo do conjunto habitacional de Fairview, esforçando-se para acompanhar sua superior. Harwood cuspia marimbondos, furiosa com o fato de sua "pista" ter se revelado uma perda de tempo. Elas saíram correndo para o conjunto junto com a equipe de suporte tático e a maior parte do Departamento de Investigação Criminal da delegacia — e tudo isso foi uma enorme surpresa para a garota de 16 anos, que se escondia no apartamento de uma amiga depois de uma atrapalhada tentativa de roubar maquiagem na Boots. Ela realmente lembrava Angel um pouco, mas era jovem demais e, além disso, seus longos cabelos pretos eram verdadeiros. Tão logo ela e a amiga se recuperaram do choque, começaram a tagarelar, perguntando se elas sempre convocavam homens armados para azucrinar as meninas jovens — o que de nada serviu para melhorar o humor de Harwood. Visto por outro ângulo, em outro mundo, aquilo teria sido engraçado. Mas havia muita coisa em jogo para que fosse considerado cômico, então Charlie foi atrás dela com o coração apertado.

— O que diabos *ele* está fazendo aqui?

Charlie voltou a si imediatamente quando viu Harwood indicando Tony, que conversava com um policial fardado de quem era colega. Harwood encarou Charlie com os olhos carregados de suspeita, mas uma vez na vida Charlie era inocente de qualquer acusação.

— Menor ideia.

Elas se aproximaram correndo.

— Você não pode estar aqui — avisou Harwood, sem nenhum preâmbulo. — Qualquer que seja a vantagem que você acha que pode obter vindo até aqui...

— Daria para você calar a porra da boca? — soltou Tony como resposta, silenciando-a imediatamente. Algo nos olhos de Tony não convidava a qualquer discussão. — Helen sabe onde Ella está e foi atrás dela.

— O quê?

— Ela não quis me dizer aonde estava indo. Ou como sabia onde ela estava. Mas eu acho que está correndo perigo. A gente precisa ajudá-la.

As palavras pareciam transbordar dele, forçadas a sair a toda a velocidade pela ansiedade.

— E como ela descobriu?

— Ela não quis me dizer. Eu fui até o sétimo andar para entregar o meu relatório e... Ela me disse para não dizer nada... mas eu não posso fazer isso com ela.

— Coloque as patrulhas em ação. Eu quero informações sobre qualquer um que tenha visto Helen ou a porra da moto dela. Verifiquem as câmeras de trânsito; vejam se conseguem rastrear a rota que ela tomou — pediu Harwood, e se virou para Charlie. — Mande McAndrew de volta para a delegacia. Fale para ela ler o relatório de Helen e ver se tem alguma coisa nele.

— E o telefone dela? Se a gente conseguir triangular...

— Faça isso.

Charlie saiu às pressas, com Harwood logo atrás.

— E eu? O que posso fazer para ajudar? — perguntou Tony.

Harwood parou, então se virou e disse:

— Você pode ir para o inferno.

114

Helen estava encurralada. Havia recuado para o quarto minúsculo para fugir da aproximação de Ella, mas agora se via contra a parede. Rezava por esse momento fazia dias, quando finalmente se veria frente a frente com a assassina, mas agora ele tinha chegado e a morte seria o único resultado. Segurou a bebê mais perto do peito enquanto Ella dava mais um passo em sua direção.

Será que tinha se iludido, achando que poderia salvar Ella? Que ainda existia algum resquício de humanidade dentro dela? Precisava tentar ganhar sua confiança. Ir além da loucura de Ella e encontrar alguma brecha.

— Então você me mata, e aí? A polícia inteira está atrás de você. Sabem o seu nome, sabem como você é. Sabem que você tem uma bebê. O seu amigo fedorento lá debaixo sabe que eu estou aqui, sabe quem você é, então você não vai poder ficar aqui. O que você vai fazer, fugir com uma bebê?

— Ela não vem comigo.

— Como assim?

— Eu não sei o que vai acontecer comigo, mas isso termina aqui para ela. Ela já passou por coisa suficiente.

— Você não está falando sério.

— Por que você acha que eu fui comprar uma fórmula infantil? — devolveu Ella, aos berros. — Eu já tenho os comprimidos. Eu ia dar para ela hoje. Tudo poderia ter dado tão... certo.

— Ela é só uma bebezinha. Pelo amor de Deus, Ella, você é melhor que isso.

— Para de dizer o meu nome. Ella está *morta*. A criança vai se juntar a ela e, se eu tiver que te matar para chegar até ela, eu te mato.

Ella deu mais um passo à frente. Agora estava a poucos centímetros de Helen, que enrijeceu o corpo, esperando o ataque a qualquer momento, então disse:

— Vai em frente. Vou facilitar as coisas para você.

Helen se abaixou e colocou Amelia em cima da cama.

— Se você realmente quiser matar a menina, eu facilito para você. Aí está ela. Vai em frente.

Surpresa, Ella olhou para Helen e depois para a filha, então de volta para Helen. A bebê esperneou em cima da cama e, livre do aconchego dos braços de Helen, começou a chorar.

— VAI EM FRENTE! — gritou Helen, subitamente.

Ainda assim, Ella hesitou. Helen estivera de sobreaviso, pronta para interceder caso Ella fizesse o menor movimento em direção à bebê, mas não o fez. E, nesse momento, Helen percebeu que tinha uma chance.

— Ella, escuta. Eu sei, está bem? Eu sei que você está no inferno, que você sente que o mundo todo está contra você, que ele é cheio de homens perversos e violentos que querem te machucar. E você tem razão. É mesmo.

Ella a observou desconfiada, sem saber direito se aquilo era um truque. Helen respirou fundo e continuou:

— Eu fui estuprada quando era criança. Mais de uma vez. Eu tinha 16 anos, queria sair do sistema do serviço social, mas fiz escolhas ruins. E paguei por isso. Ainda estou pagando. Então eu sei pelo que você está passando. Eu sei que você acredita que não existe volta para você, mas existe, sim.

Ella fez uma pausa e olhou para Helen.

— Você está inventando essa merda.

— Dá para você prestar atenção no que eu estou falando? — devolveu Helen, repentinamente zangada. — Minhas mãos estão tremendo, droga... Eu nunca contei isso para ninguém, ninguém. Então *não* me chama de mentirosa.

Ella não desviou o olhar atento. A mão segurava a faca com muita firmeza.

— Eu não vou fingir que te conheço — continuou Helen. — Eu não sei o que o seu pai fez com você, o que aqueles homens fizeram com você, mas eu *sei*, sim, que isso não tem que ser o fim. Você pode superar isso. Independentemente do que você tiver feito, teve seus motivos, e, quando Amelia for mais velha, ela vai querer você. Vai precisar de você. Por favor, não abandone a sua filha, Ella, eu te imploro.

Pela primeira vez, Ella deixou os olhos caírem sobre a bebê.

— Eu sei que você tem bondade aí dentro. Sei que você pode fazer o que é certo pela sua garotinha. Então, por favor, me deixa te ajudar. Por ela.

Helen estendeu a mão. Soube, naquele momento, que tudo se resumia àquilo. Sua última chance de redenção. Sua última chance de salvar Ella.

115

Estavam perdidos na escuridão — vultos desafortunados se esforçando para encontrar o caminho sem conseguir enxergar um palmo diante deles. Enquanto corriam de volta para a delegacia, Charlie assumira a liderança. Harwood podia até ser a chefe, mas Charlie tinha experiência operacional e se recusava a confiar aquilo a qualquer outra pessoa: havia coisa demais em jogo. Mas eles não estavam chegando a lugar nenhum.

McAndrew já havia lido os arquivos de Helen duas vezes, mas não descobrira nenhuma pista do paradeiro de Ella. Tentaram rastrear o sinal do celular de Helen apenas para descobrir que havia sido desligado. Fora usado seis horas atrás, quando ela estivera na delegacia, de modo que não tinha utilidade alguma para eles. Câmeras de trânsito haviam captado a moto de Helen em alta velocidade rumo ao norte para então perdê-la quando deixou o centro da cidade. Onde ela estava, caramba? O que ela teria visto que passara despercebido de todos?

Charlie atravessou o corredor, desceu a escada e deixou a delegacia. A equipe continuaria realizando seu trabalho conforme as ordens recebidas, mas Charlie tinha a sensação de que precisava estar fora, fazendo alguma coisa. Ao se aproximar do carro, ela diminuiu o passo. Um pensamento tomava forma, uma conversa antiga retornava à sua mente. Aos poucos, uma ideia lhe ocorreu e, agitada, ela se jogou dentro do carro e saiu a toda. De repente, soube exatamente aonde ir.

Cabeças se viravam enquanto Charlie caminhava por entre as fileiras de mesas, tomando uma linha reta em direção à sala dos fundos. Os seguranças e recepcionistas, cujos protestos Charlie ignorou, foram correndo atrás dela, mas sua vantagem em relação a eles era grande demais, e chegou à sala de Emilia antes que conseguissem alcançá-la. Batendo a porta, enfiou uma cadeira por baixo da maçaneta e se virou para encarar a jornalista perplexa.

— Onde ela está? — exigiu saber Charlie.

— Onde está quem?

— Helen Grace.

— Eu não faço a menor ideia e, francamente, não sei bem o que você acha que...

— Como você consegue?

— Consigo o quê? Fale alguma coisa que faça sentido, por favor, Char...

— Você sabe aonde ela vai, você sabe com quem ela está...

— Pelo amor de Deus, por que eu sab...

Charlie já havia atravessado a sala antes de Emilia terminar de falar. Ela agarrou a jornalista pelo pescoço e a empurrou com força de encontro à parede.

— Me ouve com atenção, Emilia. A vida de Helen está correndo perigo e eu te prometo que, se você não me contar o que eu preciso saber *nesse instante*, eu bato com a sua cabeça nessa parede.

Emilia estava engasgando conforme as mãos de Charlie apertavam cada vez mais a sua garganta.

— Eu já passei por coisa demais para deixar a Helen decepcionada comigo, então me diz: como você consegue? Você colocou uma escuta no telefone dela? Você intercepta as mensagens dela?

Emilia sacudiu a cabeça. Charlie bateu com ela na parede.

— ME FALA!

Emilia gorgolejou como se estivesse tentando falar, então Charlie diminuiu o aperto na sua garganta. Emilia resmungou alguma coisa.

— O quê?

— A moto dela — grasnou Emilia.

— O que tem a moto? — perguntou Charlie.

— Tem um dispositivo de localização na moto dela.

Então era isso.

— Como você a segue?

— Está ligado ao meu telefone. Se ela estiver em um raio de oito quilômetros de mim, eu consigo encontrá-la.

— Ótimo — disse Charlie, soltando sua vítima. — Me leva até ela.

116

A bebê gritava desesperadamente em cima da cama, entrando num frenesi. Nenhuma das duas mulheres foi reconfortá-la. Estavam suspensas no tempo, no limiar entre a salvação e a destruição. Os olhos de Helen permaneciam grudados em Ella, que se recusara a tomar a mão da detetive ou soltar a faca que segurava. Apenas observava a filha, aos berros, como se tentasse compreender algum mistério insondável. Helen achava que conseguiria desarmar Ella com um movimento rápido agora que estava distraída, mas não ousou arriscar. Não quando parecia estar tão perto de fazê-la se render.

— Eu não queria que isso acontecesse.

Helen se sobressaltou quando Ella falou.

— Eu não queria que tudo isso acontecesse.

— Eu sei.

— A culpa foi dele.

— Eu sei que o seu pai era um homem cruel...

— Eu fiz um favor às outras crianças.

— Aos gêmeos?

— E a Carrie. Eu libertei todos eles.

— Você tem razão, Ella. Ele era um abusador e um sádico.

— E um hipócrita de merda. Sabe o que ele me disse? Disse que eu era do mal. Suja. Disse que eu tinha um coração negro.

— Ele estava errado.

— Depois que aqueles caras... fizeram o que fizeram, eu enchi a cara, usei drogas, comprimidos, qualquer coisa que conseguisse... Eu estava me matando, eu... eu jurei que nunca mais pediria ajuda a eles. Eu odiava ele. E ela.

Ella olhou de relance para Amelia.

— Mas eu estava com sete meses de gravidez. E eu... eu implorei a ajuda deles. *Implorei* para eles acharem um lar para ela. Algum lugar longe de *mim*. E eles bateram a porta na minha cara. Me disseram que ser estuprada era bom demais para mim.

As palavras saíram como tiros, quebradas e amargas.

— Ele olhou para a minha cara... e disse as coisas mais diabólicas, aí... aí...

— Você viu o seu pai outra vez, não foi? Mais tarde. Você o viu apanhando uma prostituta.

Ella se virou e seus olhos estavam cheios de raiva.

— Poucas semanas depois... E eles se *conheciam*. Ele era um cliente *recorrente*. Foi então que eu entendi: toda terça à noite, durante Deus sabe quanto tempo, ele... Depois de tudo o que ele tinha dito, depois de tudo o que ele tinha *feito*...

— Ele mentiu para você, mentiu para a sua mãe.

— Quando eu o matei, ele nem me reconheceu. Uma porcaria de uma peruca preta e uns piercings no nariz... mas teria dado na mesma se eu estivesse usando a merda do meu uniforme da escola com um sorriso enorme estampado no rosto. Ele só conseguia pensar no que ia acontecer, no que "Angel" ia deixar que ele fizesse. Ele era um porco e teve o que mereceu.

Helen não disse nada. Amelia estava ficando roxa de tanto chorar, uma tosse intensa fazia seu corpo sacudir.

— Nós precisamos pegar a sua filha no colo, Ella. Você precisa pegar a sua filha no colo.

Ella se recompôs e olhou com desconfiança para Helen.

— Não podemos deixar a bebê chorando desse jeito. Ela vai engasgar.

Os gritos de Amelia ficaram ainda mais altos, então a tosse que parecia um latido voltou. Ella hesitou.

— Por favor, Ella, coloque essa faca em cima da mesa, pegue a sua bebê no colo e vamos sair daqui juntas.

Ella olhou para Amelia, depois para a faca que segurava. Então era isto: ou vai ou racha.

— Vamos terminar isso.

117

Sobe, sobe, sobe. A equipe de apoio tático subia as escadas correndo, indo até o seu posto de observação, no último andar da construção em ruínas. A escada estava quebrada e instável, e Harwood escolhia cuidadosamente onde pisar enquanto seguia o grupo. Logo atrás, ouviu McAndrew atravessar o pé numa tábua do assoalho, xingando alto ao fazê-lo.

— Pelo amor de Deus, fique quieta — sibilou Harwood para ela.

Logo estavam todos posicionados. Olhando para baixo, Harwood via a moto de Helen estacionada perto do prédio invadido do outro lado da rua. Charlie tinha ido averiguar — os mendigos que viviam lá confirmaram que Ella Matthews morava no alto do edifício. Do outro lado da rua, a equipe de apoio tático estava em posição, tentando localizar a assassina.

— O que vocês estão vendo? — exigiu saber Harwood, com os nervos à flor da pele.

— Duas mulheres.

— Grace?

— E mais uma.

— O que está acontecendo?

Uma longa pausa.

— Não dá para ver. Elas estão meio grudadas uma na outra. É difícil arranjar um bom ângulo daqui.

— Não temos mais para onde ir, então se vire com o que temos. Consegue ver alguma arma?

— Negativo.

— Consegue dar um tiro limpo?

— Negativo.

— Porra, o que você consegue me dar?

— Se você quiser ser arrastada perante a comissão de queixas, sinta-se à vontade — rebateu o atirador, irritado. — Mas eu não consigo um tiro limpo e não vou fazer nada até conseguir. Se você for melhor que eu, pode assumir, por favor.

Ele foi cuspindo as palavras sem erguer o olhar para ela uma única vez, os olhos grudados no drama que se desenrolava do outro lado da rua. Harwood fechou a cara, muito discretamente. Sabia que ele estava certo, o que não melhorava a situação em nada. Havia apostado alto naquela investigação e o resultado tinha que ser positivo.

O que diabos estava acontecendo lá dentro?

118

Helen se recusou a baixar os olhos. As duas estavam praticamente cara a cara. Helen podia sentir o fedor do seu hálito, o aço gelado da faca encostado na sua perna. Ella ainda se recusava a soltar o objeto.

— Por que você quer me salvar, Helen? — perguntou Ella de repente.

— Porque eu acho que você foi injustiçada. Porque eu acho que o mundo está em dívida com você.

— Você acha que eu sou boa? — Um rosnado surgiu em sua voz.

— Eu *sei* que você é.

Ella sorriu com amargura.

— Bem, então ouça o que eu vou dizer. Eu quero que você saiba de uma coisa.

Estava prestes a falar, então fez uma pausa, distraída por um ruído súbito vindo da sala de estar. Uma tábua do assoalho rangeu. Helen soube imediatamente que tinham companhia. Charlie? Tony? A equipe de apoio tático? Helen quis gritar para que se mantivessem longe, mas permaneceu imóvel, sem interromper o contato visual e sem respirar. Ella hesitou por um segundo, então aproximou o corpo um pouco mais.

— Eu não me arrependo, Helen. Não importa o que eu disser mais tarde, eu quero que *você* saiba. Eu não me arrependo de nada.

Helen não disse nada. As pupilas de Ella estavam dilatadas, a respiração irregular.

— Aqueles homens... aqueles hipócritas... eles *mereciam* ser expostos — continuou ela. — Eles gostavam de exibir suas alianças de casamento, de ficar posando de bons maridos e bons pais. Por outro lado, não gostavam tanto de ser vistos com garotas como *eu*. Bem, eu mudei isso tudo. Eu mostrei ao mundo como eles eram de verdade. De vez em quando, o mundo precisa levar uma chacoalhada, não é mesmo?

Por um instante, ela olhou para Helen com ferocidade, então o fogo pareceu morrer em seus olhos.

— Mas eu quero fazer o melhor por Amelia. Então vou confiar em você. Eu posso confiar em você, Helen?

— Você tem a minha palavra. Eu não vou te desapontar.

— Então, obrigada.

Lentamente, ela virou a faca na mão, segurando a lâmina e oferecendo o cabo para que Helen pudesse pegá-la.

No mesmo instante, houve um estalo agudo, e Ella caiu de lado, chocando-se no armário que estava ao seu lado.

Atordoada, Helen ficou paralisada por um instante. Então se recuperou do choque e correu até Ella. Mesmo enquanto se ajoelhava para ajudá-la, percebeu que era inútil. A bala tinha entrado na têmpora de Ella, que já estava morta.

Charlie invadiu a sala, mas era tarde demais. Helen aninhava o corpo da assassina nos braços e, na cama, com respingos de sangue, sua filha ainda chorava.

119

Helen deixou o prédio segurando Amelia agarrada ao peito. Colegas correram ao seu auxílio, fotógrafos zumbiam à sua volta, mas ela não enxergou nenhum deles. Empurrou as pessoas para abrir caminho e seguiu em frente, ansiosa para conseguir o máximo de distância entre ela e o local do crime.

As pessoas chamavam por ela, mas suas vozes eram só barulho. Seu corpo tremia por causa do trauma que tinha acabado de vivenciar, o cérebro passando e repassando infinitamente o estalo agudo da bala do atirador. Tentara de todas as formas salvar Ella, salvá-la do desastre em que se transformara sua vida. Mas havia fracassado e, mais uma vez, tinha sangue nas mãos.

Ao passar por uma viatura estacionada, Helen viu seu reflexo no para-brisas. Parecia um monstro: ensandecida, desgrenhada, os cabelos bagunçados, as roupas manchadas. Só então se deu conta de que Charlie a conduzia em direção aos paramédicos, implorando-lhe baixinho que buscasse ajuda médica para ela e para a bebê.

Permitiu-se ser auxiliada para entrar na ambulância, mas, uma vez lá dentro, recusou-se a cooperar. Apesar dos esforços dos paramédicos, Helen não aceitou soltar Amelia, que agora estava calma e se agarrava a Helen com suas mãozinhas minúsculas e delicadas. Helen lambeu o polegar e começou a limpar o sangue do rosto da menina. A bebê sorriu com o toque, como se gostasse que lhe fizessem cócegas. Helen ouvia os outros falarem ao seu redor. Supunham que ela estivesse em choque, que não estivesse pensando com clareza, mas estavam enganados: ela sabia exatamente o que estava fazendo. Enquanto Amelia estivesse nos braços de Helen, nada podia acontecer com ela. Por um breve momento, pelo menos, ela estaria a salvo de um mundo escuro e impiedoso.

Epílogo

Epílogo

120

Helen parou perto do Guildhall e tirou o pó compacto da bolsa para verificar sua aparência. Duas semanas haviam se passado desde que Ella morrera, e, embora com a aparência ainda cansada e abatida, ela não exibia mais aquela expressão vazia de terror que tinha ficado estampada no seu rosto nos dias posteriores ao ocorrido. Ela mal havia deixado o apartamento desde o ocorrido e, de repente, ficou enjoada de tanto nervosismo. O Guildhall costumava receber bandas e comediantes, mas hoje estava abarrotado com o melhor da polícia de Hampshire, toda reunida para homenagear agentes excepcionais — Helen entre eles. Ela conseguia pensar em maneiras mais fáceis de retornar à vida normal, e seu instinto a mandava dar meia-volta e correr.

Assim que colocou os pés no prédio, no entanto, foi varrida por uma imensa onda de afeto. Sorrisos, tapinhas nas costas, salvas de palmas. A equipe do sétimo andar a cercou, saudando o retorno da líder, acolhendo-a de volta à família. Eles obviamente haviam andado preocupados com ela, temendo que talvez nunca mais retornasse, e Helen ficou comovida com sua afeição e preocupação. Enquanto eles a parabenizavam, ela se deu conta de que, embora viesse se repreendendo por seus fracassos, Charlie, Sanderson e os demais a consideravam uma heroína.

Seus nervos foram se acalmando com a entrega de cada prêmio, então enfim chegou sua vez. Uma condecoração policial oficial entregue em pessoa pelo vice-chefe de polícia. De pé, ao lado dele, aguardando pacientemente para cumprimentar Helen com um aperto de mão, estava a detetive-superintendente Harwood.

— Bom trabalho, Helen.

Helen assentiu com a cabeça como forma de agradecimento antes de deixar o palco. Enquanto caminhava de volta ao assento na primeira fila, uma satisfação silenciosa foi tomando conta dela. A cobertura do caso fora extensa nas últimas duas semanas: fotos de Helen saindo do prédio com Amelia nos braços haviam sido estampadas nas primeiras páginas de todos os jornais, locais e nacionais. A equipe de Helen prendera os recortes na parede com orgulho, reservando o espaço central para o perfil publicado no *Southampton Evening News*, que se esmerou em elogiar o caráter e as ações de Helen. O nome de Harwood havia permanecido praticamente ausente dos relatos, uma presença esquecida. Talvez existisse alguma justiça, afinal.

A equipe praticamente carregou Helen do Guildhall nos ombros. Premiando-se com um intervalo de almoço estendido, arrastaram-na para o Crown and Two Chairmen para comemorar a conclusão daquela investigação que tivera tanta repercussão. Policiais são animais estranhos — mesmo sabendo que Helen não bebia, não passou pela cabeça de ninguém ir a qualquer outro lugar que não aquele pub de onde eram frequentadores assíduos. Helen não se importou, a familiaridade era reconfortante, e ela estava satisfeita em ver a equipe tão alegre e descontraída outra vez.

Ao terminar sua bebida, Helen deu uma fugida até o banheiro, ansiosa para ter um momento para si, longe da adulação e dos elogios. Mas seu martírio ainda não chegara ao fim.

— Amigas?

Emilia Garanita. Ela estivera presente na cerimônia de condecoração e estava ali outra vez. A sombra de Helen.

— Que tara é essa que você tem por banheiros, hein, Emilia? — devolveu Helen.

— Você é uma mulher difícil de encontrar a sós.

Helen não disse nada. Dera uma trégua à sua nêmesis logo depois do caso, concordando em não processar a jornalista por tentar chantagear uma policial em serviço e, pior, em troca da promessa de não perseguir ou expor a pequena Amelia enquanto ela se adaptava à sua nova vida. Helen sabia que a família Matthews seria dissecada enquanto os jornais explorassem a brutalidade e as perversões de Alan, mas queria proteger os inocentes. Emilia honrara o acordo, mantendo o foco em Alan Matthews, ao mesmo tempo que cobria a detetive-inspetora Grace e sua equipe de elogios em artigos de página dupla — embora isso pouco comovesse Helen. Fizera um acordo com Emilia por motivos práticos. Mas, com relação a todo o restante — em especial à insensível destruição da vida de Robert —, ela não a perdoaria nem esqueceria.

— Fico satisfeita de termos chegado a um acordo — continuou Emilia, rompendo o silêncio —, uma vez que eu gostaria que continuássemos a trabalhar juntas no futuro.

— Você não está indo para Londres?

— Eu chego lá.

O furo jornalístico de Emilia claramente não lhe rendera a mudança dos sonhos que ela tanto almejava, mas Helen resistiu à tentação de jogar sal na ferida.

— Bem, boa sorte com isso.

Helen fez menção de sair, mas Emilia a deteve.

— Eu gostaria que isso fosse um recomeço para nós duas e... bem, eu queria me desculpar.

— Por me rastrear? Por me ameaçar? Ou por arruinar a vida de um rapaz? — devolveu Helen.

— Por não ser profissional.

Típico de Emilia, pensou Helen. Insolente até na hora de se desculpar.

— Sinto muito e isso não vai voltar a acontecer.

Não era muito, mas Helen sabia quanto custava para Emilia dizer aquilo. Ela aceitou o pedido de desculpas e saiu. Emilia queria muito comprar um drinque para ela, para cimentar a *détente* das duas, mas Helen recusou. Pubs não eram seu habitat natural, e ela não estava com muita disposição para comemorar.

Além do mais, havia outro lugar no qual precisava estar.

121

Segurando um ramalhete de flores, Helen subiu a trilha correndo. Havia folhas caídas por todos os lados, formando um suntuoso tapete vermelho e dourado de estranha beleza. Até mesmo o sol tinha dado as caras naquela manhã, enfiando a cabeça por entre as nuvens para acrescentar ao cenário uma luz cálida e nebulosa.

O cemitério estava praticamente deserto. Era um cemitério laico, de propriedade do sistema prisional de Sua Majestade, localizado nos limites da cidade. Poucas pessoas sabiam de sua existência — era o descanso final dos indesejáveis e não reclamados. Ella Matthews se encaixava nas duas categorias.

A mãe e a maioria da família a haviam abandonado na morte como a abandonaram em vida. Colocaram a casa à venda, fugiram da imprensa e tentaram agir como se não fossem de forma alguma responsáveis pelo que havia acontecido com a filha. Helen sabia que não era verdade e os odiava por tamanha covardia.

Mas uma pessoa não havia esquecido. Uma pessoa que se recusara a descartar a amada irmã com tanta facilidade. Carrie Matthews olhou ao redor enquanto Helen ia se aproximando e deu um sorriso tímido. As duas ficaram lado a lado por um momento, olhos baixos focando a cruz anônima de madeira, ambas refletindo sobre os prazeres e as agruras do amor entre irmãs. Elas duas, pelo menos, jamais esqueceriam.

A alguns metros dali, um carrinho de bebê vermelho vivo se destacava em meio às fileiras de lápides cinza. Dentro dele, Amelia dormia em paz, alegremente alheia ao que a rodeava. Após a morte de Ella, a bebezinha fora entregue a cuidadores temporários enquanto procuravam uma solução mais permanente. Como sempre, seus parentes foram contatados, mas ninguém parecia querer a criança inocente até que, no último instante, Carrie Matthews se apresentara. Incapaz, ela própria, de ter filhos, Carrie estava decidida a impedir que a sobrinha fosse criada no sistema de adoção. Helen fora às lágrimas ao receber a notícia — mais aliviada do que seria capaz de confessar, porque Amelia escaparia ao destino que haviam tido Marianne e ela própria, tantos anos antes. Muitos dissabores ainda estariam por vir, sem dúvida, mas por enquanto Amelia estava a salvo e bem, no seio de sua família.

Carrie trocou algumas palavras com Helen, então colocou as flores sobre a sepultura e beijou a cruz. Havia enfrentado o marido para estar ali, rejeitando dogmas e intimidação para poder chorar a morte da irmã como convinha. Mesmo ciente das possíveis consequências, ela viera. Olhando para Carrie Matthews, Helen via algo diferente nela — uma força e uma determinação novas, nascidas de um desejo de fazer o melhor por Amelia. Talvez esse fosse o legado de Ella, então, as flores que brotariam em seu túmulo. Talvez, apesar de tudo, Helen pensou consigo mesma, ainda houvesse esperança.

Este livro foi composto na tipografia Palatino
LT Std, em corpo 11/16, e impresso em
papel off-white no Sistema Cameron da
Divisão Gráfica da Distribuidora Record.